Un crimen con clase

Julia Seales es novelista y guionista. Tiene un máster en Guion de cine por la UCLA y una licenciatura en Filología inglesa por la Universidad de Vanderbilt. Ha trabajado en programas como la serie *Sr. y Sra. Smith*, protagonizada por Donald Glover y Maya Erskine. Es una anglófila empedernida y siente pasión tanto por los casos criminales como por Jane Austen. Nació en Kentucky, donde, según afirma, aprendió modales. Vive en Los Ángeles. *Un crimen con clase* (Lumen, 2023) es su primera novela.

JULIA SEALES

Un crimen con clase

Traducción de
Ana Mata Buil

DEBOLS!LLO

Papel certificado por el Forest Stewardship Council®

Título original: *A Most Agreeable Murder*

Primera edición en Debolsillo: junio de 2025
Segunda reimpresión: enero de 2026

© 2023, Julia Seales
Todos los derechos reservados, incluido el derecho de reproducción
total o parcial en cualquier formato
Publicado por acuerdo con Random House, un sello
y una división de Penguin Random House LLC
© 2023, 2025, Penguin Random House Grupo Editorial, S. A. U.
Travessera de Gràcia, 47-49. 08021 Barcelona
© 2023, Ana Mata Buil, por la traducción
Diseño de la cubierta: Penguin Random House Grupo Editorial / Claudia Sánchez
Imagen de la cubierta: © Rafael Nobre

Printed in Spain – Impreso en España

ISBN: 978-84-663-8123-9
Depósito legal: B-6.348-2025

Compuesto en M. I. Maquetación, S. L.
Impreso en Black Print CPI Ibérica
Sant Andreu de la Barca (Barcelona)

P 3 8 1 2 3 9

A mi madre, Pam
Gracias por criar a esta macabra depravada
Eres la mejor

La señorita Arabella Ashbrook presenta

EL BAILE DE OTOÑO ANUAL

El señor Stephen Steele y su esposa, así como sus hijas,
Beatrice, Louisa y Mary, están invitados al baile
que se celebrará en Stabmort Park el próximo
martes a las seis de la tarde.
¡Y ni un segundo antes!
Se espera confirmación.
Pueden incluirse peticiones musicales.

LISTA DE INVITADOS

Señor Hugh Ashbrook, 66 años, patriarca de Stabmort Park
Señor Daniel Ashbrook, 32 años, heredero de Stabmort Park
Señorita Arabella Ashbrook, 22 años, hija

Señor Stephen Steele, 50 años, patriarca de Marsh House
Señora Susan Steele, 48 años, su esposa
Señorita Beatrice Steele, 25 años, hija mayor
Señorita Louisa Steele, 21 años, hija mediana
Señorita Mary Steele, 18 años, hija menor

Señor Martin Grub, edad desconocida, primo del señor Stephen
Steele y heredero de Marsh House

Capitán Philip Peña, 33 años, capitán de navío

Señor Frank Fàn, 26 años, caballero

Señorita Helen Bolton, 53 años, matriarca de Fauna Manor

Señorita Caroline Wynn, 24 años, huérfana y miembro de la
alta sociedad

Señor Edmund Croaksworth, 32 años, caballero acaudalado

Invitado del señor Croaksworth, 29 años, situación desconocida

1

Presentaciones

En la campiña inglesa había un pequeño municipio llamado Swampshire («Condado del Pantano»), que comprendía varias mansiones preciosas y un pantano repugnante. Era el hogar (una de las mansiones, no el pantano) de Beatrice Steele. En la ciénaga vivía una superpoblación de ranas fluorescentes. El efecto visual por la noche era magnífico, aunque el incesante croar desanimaba a algunos de los que, de otro modo, quizá hubieran elegido habitar en esa encantadora aldea.

Beatrice Steele era regordeta, con un simpático hueco entre los dientes delanteros y un mechón blanco en los rizos negros que le había salido durante una partida de whist especialmente competitiva. Tenía un carácter apasionado y un ingenio vivaz que hacía las delicias de sus amigos y familiares... casi siempre. Porque Beatrice era curiosa por naturaleza y, por lo tanto, se fijaba en demasiadas cosas, percibía demasiadas cosas y se hacía demasiadas preguntas acerca de la vida fuera de su localidad. Los demás consideraban que ese comportamiento implicaba un esfuerzo innecesario, dado que sin duda Beatrice acabaría sentando cabeza con uno de los jóvenes de Swampshire en una mansión que no hubiera sido tomada por las ranas, fundaría una familia y viviría feliz para siempre.

Ese era el camino que se esperaba de una dama, ya que en Swampshire se seguía un estricto código de conducta. Años atrás, el padre fundador de la aldea, el barón Fitzwilliam Ashbrook, había huido al campo desde la escandalosa ciudad de Londres en busca de un lugar que pudiera modelar a partir de unos principios de perfecta cortesía. En cuestión de meses, creó un panfleto en el que se recogían esos preceptos: *La guía de Swampshire*. Como creía que las mujeres eran especialmente proclives a la tentación, escribió dos libros complementarios: *La guía para damas de Swampshire, volúmenes I y II*. También escribió *La guía para damas de Swampshire (edición de viaje)*, por si alguna mujer se encontraba en una situación indecorosa mientras viajaba. Esos libros se convirtieron en los cimientos de la vida social de Swampshire.

Si alguna fémina optaba por incumplir esas normas, su reputación podía verse mancillada sin remisión. Según *La guía para damas*, una mujer caída en desgracia tenía prohibido ir a visitar a sus amigas, flirtear con pretendientes e incluso mantener una relación cercana con su familia, por miedo a que los corrompiera con el trato. Ninguna dama respetable hablaría con ella y ningún caballero de honor pediría su mano. Ni siquiera podría frecuentar las mercerías ni las tiendas de ropa locales.

Sin amistades, soltera y vestida con el atuendo de la temporada anterior, a una mujer deshonrada no le quedaría más remedio que abandonar la población. Solo una ciudad moralmente corrupta la aceptaría, y una vez que llegase a París, seguro que un mimo acabaría robándole todo y la darían por muerta. Pero es posible que ni siquiera llegara tan lejos. Los cuentos para dormir de Swampshire hablaban de mujeres que, mientras intentaban huir, acababan tragadas por uno de los infames «hoyos cenagosos» de la región y no se las volvía a ver jamás. Así pues, las jóvenes tenían motivos para creer que seguir las normas de etiqueta era lo mejor para ellas. No podía permitirse que las infractoras corrompieran aquel mundo seguro, ordenado e idílico.

No obstante, pese a haber crecido con tales valores, pese a que le habían grabado a fuego dichas normas desde la infancia, Beatrice Steele guardaba un oscuro secreto: estaba obsesionada con el asesinato. No con el acto de cometerlo, sino con el acto de resolverlo. Nada la apasionaba más que evaluar las retorcidas motivaciones de un sospechoso, determinar quién era el asesino y después contemplar cómo dicho asesino se enfrentaba a la justicia.

Aquella particular fascinación por el crimen había comenzado a raíz de leer con detenimiento el periódico importado de Londres de su padre. Su idea inicial era leer la columna de sociedad, «Quien es más respetable que quien», pero no pudo pasar del título gramaticalmente incorrecto, en el que habían olvidado la tilde de «quién», y en lugar de eso desvió la atención a otro artículo: «El noble detective sir Huxley (y su ayudante) toman el caso». Esos temas no correspondían a una joven dama, pero antes de poder contenerse ya había devorado la noticia.

El artículo daba detalles sobre las circunstancias del espeluznante asesinato de un tal vizconde Dudley DeBurbie. Hablaba de su joven enamorada, Verity Swan; de su inmensa colección de joyas, que habían desaparecido; del mayordomo sospechoso, y del galante detective que había aceptado el caso: sir Huxley. Escudado en el lema *Super omnia decorum*, «Decoro ante todo», Huxley opinaba que resolver misterios restauraba el orden social, y eso era lo más respetable que podía hacer alguien. No había nada más importante que la buena educación.

Beatrice se quedó embelesada. Jamás se había planteado que una persona refinada pudiera resolver crímenes como pasatiempo. A ella no le satisfacían los pasatiempos aptos para jovencitas que proponía *La guía para damas de Swampshire*. Se le daban fatal las labores, no tenía dotes musicales y le habían prohibido dibujar porque sus obras eran tan malas que asustaban a la gente. En contraste, ir a la caza de asesinos le parecía cautivador. Le garantizaba una sensación de plenitud, la sensación de estar mejorando el mundo a partir de la búsqueda —indirecta— de la justicia.

Y quizá en su fuero interno pensase que, si conocía qué males acechaban al mundo, podría prepararse para hacerles frente.

Sin tardanza, Beatrice se puso a coleccionar periódicos de forma compulsiva, ansiosa por leer noticias que ayudasen a dar con la pista del asesino. A su familia le resultó extraño que la joven, antaño tan sociable, empezase a saltarse la partida de cartas vespertina para encerrarse en la buhardilla. Beatrice, entusiasmada por su pasión recién descubierta, les hizo creer que estaba enamorada. Sabía que era el único modo de apaciguar a su madre y garantizar que la dejaran sola durante horas para «suspirar y fantasear»... O lo que fuera que hiciesen las mujeres en esas circunstancias. Su madre aceptó la excusa encantada.

En cierto modo era verdad que Beatrice estaba enamorada. Le robaba el corazón imaginar el posible móvil del crimen, las pistas que indicaban que el asesino podría haber conocido a la víctima, la forma en que cada detalle que rodeaba el caso tenía un significado potencial. También ayudó el hecho de que sir Huxley fuese tan arrolladoramente apuesto. En el grabado del periódico aparecía con la mandíbula marcada, un bastón con empuñadura de áspid y una chistera impoluta. Su ayudante era el inspector Vivek Drake, un hombre con la cara surcada de cicatrices y un parche en el ojo. El grabado de Drake que salía en el periódico era mucho menos favorecedor; siempre lo dibujaban con el ceño fruncido. Por eso, Beatrice no se sorprendió cuando el indecoroso Drake señaló con el dedo a la joven dama, Verity Swan. Sir Huxley defendió de modo admirable su honor y su inocencia; siempre se comportaba como un auténtico caballero.

Al final, el caso DeBurbie se resolvió cuando declararon culpable al mayordomo y proclamaron que Huxley era un héroe. Despidió a su ceñudo ayudante y abrió un lujoso despacho en el West End. A partir de entonces la columna de sucesos fue virando hasta convertirse en un relato del día a día de Huxley como investigador privado. Beatrice la seguía con fruición, imaginándose junto al detective, husmeando en callejones o discutiendo teorías en su estudio de madera de caoba. Subrayaba los detalles intrigantes con líneas rápidas y añadía «Huxley y Steele» en los márgenes de todos los artículos. Incluso intentó bordar un retrato del caballero. Su falta de habilidad para la costura sirvió para que su interés se mantuviera en secreto, pues todo el mundo pensó que había bordado una patata.

Por desgracia, en Swampshire todo esto la convertía (casi da apuro decirlo) en una macabra depravada. Hay muchos tipos de depravados: los mirones, los acechadores, los que se atreven a presentarse veinte minutos antes de lo que indica una invitación... Pero en Swampshire, los depravados de la modalidad macabra eran considerados los más repugnantes. Si alguien llegaba a enterarse de la obsesión secreta de Beatrice, ella sufriría el escarnio y la vergüenza pública. De forma educada, pero rotunda.

Así pues, sabía que su pasatiempo no podía durar. Un caballero tal vez habría sido capaz de vivir en ambos mundos, pero una dama no. Desde luego, no una dama de Swampshire. Al final, Beatrice tendría que madurar y convertirse en una mujer respetable, por su bien y el de su familia. Y eso ocurriría sin duda a la semana siguiente, se decía, o al cabo de dos semanas.

Pero de momento se hallaba en la torrecilla de Marsh House, el hogar apretado pero encantador de los Steele, tratando de examinar un último artículo antes del baile vespertino. Estaba tan absorta que apenas se percató de los sonidos amortiguados que hacía su padre mientras ataba un cubo de agua por encima del marco de una puerta en alguna habitación de la planta inferior.

El señor Stephen Steele era desgarbado y calvo, tenía un bigote rizado y una afición desmedida por las bromas. Su colección de cápsulas de sangre falsa, su surtido de cuchillos de goma y la tendencia a ocultarse en rincones oscuros y saltar cuando pasaban sus hijas seguramente habían contribuido al talante vivaz de Beatrice. Ella siempre llevaba algún chascarrillo ocurrente a la mesa y él siempre llevaba un cojín ventoso. (El cojín ventoso era un invento del señor Steele y su posesión más preciada. Se trataba de un cojín de goma hinchable que, cuando se colocaba en el asiento de una víctima inocente, creaba una sonora ventosidad). Nada emocionaba tanto al señor Steele como fingir que se caía muerto sobre la sopa. Su afición por ese efectista número habría sido aplaudida de no ser porque la broma daba un susto tremendo a su esposa y sus hijas. Las mujeres de la familia Steele no tenían permitido heredar la propiedad, pues la escritura de la casa dictaba que solo podía heredarla un hombre. Los Steele no poseían fortuna que los respaldara; la casa era su único bien. Así pues, si el señor Steele se caía muerto sobre el plato de sopa y no volvía a incorporarse de golpe con una carcajada, la mansión pasaría a su pariente masculino más cercano, el primo Martin Grub. Si una de las chicas se casase con el señor Grub, todos los problemas se verían resueltos, pero era un hombre absolutamente repugnante, de modo que era poco probable que ocurriese.

Por eso mismo la madre de Beatrice tenía que ser la parte práctica del matrimonio. La señora Susan Steele era una mujer formidable —aunque baja—. Lo que le faltaba de estatura lo suplía con el chorro de voz, unos gestos que denotaban confianza en sí misma y un recogido en la cabeza de un palmo de alto. Era de la señora Steele de quien Beatrice había heredado su certera comprensión de la naturaleza humana, aunque la señora Steele utilizaba esa habilidad para entablar amistades y ejercer influencia en lugar de para analizar a criminales. Organizada y extravertida, la señora Steele sabía cómo hacer realidad los planes. Los futuros matrimonios de las niñas eran su principal maquinación. Si era capaz de hablar de algo más que de campanas de boda, su familia todavía tenía que oírlo.

—¡Beatrice! —En ese preciso momento, la señora Steele interrumpió la concentración de su hija con un chillido desde el pie de la escalera de la torrecilla—. ¡No te escondas ahí arriba! Si te quedan horas libres, deberías pasártelas dando vueltas por el jardín, ¡por si hay algún caballero mirando! Una dama siempre va un paso por delante.

Beatrice miró por la ventana. Una sombría zona pantanosa rodeaba Marsh House, y el verde oscuro de la tierra se difuminaba con la luz decreciente del cielo. «Se avecina tormenta», pensó con un escalofrío delicioso. No hacía tiempo para paseos. Pero en calidad de hija mayor incapaz de sacar la nariz de un libro ni de ponerse un anillo en el dedo, estaba acostumbrada a los persistentes reproches de su madre.

—¿Se puede saber qué haces que sea más importante que buscar marido? —insistió la señora Steele.

«Las entrañas de las víctimas fueron arrancadas de los cadáveres y dispuestas en forma de corazón».

—Pensaba en mi amado —contestó Beatrice con alegría, y apretó un chal apolillado contra la ranura de la puerta para amortiguar las continuas protestas de su madre.

Beatrice sabía que era arriesgado leer de día; solía esperar hasta que los demás se iban a la cama para analizar los periódicos. Pero desde hacía un tiempo, cada vez estaba más enfrascada en la búsqueda de pistas, en garabatear apuntes y desarrollar teorías.

¿Cómo podía contentarse alguien con pasarse la tarde tocando el piano cuando un asesino andaba suelto?

Se concentró de nuevo en el periódico y retomó la lectura de la página.

La Amenaza de Londres campa a sus anchas

Sir Huxley jura que capturará al criminal denominado Amenaza de Londres, mientras la lista de víctimas del asesino aumenta. El viernes, a unos pasos del despacho londinense de Huxley, fueron encontrados tres cuerpos con el pescuezo rebanado. En las inmediaciones apareció un cuchillo ensangrentado. En la ventana de Huxley había un mensaje escrito con sangre: «Ja-ja-ja. No me atraparás».

Beatrice apartó el periódico, perdida en sus pensamientos. «Un mensaje dirigido a Huxley... —se dijo—. Eso indica que el asesino lo conoce. Y el uso del futuro, "no me atraparás", en lugar del pretérito, "no me has atrapado", da a entender que el asesino volverá a matar. Y el que haya puesto guiones en "ja-ja-ja" me dice que el asesino no ha aprendido las normas de puntuación como es debido». Miró con detenimiento la imagen dibujada e intentó hacerse una idea de cómo eran las heridas de los cuerpos. «La cuestión es: ¿por qué las heridas no encajan con el filo del cuchillo?». Mientras reflexionaba, cogió una hoja de papel de carta de la repisa de la ventana, mojó la pluma en el tintero y empezó a escribir:

Querido señor Huxley:
Le saluda de nuevo quien le lee con más devoción.

Beatrice sabía que el hecho de que una dama soltera escribiera a un caballero soltero era un atrevimiento indecente, pero se permitió continuar con la correspondencia por dos motivos: uno, sir Huxley no sabía que era una dama, pues firmaba solo con sus iniciales, «B. S.». Dos, técnicamente no podía considerarse que mantuvieran correspondencia, porque él no había respondido jamás.

Justo estaba acabando la carta cuando la interrumpieron de nuevo, esta vez con un grito ensordecedor. Aturdida, miró por la ventana de la torrecilla para averiguar de dónde venía el ruido.

A lo lejos logró vislumbrar a su hermana Louisa, que corría por el terreno empantanado. Con alivio, Beatrice se percató de que Louisa gritaba de alegría, no de miedo; corría jubilosa. Su melena parecía una hoguera encendida, el vestido ondeaba al viento y sus brazos se columpiaban con vigor. Brincó como una experta por encima de un grupo de ranas fluorescentes, aterrizó con elegancia en un montículo de musgo, dio una voltereta y continuó corriendo sin perder el aliento.

Increíblemente hermosa y dulce, la hija mediana de los Steele, Louisa, era la niña mimada que sin duda iba a salvarlos a todos con un matrimonio ventajoso. Aunque la madre de Beatrice quería que todas sus hijas se casasen con alguien influyente, la familia entera estaba de acuerdo en que Louisa era la más atractiva, la más dotada y, por lo tanto, la que con mayor probabilidad conseguiría un buen partido. Tenía unos espesos rizos pelirrojos, una adorable salpicadura de pecas sobre la delicada nariz y unos músculos bien torneados gracias a su pasión por el deporte. Le gustaba saltar de cabeza a la vida, literalmente: Louisa era activa y grácil, se le daba bien todo, desde bailar hasta tirar al plato. Aunque era competitiva al máximo, tenía un don para hacer que todo el mundo se sintiera acogido. Era capaz de convencer incluso al anciano más estirado para que se uniera a una partida de bolos, y luego lo machacaba encantada. Lo tenía todo, y los Steele, orgullosos de la joya de la familia, la protegían con uñas y dientes.

Aunque Beatrice había pasado su juventud viendo cómo Louisa la superaba en todo, desde el críquet hasta las reverencias, nunca tenía celos de ella. Intentaba enseñarle a Louisa cuanto sabía y guiar su vida en la dirección apropiada, y sentía verdadero orgullo al ver las virtudes que había adquirido su hermana.

Mientras veía a Louisa cruzar sola el páramo, Beatrice sintió una punzada de remordimiento. Por norma general, las hermanas iban caminando juntas a la aldea la mañana previa a un baile. Allí compraban lazos nuevos, cotilleaban e imaginaban qué caballeros les pedirían que les reservaran un baile durante la velada. Pero Beatrice había rechazado el paseo matutino para poder dedicar más tiempo al caso que tenía entre manos.

La puerta principal dio un golpetazo cuando Louisa entró a la carrera.

—¡Noticias del pueblo! —gritó—. ¡Venid todos ahora mismo al salón!

Beatrice estaba convencida de que las noticias no serían tan reveladoras. En Swampshire nunca ocurría nada emocionante. Aun así, hizo caso a su hermana y empezó a esconder las pruebas de su impropio pasatiempo. Levantó el asiento de la ventana de la torrecilla, donde ocultaba un grueso fajo de documentos, cartas y notas amarillentos. Colocó la hoja más reciente en la parte superior de la pila y luego apretó el asiento para cerrarlo. Recolocó el pequeño cojín que cubría el banco de la ventana: un regalo de su querido amigo Daniel Ashbrook, con una cita bordada que, según decía el joven, le recordaba a Beatrice: «En el rincón de una dama, un buen libro hace falta».

Con otra punzada de culpabilidad, Beatrice apartó la mirada de la cita mientras garabateaba sus iniciales en la parte inferior de la carta para Huxley. Aparte de Louisa, Daniel era el mejor amigo de la joven, pero no sabía nada de su afición secreta. Cierto era que siempre animaba a Beatrice a llevarse cualquier libro que quisiera de su biblioteca personal, aunque él creía que su amiga se decantaba por los clásicos y no por las novelas de misterio, debido a que ella cambiaba las sobrecubiertas con astucia. Aun así, era la única persona de Swampshire que compartía su ávida curiosidad por el mundo. Desde la infancia, habían intercambiado libros sin parar y compartido revelaciones fascinantes sobre los hallazgos con los que se topaban. Como es natural, la señora Steele daba por hecho que Daniel era el hombre por el que suspiraba Beatrice. Su hija no negaba esa hipótesis, pues le permitía leer durante horas sin interrupciones. Y, además, Daniel le parecía de lo más correcto y agradable, aunque su relación nunca hubiera ido más allá de una buena amistad.

Pero ¿qué pensaría Daniel, su fiel confidente, si supiera lo que escondía? ¿Si descubriera el objeto de su auténtica pasión? Pese a todo lo que compartían, Beatrice sabía que él nunca lo vería con buenos ojos.

Dobló las cuartillas y se metió la carta debajo del corpiño. El cartero no tardaría en llegar a recoger el correo de la familia y podría entregársela mientras los demás estaban distraídos con los preparativos de la fiesta. Después se puso los guantes para cubrirse los dedos, manchados de tinta de periódico, y se dirigió al salón de la planta inferior, donde ya se había reunido el resto de la familia.

La señora Steele y Louisa estaban de pie junto a la chimenea, ambas tan exaltadas que les faltaba poco para dar saltos de alegría.

La otra hermana de Beatrice, Mary, estaba sentada al piano e iba haciendo anotaciones en una partitura titulada «Oda a la Luna». La menor de la familia Steele era muy reservada. Aunque el sonido se propagaba con facilidad por las finas paredes de Marsh House, de algún modo Mary se las arreglaba para merodear por la casa sin que la descubrieran, y solía aparecer de sopetón sin que la oyeran llegar.* Desde luego, el señor Steele no pareció darse cuenta de que su hija estaba en la sala. Acomodado en una butaca, siguió enfrascado en un libro de viñetas cómicas, hasta que lo soltó, sobresaltado, cuando Mary tocó una nota discordante.

—¡Por fin has dejado de suspirar por tu amado y te has dignado aparecer! —exclamó la señora Steele cuando Beatrice entró en el salón. La joven puso cara de enamorada afligida y pasó de largo al ver a su madre para evitar que le hiciera preguntas. Se libró por los pelos del chorro de agua del cubo que su padre había colocado en lo alto de la puerta del salón y avanzó decidida a tomar asiento cerca de él. Se detuvo junto a un cojín arrugado y, al levantarlo, descubrió que se trataba del cojín ventoso de goma del señor Steele.

—¿Cómo ha llegado esto aquí? —preguntó su padre con voz inocente cuando Beatrice se lo entregó.

La señora Steele lo interceptó y lo arrojó por una ventana abierta.

—Ahora que ya no queda nadie distraído —dijo con retintín—, Louisa puede contarnos la noticia. —Agarró a Louisa de la mano y las dos se sentaron a plomo en un sofá con tapizado capitoné.

—Acabo de enterarme por Arabella Ashbrook —anunció Louisa—. Me lo ha contado mientras íbamos al pueblo.

—¿Has ido con Arabella? —preguntó Beatrice sorprendida.

* Mary era tímida, callada y siempre misteriosa. Lo que la mayor parte de la gente sabía de ella era que tenía el pelo de un castaño apagado y que le encantaba pasear por la naturaleza. Lo que la mayor parte de la gente no sabía podía ocupar varios tomos.

—Estaba disponible —dijo Louisa, y se removió incómoda en el sofá—. Te llamé antes de marcharme por si querías venir, pero no me contestaste. Lo siento —añadió, con los ojazos brillantes por los remordimientos.

—Bah... No pasa nada —se apresuró a decir Beatrice, en un intento de tranquilizarla—. No te preocupes.

Arabella Ashbrook, la hermana menor de Daniel, era la anfitriona de la fiesta de esa tarde. Arabella y Louisa pasaban cada vez más tiempo juntas, para disgusto de Beatrice, que consideraba a Arabella una engreída y una esnob. Pero Beatrice había estado tan absorta en su lectura... ¿De verdad podía culpar a Louisa por buscarse una amiga que estuviera mucho más «disponible»?

Louisa continuó, pasando por alto el incómodo momento.

—Tiene que ver con el baile de esta tarde...

—¿Lo han cancelado? —interrumpió el señor Steele—. Eso sí sería una buenísima noticia.

—Sería terrible —protestó la señora Steele.

Beatrice pensó por un instante fugaz que si de verdad ocurría algo terrible, por lo menos sería una novedad. De inmediato se le cerró la garganta por el sentimiento de culpa. No es que quisiera que ocurriese nada malo, por supuesto que no. El aburrimiento era mejor que la aflicción.

¿A que sí?

—En fin —dijo Louisa alzando la voz—, os doy la noticia.

Todos la miraron y se callaron al fin.

—El invitado de honor de esta noche —dijo en un susurro apasionado— será ¡el señor Edmund Croaksworth!

La señora Steele chilló y cayó desmayada en el sofá. Louisa cogió de las manos a Beatrice y se puso a bailar de alegría con ella. Aunque Beatrice no sabía muy bien qué sucedía, sintió un arrebato de emoción mientras hacía piruetas, al ver el rostro ávido y reluciente de su hermana. Incluso el señor Steele bajó el libro de viñetas cómicas, intrigado, y ni se enteró cuando la rana que llevaba metida en el bolsillo encontró una escapatoria.

En contraste, Mary los miró a todos muy confundida.

—¿Quién es ese señor Edmund Croaksworth? —preguntó.

Como era habitual, los demás hicieron oídos sordos a su pregunta.

HUXLEY RESTAURA EL ORDEN

[Extracto]

Un viento gélido sopla en Londres y no es el frío otoñal que se acerca. Hay un asesino entre nosotros.

Conozco esta ciudad. He vivido aquí siempre; ustedes, lectores míos, saben que mi pasión por el orden y la justicia surge del deseo de mantener nuestro hogar a salvo. De garantizar que Londres siga siendo como siempre lo hemos conocido. De mantener a raya las sombras en los callejones oscuros.

Pero esas sombras se están colando en las calles principales. Quienes siguen mi columna ya habrán oído hablar de los peligros de la Amenaza de Londres. Anoche volvió a matar. Incluso ahora, cuando la lista de víctimas sigue aumentando, estoy más seguro que nunca de que seré yo quien lleve a ese villano ante la justicia. Recomiendo a aquellas personas que conozcan algún dato que pueda ser útil en el caso que contacten conmigo sin dilación.

Los lectores de la columna de la semana pasada también se alegrarán de saber que el gatito de la señora Barker estuvo en todo momento debajo del sofá de su casa y, por lo tanto, está sano y salvo.

2

Preparativos

Todo el mundo en Swampshire reconoce esta verdad: un caballero con una gran fortuna es una presa deseada por todas las jóvenes. A partir del júbilo de su hermana y su madre, Beatrice dedujo que Edmund Croaksworth debía de ser esa clase de presa.

Sabía que no residía en Swampshire, aunque su apellido le resultaba extrañamente familiar. Rebuscó en la memoria para intentar ubicarlo.

—Estaba ayudando a Arabella Ashbrook a elegir unas tijeras de podar cuando dejó caer la noticia —le contó Louisa a la señora Steele, que se había recuperado del mareo y tenía energía renovada, como no podía ser de otra manera ante la perspectiva de que un galán refinado asistiera al baile de aquella tarde.

Las cuatro mujeres de la familia Steele se dirigieron a la habitación que Beatrice compartía con Louisa. Para su alivio, dejaron a solas al señor Steele en el salón con sus viñetas cómicas.

El dormitorio estaba dividido en dos mitades. El rincón de Beatrice era una explosión de libros, bordados a medio hacer y tazas de té sin terminar. Beatrice intentaba mantener su cuarto tan limpio como correspondía a una dama, pero parecía que los objetos tuvieran vida propia.

La parte de Louisa, en contraste, siempre estaba ordenada. Se debía a que la señora Steele se empeñaba en poner las cosas en su sitio todas las mañanas, pues sabía que Louisa se distraía con suma facilidad. Tanto las raquetas y los volantes de bádminton como los bolos y las viejas pelotas de metal de su infancia tenían un lugar asignado, gracias a la señora Steele.

Cuando Mary entró en la habitación detrás de ellas, se tropezó con una pila de libros de Beatrice, pero se recuperó con una agilidad canina y aterrizó en la cama de su hermana.* Beatrice se le unió y, abstraída, dio un sorbo al té de una taza que había en la mesita de noche y luego lo escupió al darse cuenta de que había fermentado.

—Tendrás que estar perfecta —dijo la señora Steele mientras rebuscaba en el escaso vestuario del armario de Louisa.

La familia no podía permitirse unos conjuntos lujosos, sobre todo porque las prendas siempre acababan destrozadas: las de Beatrice con manchas de tinta, las de Louisa a raíz de sus variadas actividades atléticas y las de Mary a saber por qué, pero sus vestidos terminaban rasgados por la mitad. Aunque, a decir verdad, la ropa no importaba. No era más que el marco dorado para la auténtica obra maestra: Louisa Pamela Steele.

—¿Qué tal el vestido rosado? —sugirió Louisa.

—Ya lo llevaste en el baile del mes pasado —le recordó Beatrice—. Y siempre he pensado que te sienta mejor el verde.

—Yo prefiero el rosa... —empezó Louisa, pero la señora Steele la interrumpió.

—Deberíamos concentrarnos en qué prefiere el señor Croaksworth, querida. ¿Crees que le gustará el encaje? ¿Los lazos? ¿Un corpiño escotado?

---

* Mary tenía su propio dormitorio, al que prohibía la entrada a los demás miembros de la familia. Ellos cumplían la norma encantados, ya que por la puerta siempre salía un olor a carne cruda y todos los objetos del interior estaban cubiertos por una inexplicable capa de pelo animal.

—Seguro que lo que más le atrae es su inteligencia y su personalidad —dijo casi sin pensar Beatrice.

—No seas ridícula —respondió la señora Steele sin dejar de rebuscar en el armario.

—¿Qué más sabes de Croaksworth, Louisa? —preguntó Beatrice, volviéndose hacia su hermana—. Sé que he oído su nombre en algún sitio, pero no lo ubico. Ya imagino que será rico, atractivo y soltero, así que puedes ahorrarte esos detalles.

—No son cosas que haya que desdeñar —dijo la señora Steele—. ¡El hombre tiene ocho mil al año!

—¿Ocho mil qué? —preguntó Mary.*

—Era el mejor amigo de Daniel Ashbrook en el colegio, aunque Arabella me contó que los dos no han vuelto a hablar desde entonces —añadió Louisa—. Beatrice, ¿te lo ha mencionado alguna vez Daniel?

—No —murmuró su hermana mayor—. ¿Y por qué no han vuelto a hablar? ¿Sucedió algo?

—No estoy segura... —empezó a responder Louisa, pero la señora Steele la interrumpió de nuevo.

—Tal vez lo sabrías, Beatrice, si Daniel y tú no os dedicarais a debatir sobre personajes literarios en lugar de hablar de vuestra vida, o de algún plan para el futuro. —Fulminó a Beatrice con la mirada, a ver si pillaba la indirecta.

—Los padres del señor Croaksworth fallecieron hace poco y le dejaron una gran suma de dinero —se apresuró a decir Louisa, y fue una bendición que recondujera el tema antes de que la señora Steele empezase a soltar otro sermón.

* Como todas las familias refinadas, los Croaksworth guardaban su fortuna en el banco y vivían de los intereses (en libras) del capital principal. Mary no lo entendía: había desarrollado un agudo sentido del olfato, pero un pésimo sentido de la economía.

—¡Vaya! ¿De qué murieron? —preguntó Beatrice, cuyo interés creció de inmediato.

—¡Beatrice! —la reprendió su madre.

—Quiero saberlo para no decirle nada al señor Croaksworth que pueda traerle malos recuerdos —dijo a toda prisa Beatrice.

—Es muy trágico —contestó Louisa—. Acababan de mudarse a una nueva mansión en Bath con cincuenta y nueve dormitorios. Por desgracia, ambos se perdieron de camino al desayuno. Cuando sus sirvientes los encontraron por fin, ya era demasiado tarde... Se habían quedado consumidos.

—Qué horror —dijo Beatrice, y se inclinó hacia delante—. ¿Los inspectores sospechan que hubo juego sucio?

—No jugaban a nada... Es solo que se orientaban fatal —respondió Louisa.

—Croaksworth —repitió Beatrice. Y de repente cayó en la cuenta—: Ahora me acuerdo... ¡su hermana desapareció!

No había sido Louisa ni la señora Steele ni Daniel quien le había mencionado al señor Croaksworth; Beatrice reconoció el apellido a partir de uno de los artículos de periódico ya ajados que ocultaba en su torrecilla.

—¿Y tú cómo te has enterado? —La señora Steele agarró un chal de encaje y sacudió a Beatrice en los tobillos con él—. En la página 68 de *La guía para damas* se dice expresamente que las mujeres no deben hablar de casos de personas desaparecidas.

—Tal vez por eso se localiza a tan pocas personas desaparecidas —se defendió Beatrice, y levantó los pies para evitar el azote del chal.

—A decir verdad, madre, apareció en las columnas de sociedad —aclaró Louisa—. Alice se ha tomado unas vacaciones largas.

—¿De dos años? —preguntó Beatrice, enarcando una ceja.

—Si eso dijeron, será verdad —agregó la señora Steele con tono concluyente—. Los individuos ricos tienen su propia forma de hacer las cosas. Debemos concentrarnos en la parte buena: el señor Croaksworth no tiene hermana ni padres, así que buscará un hombro en el que llorar.

—No veo cuál es la parte buena para él —comentó Beatrice.

—Pues claro que tiene una parte positiva. Edmund ha heredado una fortuna, y el dinero cura todas las heridas —dijo la señora Steele con aire sabio.

—¿No querrá decir que el «tiempo» cura todas las heridas? —preguntó Beatrice.

—No... eso no suena bien. Tiene que ser el dinero —respondió su madre. Levantó un vestido y lo puso delante del musculoso cuerpo de Louisa—. A lo que interesa: debemos asegurarnos de que el señor Croaksworth se enamore perdidamente de ti...

—Podría enamorarse de cualquiera de nosotras —interrumpió Louisa, y miró a los ojos a Beatrice—. El ingenio de Beatrice no tiene parangón, y los hombres adoran a las mujeres divertidas.

—No bromees, Louisa. Es poco decoroso —dijo la señora Steele con brusquedad.

Beatrice cogió de la mano a Louisa.

—Qué amable eres, Lou. Pero ¡no te molestes! Confío en que no pienses que estoy celosa de que mi hermana mediana consiga un buen partido antes que yo; jamás permitiría que algo así se interpusiera entre nosotras.

—Es un alivio, porque es probable que suceda —dijo Mary con tono sombrío.

Louisa, un poco incómoda, apartó la mano de Beatrice, y de repente esta notó la palma vacía húmeda y fría. ¿Acaso su hermana no la creía?

—Algunas veces, una hermana menor resulta más deseable que la mayor —comentó la señora Steele como si tal cosa—. No es culpa tuya si has nacido tan hermosa y con un carácter tan bondadoso, Louisa. Tarde o temprano Beatrice encontrará a alguien, sí, alguien que la tolere o a quien podamos engañar para que...

—Pero el señor Croaksworth solo tendrá ojos para ti —interrumpió Beatrice—. Y estoy encantada de que sea así. Aunque reconozco que tiene un pasado peculiar...

—No metas el dedo en la llaga, te lo ruego —dijo la señora Steele—. Si no puedes contenerte y ves que empiezas a hacer preguntas incómodas, métete algo en la boca. —Beatrice arqueó las cejas al oír su recomendación—. Por ejemplo, una cucharada de sopa —añadió la madre.

—Me aseguraré de tener un plato de sopa a mano durante toda la velada, aunque será un poco difícil bailar así —respondió Beatrice.

—¡No es tema para bromas! —cortó la señora Steele—. El señor Croaksworth es un joven desgraciado. Y tú acabarás en el mismo barco si no te andas con cuidado. Debes casarte, o al final me matarás. ¿Es eso lo que quieres? ¿Matar de hambre a tu propia madre? ¿Ver cómo mi cuerpo languidece en la calle, hasta que no sea más que un saco de huesos que devoren los perros salvajes?

Mary dio un ligero respingo.

—No hay nada que temer —dijo Beatrice con rotundidad—. Louisa será la pareja perfecta.

—Y tú también —añadió la señora Steele.

—Sí, sí, claro —le aseguró Beatrice—. Sabemos qué papel tenemos que representar. No tiene de qué preocuparse, madre.

Con la cara pálida, Louisa se puso un zapato de cada color y anduvo hasta el espejo de cuerpo entero. Adelantó una pierna y luego la otra, como si quisiera decidir cuál de ellos la hacía parecer más atractiva. Beatrice se levantó de la cama y se unió a su hermana. Bajó la voz para que solo la oyese Louisa.

—No dejes que madre te maneje —le susurró—. Sé que te mete demasiada presión con el tema de encontrar marido, cuando a lo mejor no es lo que quieres...

—Claro que es lo que quiero —espetó Louisa, tajante. Beatrice retrocedió por la sorpresa ante el repentino tono brusco y Louisa se arrepintió al instante—. Me refiero a que es mi obligación, y no puedo incumplir mi obligación.

De pronto, la carta para sir Huxley, escondida debajo del corpiño, le pesó a Beatrice como una losa.

La señora Steele se abrió paso entre las hermanas para entregarle a Louisa un vestido verde. Esta se lo puso y se peleó con los botones, intentando abrocharlos, pero la tela se rasgó por la mitad.

—No te cabe —dijo la señora Steele con impaciencia—. Confío en que todas las tartas que te has comido valieran la pena, porque a cambio vas a tener que sacrificar tu futuro de mujer casada y nos mandarás a todas a la muerte.

—Siempre hay que valorar el coste moral de una comida —dijo Mary enigmáticamente.

—Yo lo arreglaré.

Beatrice trató de agarrar el vestido, con la esperanza de ser útil, pero la señora Steele se lo arrebató de las manos.

—Desde luego que no. Tus puntadas arruinarían la prenda. Puede ponerse el de muselina blanca en lugar de este. No tenemos tiempo que perder —continuó la señora Steele—. ¡Solo faltan tres horas y cincuenta minutos para el baile!

Mary, la señora Steele y Beatrice se volcaron en Louisa y se pusieron manos a la obra. Le quitaron hasta el último pelo no deseado del cuerpo y dejaron su piel algo bronceada enrojecida pero fina. Después la cubrieron con una mascarilla facial hecha con barro del pantano (un tratamiento de belleza popular en la zona; el barro contenía las mismas propiedades luminiscentes que las ranas, de modo que daba a las facciones un hermoso brillo). Una vez que se secó, la señora Steele se la quitó y Beatrice empapó el rostro de Louisa con un aceite de rosas de olor dulzón. Como Mary era la que tenía las manos más fuertes de la familia, fue la encargada de apretar las cuerdas del corsé; ciñó a Louisa hasta que consiguió la forma compacta perfecta. Por encima del corsé había capas y capas de visos, enaguas y, por fin, el vestido de muselina blanca que habían elegido. Beatrice marcó los rizos de Louisa y luego le trenzó el pelo en un complicado recogido. A continuación, Mary metió un lirio blanco entre las trenzas. Mientras las dos hermanas perfeccionaban los rebeldes rizos de Louisa, la señora Steele la maquillaba con estilo, aplicando la cantidad adecuada de colorete.

En la planta baja, el señor Steele se puso la americana y, una vez hecho eso, ya estuvo listo para salir.

Por fin Louisa se plantó delante de las mujeres de la familia y les presentó todos sus encantos. Gracias al tratamiento de barro (o, pensó Beatrice, a la belleza natural de su hermana), estaba radiante.

—¡Eres una maravilla! —suspiró la señora Steele—. ¡Nuestra casa seguirá intacta!

—Y ahora, el toque final —dijo Louisa, y sacó un frasquito de su tocador.

Estaba lleno de un líquido negro que parecía tinta. Desenroscó la tapa y echó la cabeza hacia atrás. Luego soltó una gota de líquido en cada ojo.

—Arabella me dio esta belladona para que me la pusiera en el baile. La ha cultivado ella misma; dilata las pupilas —explicó mientras guardaba el frasquito en el bolsillo del vestido, y parpadeó.

—Eres la mujer más guapa del pueblo —dijo la señora Steele, con un río de lágrimas por las mejillas—. Y tú, Beatrice, pareces aceptable... Seguro que te considerarán la cuarta más hermosa.

—¿En qué número estaría yo? —preguntó Mary.

—Nunca lo he pensado. —La señora Steele se dio la vuelta para escudriñar a su hija menor—. Pero tienes un corazón de oro.

De repente, alguien llamó a la puerta de la casa.

—El cartero —dijo Beatrice emocionada—. Tengo una carta para él.

Antes de que su madre pudiera protestar, bajó a toda prisa y abrió la puerta principal de par en par. El joven cartero estaba allí plantado con su saca, extendiendo la mano con antelación.

—Destino Londres —dijo Beatrice al cartero, que asintió.

Se sacó el sobre del corpiño y se lo puso en la mano.

—También tengo algo para usted —le dijo el muchacho, y le pasó un voluminoso paquete.

Antes de que pudiera preguntar qué era, el chico se había dado la vuelta y montado en el caballo. Salió disparado; las sacas de correo rebotaban a ambos lados de la montura.

Beatrice miró el paquete. Iba dirigido a la familia Steele en general. Le dio la vuelta y se quedó perpleja al ver el sello. Era una especie de cucaracha roja de cera con una G. alrededor.

—¿Qué es eso? —preguntó la señora Steele, que había llegado a la entrada—. ¿Es de Daniel? —Pero su cara de emoción desapareció al ver el lacre—. Es el sello del primo Grub —dijo, y le arrebató el paquete de las manos a Beatrice.

Lo abrió a toda prisa y echó un vistazo a la primera hoja de un grueso fajo de documentos. Luego suspiró.

—¿Qué pasa? —preguntó Beatrice.

Recuperó el paquete de manos de su madre y leyó el principio de una carta. Estaba escrita con letra escarlata.

A quien pueda interesar:

Esta comunicación es para informarles de que el SR. MARTIN GRUB (en lo sucesivo, el DEMANDANTE) ha presentado una denuncia para declarar que el SR. STEPHEN STEELE (en lo sucesivo, el DEMANDADO) no está en pleno uso de sus facultades y, en consecuencia, es incapaz de gobernar Marsh House.

El próximo miércoles tendrá lugar una vista para evaluar esta alegación. Si se determina que el Sr. Steele ha perdido las facultades, deberá abandonar la propiedad de inmediato y esta pasará al Sr. Grub.

—No lo entiendo —comentó Beatrice—. ¿Qué significa?

—Siempre había temido algo así —suspiró la señora Steele—. El señor Grub ha tramado un ardid para quedarse con Marsh House. No le basta con esperar a que vuestro padre muera; quiere heredarla ¡ya! ¡Y ha tenido que mandar la carta precisamente hoy! Como si no hubiera más días...

—Madre, ¿cree que ha planeado el envío a propósito para disgustarnos antes del baile? —preguntó Beatrice, y su madre asintió con pena.

—No me cabe duda. Qué hombre tan desagradable.

Dado que era su pariente masculino más cercano, el señor Martin Grub iba a heredar sus propiedades, salvo que las hermanas Steele se casaran y dieran un heredero a la familia. Era especialmente injusto, porque el hombre ya había heredado cuatro haciendas más de diversos familiares, al sobrevivir de algún modo a todos ellos. Nadie sabía a ciencia cierta cuántos años tenía, solo que atesoraba el dinero, aunque siempre vestía el mismo traje harapiento y pasado de moda. Cuando los invitaba a cenar en su casa, les pedía que llevaran ellos la comida. Y una vez que Beatrice le pidió prestado un pañuelo, le mandó un recibo por haber tenido que lavarlo.

—Menos mal que lo hemos recibido nosotras —susurró la señora Steele mirando a su hija—. No hay que dejar que Louisa se entere, no puede distraerse de su objetivo.

—Pero padre no ha perdido sus facultades —dijo Beatrice. Se le había formado un nudo en la garganta—. Nadie se creería semejante acusación.

Ambas miraron hacia el salón, donde el señor Steele se había desplomado en su butaca, con la lengua colgando a un lado. Tenía los ojos cerrados y un machete clavado en la cabeza.

De repente abrió los ojos y se echó a reír. Se sacó el machete, que iba unido a una diadema.

—Os he engañado, ¿a que sí? —gritó a Beatrice y a la señora Steele—. ¡Tendríais que haberos visto la cara! ¡Os habéis asustado casi tanto como el párroco el domingo pasado!

—Estamos perdidas. —La señora Steele se volvió hacia Beatrice y añadió con tono de urgencia—: No hay tiempo para seguir mareando la perdiz en tu relación con Daniel. Si declaran que vuestro padre no está en pleno uso de sus facultades y vosotras seguís solteras...

—Lo perderemos todo —concluyó Beatrice, abrumada.

La señora Steele tragó saliva y apretujó los documentos. Luego se dirigió al salón, donde se acercó a la chimenea encendida y los tiró a las llamas.

—Todavía no nos ha derrotado —dijo con firmeza—. Puede que Grub crea que nos tiene en sus garras, pero nada puede entrometerse entre Louisa y la fortuna del señor Croaksworth.

«Salvo una cosa», pensó Beatrice.

Si alguien se enteraba de que ella escribía a sir Huxley, de que leía las noticias de sucesos, declararían que Beatrice no era apta para el matrimonio, sería una exiliada social y la enviarían a alguna tierra ignota, y de rebote mancillaría la reputación de Louisa y provocaría la desgracia y desesperación de su familia.

A lo lejos retumbó un trueno.

Beatrice pensó que su madre tenía razón. Todavía no las había derrotado. Nadie conocía su secreto y así quedarían las cosas. Mientras miraba por la ventana y veía al joven cartero alejarse al galope de Marsh House, se hizo una promesa: no volvería a pensar en asesinos ni en crímenes. Sería la hermana ideal, la dama ideal, y su familia se salvaría.

EL CHARLATÁN DE LONDRES

Este detective era famoso...
¡Adivina cómo ha terminado!

En Londres todo el mundo conoce el nombre de sir Huxley. Este caballero detective ha cautivado el corazón y la mente de los lectores de periódicos en todas partes, intrigados por sus esfuerzos por mantener nuestras calles a salvo. Pero ¿qué ha sido de su antiguo ayudante, el inspector Vivek Drake?

Los lectores recordarán a la fiel mano derecha de sir Huxley, un hombre canoso y con un parche en el ojo. Siempre acompañaba a sir Huxley en un asunto o en otro. O así fue hasta el asesinato del vizconde Dudley DeBurbie, a quien su mayordomo descubrió a los pies de la escalera, con una puñalada letal en la espalda. DeBurbie, un asiduo de los círculos sociales de Londres, era famoso por su colección de joyas preciosas, que desaparecieron misteriosamente el día de su muerte. Sir Huxley y Drake discreparon en cuanto al culpable. Por inexplicable que parezca, Drake sospechaba de la bella dama que acompañaba a DeBurbie, Verity Swan, pero sir Huxley reveló que el humilde mayordomo era el verdadero asesino. Después de su disputa pública, rompieron la relación laboral y Drake desapareció.

Así pues, ¿ahora dónde está? Los lectores se sorprenderán al enterarse de que, pese a su caída en desgracia, continúa en Londres. Vestido con ropa harapienta y zapatos de la temporada pasada, Drake merodea por las calles, desesperado por aceptar un caso... el que sea. Pero ¿quién contrataría a este hombre a quien Huxley ha calificado de «rígido» e «insensible»?

Hemos charlado con el inspector Drake en la King's Tavern and Tea. Temblando y con las manos alrededor de una taza para calentarse, aseguró que el detective inferior era sir Huxley.

Cuando le preguntamos cómo se las arreglaba desde su escarnio público, mientras que la estrella de su anterior jefe continuaba en ascenso, Drake dio un golpe brusco con la taza (y montó una escena tremenda).

«En primer lugar, era mi socio, no mi jefe —dijo en voz demasiado alta para la tranquila taberna—. En segundo lugar, sir Huxley es un estafador hipócrita que los ha engañado a todos. Tiene menos luces que un barco pirata, dedica más tiempo a atusarse el bigote que a resolver casos y preferiría halagar a las damas que obtener declaraciones de testigos. Eso es lo que hizo con su Verity Swan. Infringiendo por completo la conducta apropiada de un investigador, aseguró que estaba "enamorado" de ella. ¿Nunca ha comentado ese sórdido detalle? También recordará que la señorita Swan desapareció en cuanto metieron al mayordomo entre rejas injustamente. ¿No le parece sospechoso? Además, ¿qué hay de las famosas joyas? Huxley nunca desveló su paradero. Salta a la vista que es inútil como investigador. Es un hombre presumido, arrogante, que ni siquiera sabe esgrima».

Duras palabras de boca del antiguo ayudante repudiado. Quizá, nos atreveríamos a decir, ¿un tanto ruin? A diferencia de sir Huxley, quien, cuando le pedimos que diera su opinión, se comportó como un perfecto caballero.

«Le deseo toda la suerte del mundo en sus futuras empresas», dijo mientras tomaba una copa de jerez en el Brovender's Social Club. Mantuvo una instancia moral suprema en todo momento, incluso tras los insultos, y continuó: «Albergo la esperanza de que Vivek Drake supere sus deficiencias y quizá algún día llegue a resolver algún caso. Pero me temo que seguirán faltándole la piedad, la inteligencia y las agallas. Y por cierto, aclaro que sí sé practicar esgrima. Un inspector tiene que saber esgrima».

3

Transporte

Los Steele carecían de carruaje propio, un gran motivo de bochorno para la señora Steele, pues tenía la impresión de que reflejaba lo limitados que eran sus ingresos. La falta de carruaje, en cambio, era un alivio para el señor Steele, quien consideraba que los caballos eran «demasiado grandes para ser de fiar». Por su parte, Beatrice habría valorado la libertad que podría haberle proporcionado un carruaje propio, pero claro, nunca le habrían permitido ir tan lejos como viajaba con su imaginación.

Esa tarde hacía mucho frío. Como todas las mujeres llevaban vestidos de fina muselina, agradecieron apretujarse en el carruaje alquilado, aunque oliera a puros rancios y al aliento de los ocupantes anteriores. La señora Steele se sentó en el medio. Su recogido alto tocaba el techo del compartimento forrado de terciopelo rosa. El señor Steele insistió en sentarse junto a la ventana; prefería vigilar a los caballos, «por si intentan hacer algo raro». Louisa, Mary y Beatrice se apiñaron alrededor de sus padres y llenaron el reducido espacio con una nube de perfume e ilusión.

Beatrice echó un vistazo por la ventanilla para observar su casa, oscura y silenciosa tras su marcha. El edificio se difuminó en la distancia conforme el carruaje recorría un gastado camino de tierra. Los árboles que bordeaban el sendero eran como sombrías siluetas con los brazos tendidos hacia ella, con retorcidas extremidades plateadas y extrañas en la neblina del atardecer, como si intentasen retenerla. Casi deseaba que las ramas llegaran a detener el carruaje para poder salir corriendo y refugiarse en su torrecilla de nuevo... pero sabía que debía continuar. Al fin y al cabo, si durante esa velada no conseguían cazar a un buen partido, podía quedarse sin nada a lo que regresar.

El vehículo avanzaba sin prisa y Beatrice oía de fondo la cháchara de su familia mientras contemplaba el sol que se hundía en el horizonte, oscurecido por nubes negras. Llovía de forma constante y Beatrice vio un relámpago destellando a lo lejos. Cuando un rayo iluminó la colina, la joven entrevió a un hombre que caminaba a un lado de la carretera, con la capa ondeando al viento.

—Ahí hay alguien —susurró, y se inclinó hacia delante de forma brusca.

Mary y Louisa se apiñaron junto a ella al instante para verlo también.

—Debe de ser un simple granjero que ha salido a dar su paseo vespertino —comentó la señora Steele, pero también se inclinó hacia delante para otear.

—No puede ser alguien de Swampshire —razonó Beatrice—. Aquí nadie se arriesgaría a salir a pie cuando está a punto de granizar.

—¿Y si es el señor Croaksworth? —preguntó de inmediato la señora Steele.

—Pero llegará en carruaje, ¿no? —preguntó nerviosa Louisa.

—Quizá comprenda el peligro que suponen los caballos —dijo el señor Steele.

Beatrice dio unos golpes en la parte delantera del carruaje.

—Por favor, pare el vehículo.

La familia Steele tuvo que agarrarse a los asientos cuando el carruaje frenó en seco y se quedó en equilibrio precario sobre el camino embarrado. Sin el ruido de los caballos y las ruedas, solo oían el aullido del viento en el exterior. Mary sintió un cosquilleo en las orejas.

—Tenemos que ver si necesita ayuda —dijo Beatrice a su familia—. Al fin y al cabo, se avecina una tormenta.

Sin esperar a que respondieran, abrió la portezuela del carruaje. El aire frío entró a toda prisa en el vehículo y Beatrice se estremeció, emocionada. «Había un forastero en Swampshire». No podía contenerse; estaba intrigada.

—Espera —dijo la señora Steele, y agarró a Beatrice por el brazo para detenerla—. Podría ser un asesino, o peor, ¡un francés!

—Pero, madre, ¿no se supone que debemos socorrer a cualquier necesitado, aunque nos lo encontremos fuera de los lugares apropiados? —preguntó Louisa con los ojos muy abiertos.

—Tengo que comprobarlo. —La señora Steele sacó *La guía para damas de Swampshire (edición de viaje)* de su bolsito y empezó a hojearla—. Sé que una dama no puede dirigirse a un hombre sin que los hayan presentado...

—Pues padre hará las presentaciones —dijo Beatrice.

Todas se volvieron hacia el señor Steele, que se encogió ligeramente tras el bigote. Amaba a todas sus hijas —Louisa era fuerte y buena de corazón, y Mary también era hija suya—, pero Beatrice lo hacía reír. Así pues, sacó la cabeza calva por la ventanilla y gritó hacia la silueta ensombrecida que había a lo lejos.

—¡Disculpe! ¿Puedo ayudarle en algo?

El hombre volvió la cabeza hacia el carruaje, y en ese momento un relámpago cruzó el cielo y le iluminó la cara.

Beatrice soltó un suspiro. Tenía una larga cicatriz en la mejilla y un parche le tapaba el ojo izquierdo. El derecho era de un penetrante verde esmeralda. Lo reconoció al instante y supo que era el inspector Vivek Drake. Los grabados que aparecían en el periódico junto a los de su noble jefe, el señor Huxley, resultaban muy precisos: Drake era clavado al retrato, incluso tenía el mismo ceño fruncido.

De pronto notó cómo crecía en ella la ira al recordar las barbaridades que Drake había dicho de sir Huxley: había denunciado su falta de luces y se había atrevido a acusarlo de comportamiento indebido —¡nada más y nada menos que a Huxley!—, cuando era evidente que Drake solo estaba celoso del éxito de su antiguo compañero. Ese hombre era un fraude y un granuja.

Además, ¿qué hacía allí?

Drake empezó a caminar hacia el carruaje.

—Bien pensado, deberíamos continuar —se apresuró a decir Beatrice—. Seguro que está bien. Simplemente habrá salido a pasear, como decía usted, madre.

Pero ya era tarde. El inspector Drake se acercó al carruaje y se detuvo junto a la portezuela del compartimento, con los zapatos chapoteando en el barro.

—Buenas noches —dijo con voz dulce y un leve deje de acento indio.

La familia Steele lo miró fijamente, todos se habían quedado mudos. La escasa luz de luna proyectaba un extraño resplandor en su rostro apuesto pero surcado por la cicatriz.

—Buenas noches, sir. Me... me gusta su parche —dijo al fin el señor Steele.

—Gracias —respondió el inspector Drake—. Supongo que van al baile de los Ashbrook, ¿verdad?

—Sí —afirmó el señor Steele—. ¿Cómo lo ha sabido?

—Van rumbo este, y la localidad no tiene ningún otro destino pasado este punto. Además, su atuendo es propio de un baile —observó Drake.

—Asombroso. ¡Es usted de lo más inteligente, sir! —exclamó el señor Steele. Era incapaz de sentir aversión por alguien durante mucho tiempo, y todavía menos por alguien tan avispado.

—Si tan inteligente es, ¿por qué va caminando con semejante tiempo de perros? —murmuró Beatrice, incapaz de mantener la boca cerrada.

—No me gustan los carruajes —dijo Drake, y se volvió para escudriñarla con su penetrante ojo.

—¿No será usted por casualidad... el señor Edmund Croaksworth? —preguntó Louisa, que acababa de fijarse en la gruesa cicatriz y el parche de seda de Drake.

—Le aseguro que no —se mofó Drake.

—Pero lo conoce —apuntó Beatrice, inclinándose hacia delante.

Drake le aguantó la mirada un instante y luego asintió con la cabeza de forma discreta.

—Sí. El señor Croaksworth me ha invitado a acompañarlo al baile de esta noche. Viajamos juntos.

Ciertamente, el señor Croaksworth no podía ser «amigo» sin más de un ayudante de detective caído en desgracia, pensó Beatrice. Tenía que haber alguna razón para que lo hubiera invitado... pero ¿cuál?

Sin embargo, no tuvo tiempo de protestar; la aprensión de su madre se había esfumado.

—¡Ay, sir! ¡Cualquier caballero que conozca al señor Croaksworth es amigo nuestro! ¡Ya lo creo! —Apartó a su familia para hacer un hueco en el ya abarrotado vehículo—. No debería estar a la intemperie con un tiempo tan malo. Insisto en que haga con nosotros el resto del trayecto hasta la fiesta.

Drake dudó y miró con aprensión el vehículo.

—Ha dicho que no le gustan los carruajes, madre —murmuró Beatrice.

—Sí, pero he insistido, y sería de mala educación rechazar mi ofrecimiento —dijo la señora Steele con un repentino tono cortante.

La cara de la mujer, congelada en una sonrisa forzada, se iluminó con otro relámpago y Drake se aproximó aún más al carruaje. Pocas personas podían resistirse a la señora Steele cuando empleaba ese tono; ese era el don de una madre.

Drake tuvo que agacharse para que su corpulento cuerpo cupiera en el diminuto compartimento. Tomó asiento al lado de Beatrice, que se tensó, muy consciente del calor corporal que desprendía el hombre.

El señor Steele tiró de la portezuela para cerrarla y así puso fin a las frías corrientes de aire. Dio dos golpes en el techo del carruaje y los caballos reanudaron el trote. Todos se quedaron mirando al desconocido que tenían en medio, quien se encogió con incomodidad, como si pudiera hacerse más pequeño de tanto desearlo. Resultó inútil, ya que era muy alto.

—Bueno —dijo la señora Steele—, tiene que hablarnos de su amigo el señor Croaksworth. Estamos muy emocionadas de que vaya a asistir a nuestra reunión. Estoy segura de que le gustará lo que va a ver.

Le guiñó un ojo a Louisa, que se ruborizó.

Drake se volvió hacia la muchacha y se fijó en su apariencia.

—Qué lirio tan grande lleva en el pelo —comentó.

—Sí —respondió la joven tocándolo con delicadeza—. Es mi flor favorita.

—El lirio blanco simboliza la virtud —continuó Drake como si tal cosa— y la devoción. Pero además, en la mitología griega, representa el renacimiento y la maternidad. Por no mencionar que se utiliza en los funerales. Por eso, se considera sobre todo un símbolo de la muerte.

Un silencio incómodo invadió el carruaje. ¿Había muerto alguien?, se preguntó Beatrice con un escalofrío. ¿Acaso era el motivo por el que Drake estaba allí? Pero las noticias corrían como el viento en una aldea. Si hubiera ocurrido algo, los Steele se habrían enterado. Es más, si hubiera habido un crimen, ¿quién iba a contratar a un detective de pacotilla como Drake?

—Los lirios también son tóxicos para los gatos —dijo Mary, rompiendo el incómodo silencio—. Una flor perfecta.

—Louisa se lo ha puesto por el sentido virtuoso —zanjó Beatrice—. Por el sentido nupcial. —Sonrió a Louisa para darle ánimos—. Al fin y al cabo, lo único de lo que no cabe duda es de que el señor Croaksworth busca esposa.

No pensaba permitir que la repentina e inexplicable presencia de Drake se interpusiera en el verdadero propósito de la velada: asegurarse de que Louisa conseguía al hombre de sus sueños.

—Le aseguro que no —contestó Drake con su tono impasible.

—¿Disculpe? —preguntó Beatrice, y resopló de indignación—. Usted no puede saberlo.

—Y sin embargo lo sé —dijo Drake volviéndose hacia ella.

—¿Cómo sabemos que dice la verdad? —contratacó Beatrice—. Podría ser un mentiroso, no le conocemos.

—¡Beatrice! —exclamó Louisa con los ojos como platos—. Pero ¿qué mosca te ha picado? Tal vez tenga razón y el señor Croaksworth solo tenga intención de visitar a Daniel esta noche.

—¡Ajá! —intervino la señora Steele, y señaló con el dedo a Drake—. ¡Ya sé quién es usted! —Por un momento, Beatrice se quedó de piedra al pensar que su madre también había reconocido al inspector Drake, hasta que la señora Steele continuó—: Es usted un amigo del señor Croaksworth llegado de la ciudad para impedir que se enamore de una chica de campo. Tal vez considere que el señor Croaksworth es demasiado refinado para nosotros, por eso lo ha seguido y se ha autoinvitado a la fiesta de esta noche. —Levantó la barbilla con orgullo—. Pues le advierto que sus esfuerzos serán en vano. Puede que vivamos en el campo, pero seguimos un estricto código de conducta. Nuestra educación es equiparable, no, ¡superior!, a la de los miembros de la sociedad de Londres. El señor Croaksworth descubrirá que mis hijas son todas unas damas de lo más dignas.

—Ya veo que me ha calado —contestó Drake a la señora Steele—. Dado que mis esfuerzos serán en vano, los abandonaré de inmediato.

Beatrice esperaba que dijera algo más, pero en lugar de eso volvió a apoyarse en el respaldo acolchado del compartimento y mantuvo silencio.

Se quedó mirándolo, perpleja. Era una experiencia curiosa el ver a alguien de la prensa que de repente salía de la página y entraba en su aldea. Pero saltaba a la vista que el hombre no quería discutir cuáles eran sus motivos, y ella no podía preguntarle sin despertar sospechas. Su presencia era un problema... Sir Huxley lo sabía y ahora Beatrice también estaba segura. Pero la importancia de la velada para su familia era tal que la joven no podía dejarse enredar por Vivek Drake. Se cuadró de hombros y mentalmente decidió que se mantendría apartada de aquel hombre durante toda la velada. No valía la pena...

Beatrice se obligó a mirar por la ventanilla del carruaje hacia la oscuridad de la noche, iluminada por el ocasional resplandor de una rana fluorescente que saltaba por el pantano. Mientras contemplaba la campiña, el carruaje subió una colina y otro relámpago súbito iluminó una imponente mansión a lo lejos.

Habían llegado a Stabmort Park.

LA HISTORIA DE STABMORT PARK

[Extracto]

Atraídos por las suaves colinas y los manantiales de aguas termales, a lo largo de la historia los nobles intentaron afincarse en Swampshire en diversas ocasiones. Sin embargo, la mayoría huía de la región en cuanto se encontraba con las extrañas ranas, las constantes granizadas y los peligrosos hoyos cenagosos que salpicaban el terreno.

El barón Fitzwilliam Ashbrook no se rindió, estaba decidido a crear una sociedad habitable a partir de aquella ciénaga. En el siglo XVII construyó Stabmort Park, una amplia mansión que serviría como asentamiento de la nueva aldea.

Stabmort Park es una residencia de cuatro plantas, que ostenta columnas importadas en la fachada principal, establos y un invernadero moderno que se añadió a finales del siglo XVIII. Tiene un torreón (toda mansión respetable cuenta con uno), cuya luz siempre parpadeante en la ventana es fuente de joviales rumores en el vecindario, a propósito del «fantasma de Stabmort Park, que lee a la luz de una vela».

Una vez dentro, en el sótano hay una sala de baños con un manantial natural. Encima están las cocinas y las habitaciones de los sirvientes. La primera planta alberga la sala de estar, el tocador, el pasillo que conduce al invernadero y el salón de baile, y las plantas superiores, una serie de dormitorios a cuál más ornamentado.

Concebida para dar cobijo a una familia extensa con numerosos criados y provista de habitaciones extra para cualquier posible eventualidad, Stabmort Park representa el poder de la nobleza y su dominio en la región. Por supuesto, rumores menos joviales sostienen que el barón Ashbrook construyó una casa tan grande para «compensar» otra cosa, pero ese chismorreo malintencionado ha sido desmentido.

4

Llegada

Justo cuando el carruaje de los Steele llegaba a la imponente mansión, la fina lluvia arreció, convertida en granizada. El granizo en Swampshire era sinónimo de proyectiles de hielo grandes como globos oculares que caían caprichosamente del cielo. Así pues, los Steele —y el inspector Drake— corrieron por el puente hasta llegar al pórtico, en un intento de evitar la pedregada. Todos con la sensación de estar algo magullados, se abrieron paso por las inmensas puertas principales y entraron en el vestíbulo de la mansión.

Por suerte, era una estancia muy acogedora, con una alfombra mullida y unos apliques de luz parpadeante que desprendían un agradable calor. Los Steele tardaron un momento en recomponerse en esa antecámara. Se quitaron los abrigos e hicieron las comprobaciones de rigor para ver si el granizo les había dejado algún hematoma. Gracias a Dios ninguno de ellos tenía, salvo Mary, pero nadie se dio cuenta.

—He estado aquí mil veces, pero cada vez que vengo Stabmort Park me parece más grande —dijo Louisa, que se había quedado mirando con los ojos muy abiertos un retrato del fundador de la localidad, el barón Fitzwilliam Ashbrook.

Este la miraba con su nariz aguileña y una expresión severa.

—Tienes que acostumbrarte a la opulencia —le advirtió su madre mientras recolocaba los rizos de Louisa—. En un abrir y cerrar de ojos serás la señora de una mansión el doble de grande.

Beatrice entregó la capa al lacayo de los Ashbrook, quien la guardó en el armario de los abrigos. El hombre se volvió hacia Drake con los brazos extendidos, pero este negó con la cabeza.

—Gracias, pero prefiero dejármelo puesto.

El lacayo continuó con los brazos extendidos y los ojos muy abiertos por la confusión.

—Pero... sir, es tradición que recojamos...

—Y yo rechazo esa tradición.

—Por favor, sir —insistió el lacayo, y empezó a tirar del abrigo de Drake.

Mientras ambos forcejeaban por la prenda y se iban bisbiseando argumentos el uno al otro, Louisa se acercó a Beatrice.

—¿Por qué crees que el señor Croaksworth ha invitado a ese hombre con tan malos modales? —le preguntó en voz baja a su hermana.

—Es desconcertante —respondió Beatrice—, pero supongo que no debemos entrometernos.

Lo dijo con sarcasmo, pero Louisa no pareció darse cuenta; asintió con total seriedad.

—Claro, tienes razón. Te pido disculpas.

El sirviente logró al fin arrebatarle el abrigo a Drake. Cuando se lo quitaba a la fuerza, algo plateado cayó al suelo y rodó hasta el pie de Beatrice, que se detuvo a recogerlo.

Era una cucharilla, vieja pero bien pulida. El extremo del mango tenía forma de perro.

—Ya la recojo yo —soltó Drake, y le arrancó la cuchara de las manos a Beatrice.

Sin el abrigo, la joven se fijó en que el detective llevaba un traje viejo y pasado de moda. Aun así, su imponente altura y su aire orgulloso compensaban la desastrada ropa.

—Nos darán cubiertos en la cena, sir —comentó Beatrice—. No hacía falta que se trajera los suyos.

—Mucho mejor, porque se me ha manchado de barro la cucharilla —dijo Drake con irritación.

Beatrice bajó la mirada y vio una mancha de barro en la alfombra que recordaba a la huella de un zapato.

—Qué raro —murmuró.

—¿El qué es raro? —preguntó Drake mientras se guardaba la cucharilla en el bolsillo.

—Nada —respondió Beatrice, pero entonces, incapaz de contenerse, añadió—: Me sorprende que haya restos de madreselva en el barro. —Señaló un ramito de florecillas aplastado en la alfombra escarlata—. Solo crece en Adler's End, junto al arroyo.

—¿Qué es Adler's End? —preguntó Drake.

—Una zona boscosa junto a un riachuelo, en el límite de la propiedad de los Ashbrook —le explicó—. Cuando llueve mucho, el arroyo se desborda y puede ser peligroso. Y siempre llueve mucho en Swampshire.

—Ya me he dado cuenta —dijo Drake.

—Lo más extraño —continuó Beatrice— es que alguien haya estado allí. Hugh Ashbrook ha prohibido poner el pie en Adler's End. Es demasiado peligroso.

—Parece que alguien de Swampshire se ha saltado las normas —dijo Drake, enarcando una ceja.

—Cómo se atreve, sir —dijo agitada la señora Steele—. ¡Eso jamás!

—Tal vez sea barro falso —sugirió el señor Steele— y forme parte de alguna ingeniosa chanza. ¿Creéis que Hugh Ashbrook

habrá levantado la prohibición de utilizar estiércol de broma?
—Se metió la mano en el bolsillo.

—Lo dudo, pero no hay que perder la esperanza —dijo Beatrice, y con cariño contuvo el brazo de su padre.

Tras la extraña aparición de Drake y el ajetreo de entrar en Stabmort Park sin que les pillara la granizada, la joven se había olvidado de la demanda de Grub contra su padre. Pero ahora, al observar la expresión contrariada del señor Steele, lo recordó de repente.

No podía permitirse más distracciones.

—Si todos estamos ya recuperados, propongo que entremos en la fiesta —dijo con alegría. Dio la espalda a Drake y caminó hacia el salón de baile.

El lacayo abrió las puertas para la familia Steele y desveló una sala de fiestas provista de una viva iluminación. La señora Steele empujó a Louisa para que entrase la primera y luego tosió en voz alta, orquestando a la perfección una escena dramática para que todos los asistentes se dieran la vuelta y vieran entrar a su hija más hermosa. Beatrice y Mary pasaron detrás de ella.

El salón de baile era enorme y estaba iluminado con cientos de velas blancas. Distintos ramos de rosas rosadas adornaban las mesitas auxiliares. Arabella Ashbrook, que adoraba la jardinería, creaba arreglos florales a partir de las plantas del invernadero. Esa noche se había superado a sí misma; los adornos eran exuberantes y colmaban el ambiente de una agradable fragancia. Un cuarteto de músicos estaba afinando los instrumentos. La habitación se hallaba en las antípodas del peligroso clima que azotaba fuera. Casi era posible olvidarse de la tormenta que se estaba fraguando, salvo por los sucesivos resplandores de los relámpagos que iluminaban los páramos y se veían a través de las altas ventanas del salón.

Beatrice y Louisa se cogieron del brazo como tenían por costumbre y empezaron a recorrer la estancia. Siempre era el primer punto del día cuando llegaban a un baile; les permitía tanto ver como ser vistas.

Por norma general, iban intercambiando comentarios sobre la velada que tenían ante sí, pero esa noche Louisa se mostraba extrañamente callada.

Pasaron por delante de sillas desperdigadas y mesitas para las bebidas apostadas contra las paredes de empapelado dorado, a la espera de los invitados que necesitarían un respiro entre canción y canción.

—No te olvides de contar los pasos en el minueto —instruyó Beatrice a Louisa.

—Nunca me olvido —contestó Louisa.

—Y fija la mirada en un punto cuando des vueltas para no marearte —continuó Beatrice—. A veces es difícil cuando Arabella elige música con un tempo tan rápido. Estoy segura de que lo hace para intentar que nos tropecemos.

—Yo creo que le gustan las piezas ágiles, nada más —respondió Louisa, siempre generosa.

—Esperas lo mejor de la gente, Louisa —dijo Beatrice dando unas palmaditas en la mano a su hermana—. Brindaré por eso esta noche.

Se detuvo delante de una mesa larga con varias fuentes de ponche. Las hermanas tenían la costumbre de brindar por algo antes de empezar cada baile; Louisa solía elegir un motivo amable como «el amor» o «felicidad para todos». Beatrice acostumbraba a brindar por «ver una cara nueva por una vez», un deseo que casi siempre era en vano.

Pero Louisa negó con la cabeza.

—Gracias, pero creo que esta noche me saltaré el brindis.

Confusa y contrariada, Beatrice trató de enmascarar lo ofendida que estaba justo cuando Arabella Ashbrook se les acercó a paso tranquilo para saludarlas.

Era una belleza rubia con unas facciones admirables, aunque serias. Astuta y vivaz, Arabella era famosa por su gusto impecable tanto en la jardinería como en la ropa. Vestía a la última moda, organizaba bailes con frecuencia para lucir sus modelitos y era responsable de anunciar el tan esperado Color del Año. Todos en Swampshire aguardaban que Arabella les dijera qué debería gustarles, y ella aceptaba encantada esa responsabilidad. Era tan estricta con la gente como con su jardín; parecía capaz de intimidar a cualquier planta para volverla hermosa.

Arabella también tenía una vena celosa y en múltiples ocasiones le había dado a Louisa a propósito un consejo equivocado acerca de cómo sería la nueva moda. Debido a eso, una vez Louisa se había presentado con un ordinario vestido acolchado, algo llamado «manguitos», y en otra ocasión, para sorpresa de todos, con pantalones. Beatrice se enfurecía e intentaba defender a su hermana, porque advertía las tretas de Arabella, aunque a Louisa no parecía importarle. En realidad, le había gustado llevar pantalones. Así pues, sin saber cómo las dos jóvenes se habían hecho buenas amigas.

—Querida —dijo Arabella mientras abrazaba a Louisa—. Te has vestido de blanco. Qué atrevida.

—Louisa es atrevida. Y guapa. Y a diferencia de ti —dijo Beatrice en voz baja—, educada.

—¿Has dicho algo, Beatrice? —preguntó Arabella levantando la voz—. Deberías hablar más alto si tienes algo provechoso que añadir a la conversación. ¿O acaso simplemente hablabas contigo misma, como eres proclive a hacer?

—Cuando las batallas dialécticas escasean, a veces el mejor adversario es una misma —dijo Beatrice con una sonrisa forzada.

—Me encantaría presenciar esa batalla. Sería muy interesante ver un combate en el que nadie va armado —respondió Arabella—. Aunque quizá sí vayas armada... Tus pendientes parecen claramente... peligrosos. —Arrugó las facciones formando una expresión que apenas disimulaba el desagrado.

Como es natural, Arabella había reconocido al instante que los pendientes largos de Beatrice eran de pasta y no de piedras preciosas auténticas. Avergonzada, Beatrice jugueteó incómoda con las joyas. Pensaba que captaban la luz de forma cautivadora, pero en ese momento se sintió vulgar.

—No todo el mundo puede permitirse piedras preciosas, Arabella —dijo intentando sonar despreocupada.

—Cierto, pero el buen gusto no se puede comprar —respondió la anfitriona.

—Por favor, dejad de discutir —dijo Louisa casi en un susurro, y bajó la mirada al suelo.

—Es para divertirnos un poco, aunque tu hermana no sepa qué es eso. —Arabella le dio unas palmaditas en el hombro a Louisa y luego la agarró del brazo—. Ahora ven, tengo que enseñarte la lista de las canciones. He creado la velada perfecta para nuestro invitado de honor. ¿Puedes creerte que el señor Croaksworth gana nada menos que diez mil al año?

Antes de que Beatrice pudiera protestar, Louisa y Arabella cruzaron el salón de baile cogidas del brazo: pegaditas la una a la otra, susurraban y se reían con disimulo sin parar. Al cabo de poco Louisa se mostró más relajada, más habladora. Por su parte, Beatrice notó que se le formaba un nudo de aturdimiento y frustración en el estómago que se acentuó mientras las observaba. Se obligó a apartar la vista y cruzó la mirada con el señor Daniel Ashbrook, advirtiendo encantada que el joven había esbozado una sonrisa en cuanto la había visto. Esa noche era el momento de asegurar un compromiso matrimonial, y Daniel era su principal sospechoso.

«¡Ay, no, sospechoso no! Pretendiente...», se corrigió.

Daniel era inteligente y amable, y seguía al pie de la letra todas las normas del decoro. De hecho, había creado su propio libro de consejos en forma de sentencias, cuyo contenido iba soltando cuando lo consideraba necesario. Sus vecinos se lo toleraban porque Daniel era muy sincero y porque era descendiente del fundador de Swampshire. Igual que su tataratatarabuelo, el barón Fitzwilliam Ashbrook, Daniel parecía desear de todo corazón ayudar a su comunidad. Además, era increíblemente guapo. Los consejos sonaban mejor cuando salían de la boca de un Adonis: Daniel tenía los ojos de un azul puro, el pelo dorado y una mandíbula que quitaba el hipo.

La madre de Daniel y la de Beatrice habían sido muy amigas en la juventud, de modo que sus hijos se habían criado juntos. Después de la muerte de la señora Ashbrook, las familias mantuvieron la relación y solían pasar las navidades juntas en Stabmort Park. La señora Steele no era la única que pensaba que ellos dos formaban buena pareja; muchos otros en Swampshire notaban la afinidad que existía entre ambos. Pero Beatrice nunca había suspirado por Daniel de la manera en que su madre creía que una dama debía embelesarse cuando se enamoraba. Tal vez acabara ocurriendo con el tiempo, se dijo Beatrice, pero ya no disponía de más.

La joven hizo un intento por parecer coqueta y sonrió mientras Daniel cruzaba la sala en dirección a ella y a sus padres, que también se habían puesto a dar una vuelta por la estancia. Mary iba tan pegada al señor y la señora Steele que casi quedaba oculta.

—¿Se encuentra bien, señorita Steele? —preguntó Daniel con suma cortesía cuando se le acercó, con cara de preocupación—. Tiene una expresión de lo más peculiar.

—Estoy bien —dijo Beatrice, y dejó de sonreír.

—Me alegro, porque nos espera una velada estupenda —dijo Daniel. Dirigió una pequeña reverencia al matrimonio Steele—. Gracias a Dios han llegado ilesos —continuó Daniel, sin reparar en el enorme hematoma que relucía en la sien de Mary. Se volvió hacia el señor Steele—. ¿Qué tal va todo en Marsh House? Supongo que los crisantemos habrán florecido, ¿verdad?

—Sí, Arabella y tú tenéis que venir a verlos —dijo el señor Steele emocionado.

—Su entusiasmo me preocupa, sir —le dijo Daniel—. Confío en no encontrarme serpientes falsas en su jardín.

—Por supuesto que no —respondió el señor Steele, y los ojos le brillaron con malicia.

—Podríamos invitar a su familia a cenar el viernes que viene —propuso la señora Steele—. Hace mucho tiempo desde la última vez que fueron nuestros invitados.

—Me temo que los preparativos para esta velada nos han tenido ocupadísimos —comentó Daniel.

—Me alegro de que eligieran esta noche para el baile, en lugar de la noche de luna llena —dijo Mary con solemnidad, usando una bola de granizo para enfriarse la magulladura.

—La selección musical que hemos hecho es un poco complicada. Deberán tener mucho cuidado con los pasos de baile —recomendó Daniel, desoyendo a Mary, aunque ahora la tenía justo enfrente—. «Si se da un paso en falso al bailar, con un tobillo torcido se puede acabar».

—¿Cuándo se espera que llegue el invitado de honor? —interrumpió la señora Steele.

—No estoy seguro de la hora aproximada a la que llegará... —empezó a responder Daniel, pero entonces fue el señor Steele quien lo interrumpió.

—Confío en que tenga sentido del humor. Me ha decepcionado mucho la falta de alegría que muestra últimamente la mayor parte de los caballeros de esta localidad.

—Los caballeros del lugar siempre están sumamente contentos —dijo la señora Steele, irritada.

—Pues no sé por qué lo están —dijo Mary—. La vida es dolor.

—Daniel, ¿podrías acompañarme hasta la mesa de los refrigerios? —intervino Beatrice, y se lo llevó aparte.

Aunque adoraba a su familia, tendían a monopolizar las conversaciones... Y ella prefería plantar las semillas de una petición de matrimonio sin que sus padres los interrumpieran continuamente.

—Tengo algo para ti —dijo Daniel tuteándola cuando la familia de ella no podía oírlos.

Sacó un librito del bolsillo de la chaqueta y se lo ofreció.

—*Puertas de la campiña inglesa* —dijo Beatrice al leer el título.

—La semana pasada, mientras tomábamos el té, comentaste que a Marsh House le vendría bien una reforma —aclaró Daniel—. Me acordé de que este libro tiene una sección sobre revestimientos de madera. Podría serte útil.

—Gracias —dijo Beatrice, conmovida por que él hubiera recordado un detalle tan nimio.

Su amigo no sabía que cuando lo había dicho estaba pensando en su torrecilla; había acumulado tantísimos recortes de periódico que necesitaba ampliar el espacio de almacenamiento. Aun así, le gustó el gesto. Hojeó el libro y fue pasando secciones sobre ventanas, colores de pintura y cerraduras. Tal vez sí le resultara útil aprender a añadir compartimentos secretos adicionales, pensó. Alzó la mirada y sonrió, y a su vez se sacó un librito del bolsillo.

—Yo también te he traído un libro.

Daniel sacó unos anteojos, se los puso en la nariz y leyó el título:

—*La tragedia de la señorita Lamarre.*

—Es una novela gótica —explicó Beatrice—. Sé que normalmente no te parecen atrayentes, pero la historia está ambientada en Italia. Y como siempre has querido visitarla...

Daniel cerró el libro y sonrió a Beatrice por encima de los anteojos.

—Lo leeré en cuanto termine el baile. Estoy seguro de que me ilustrará sobre la sociedad italiana... Y de paso me proporcionará un gran entretenimiento.

Beatrice también le sonrió. Luego tragó saliva e intentó decidir cómo formular las preguntas para las que quería respuestas.

—El señor Croaksworth y tú... no os habéis visto en una buena temporada —dijo, intentando utilizar un tono discreto que no pareciera muy entrometido—. Me ha sorprendido que abuse tanto de vuestra hospitalidad y haya traído un invitado. ¿Qué opinas sobre esa pequeña falta de etiqueta?

—Admito que me quedé sorprendido cuando Edmund me escribió después de tantos años —confesó Daniel, y desvió la mirada hacia Drake, que estaba en un rincón observando a todos los asistentes con una expresión inescrutable—. No esperaba volver a saber de él después de cómo acabaron las cosas entre nosotros. Pero tras la muerte de sus padres parece que experimentó un despertar. Me dijo que deseaba retomar el contacto con sus viejos amigos y vivir una vida mejor, algo que alabo, por supuesto. Uno siempre debería intentar mejorar, tanto en lo intelectual como en lo emocional; lo invité encantado al baile de esta noche.

Su mirada se perdió en la lejanía, absorta. Beatrice quería seguir insistiendo en aquella historia aparentemente complicada, pero intuyó que sería en vano. Después de la muerte de su madre, Daniel era dado a momentos de melancolía; a menudo se retraía en sus propios pensamientos y, una vez allí, era imposible acceder a él. Era poco probable que obtuviera más información de su amigo... por lo menos de momento.

—¿Puedo tomar un poco de sopa? —dijo al cabo Beatrice, tras un incómodo silencio—. Tengo la garganta seca.

La expresión distante de Daniel se esfumó y volvió a mirar a su amiga.

—Por supuesto —le dijo, y de inmediato sirvió un plato de sopa y se lo tendió a Beatrice.

Ella la devoró tan rápido que le escaldó la garganta.

—Deseas dar un buen sustento al cuerpo para poder bailar toda la noche, ¿a que sí? —dijo Daniel, enarcando una ceja—. Confío en que me reserves unas piruetas.

Antes de que ella pudiera responder: «Por supuesto, te corresponde el primer baile», se oyó el retumbar de un trueno. Dio la impresión de que todos los asistentes se sobresaltaban a la vez.

—La tormenta está arreciando —observó Daniel—. Hemos preparado las habitaciones de invitados por si acaso. Es muy probable que la gente pueda regresar a casa, pero «un hombre preparado...».

—«... es lo mejor del condado» —terminó Beatrice—. Tu máxima favorita, si no me equivoco.

—¿Tan previsible soy? —preguntó Daniel con una sonrisa.

—Solo porque te conozco. —Ella le correspondió con otra sonrisa.

—Me conoces mejor que nadie, Beatrice. —De pronto, Daniel la cogió de la mano—. Con todo ese asunto de retomar el contacto con Edmund, no te he visto mucho últimamente... ¿Puedo ir a visitarte esta semana? Una vez que hayas leído *Puertas de la campiña inglesa* y yo acabe con la novela gótica, tendremos mucho que comentar.

Beatrice se quedó muda un instante por la sorpresa. Daniel había ido a visitar a su familia a solas en otras ocasiones, pero acababa de decir que quería verla a ella. Era un hombre preciso, y la joven lo sabía: ¿acaso la elección del verbo en singular indicaba que estaba listo para hacer avanzar su relación?

—Por supuesto —respondió por fin, y él le apretó la mano.

Tenía que reconocer que no había notado el rubor en el rostro ni un cosquilleo en el corazón. De niña, siempre se había imaginado que un romance sería así. Pero Daniel era un buen pretendiente. Tenía fortuna, su hogar estaba próximo a la finca de la familia Steele y ambos se llevaban estupendamente. El confort y la seguridad eran mucho más importantes, y más realistas, que los vuelos de la imaginación.

Y si era sincera consigo misma, solo sentía esa clase de arrebato cuando leía un caso de asesinato especialmente truculento.

De pronto, Daniel miró por encima del hombro de Beatrice y ella se dio la vuelta al instante creyendo que había llegado el invitado de honor.

En su lugar, se trataba de Martin Grub: el hombre que heredaría todo tras la muerte del señor Steele. O, mejor dicho, el hombre que podría heredarlo todo de forma inmediata si ganaba el pleito y la justicia declaraba que el padre de Beatrice no estaba capacitado para gestionar sus propiedades.

Daba la sensación de que a Grub le había salido todavía más pelo desde la última vez que lo había visto. Le sobresalía tanto de las orejas como de la nariz. Llevaba su típico traje marrón oliva y un broche engastado que lucía un escudo de armas familiar que Beatrice estaba segura de que no era el suyo. Sin dilación, el primo de su padre se dirigió al final de la mesa de refrigerios. La joven vio cómo se metía varios tacos de queso en el bolsillo, junto con numerosas porciones de bizcocho borracho. Era ridículo que se dedicara a saquear de esa manera y a la vez intentara adelantar posiciones para colarse en el hogar de los Steele; apenas hacía un mes que había recibido otra herencia. Y todo el mundo sabía que la morada de los Steele era respetable pero modesta... Desde luego, no era el tipo de propiedad que llevaría a la gente a llegar a esos extremos con tal de conseguirla. Sin duda, Grub vendería Marsh House y luego guardaría bajo llave las ganancias que obtuviera, junto con el resto de sus riquezas. Pero no, se dijo Beatrice con firmeza, Grub no vería ni un penique más... por lo menos, no de su familia.

—Prima —dijo el señor Martin Grub mientras se acercaba a Beatrice. Incluso desde lejos notó el aliento acre y húmedo: ese olor extrañamente similar al de las monedas.

—Señor Grub —contestó ella, y al instante dio un paso atrás.

—Buenas tardes, señor Grub —dijo Daniel con educación. Siempre se comportaba como un caballero, incluso cuando tenía delante a un espécimen tan desagradable como aquel.

—Cuánto me alegro de verlos a los dos. —El señor Grub agarró la mano de Beatrice y le plantó un beso pringoso en el guante.

Tenía las palmas tan callosas y ásperas que rascaron la tela, y sus labios dejaron una marca mojada. Menos mal que no le había besado la mano, se dijo Beatrice. Apartó la vista de Grub, pero entonces se fijó en que su madre la observaba desde la otra punta del salón de baile.

La señora Steele le lanzó una mirada a su hija que decía a todas luces: «Sé educada, Beatrice. Está soltero y puede ser un pretendiente».

Beatrice le correspondió con una mirada que decía: «Si tuviera que casarme con este hombre, sería un matrimonio corto, porque me moriría de asco».

La señora Steele enarcó las cejas, como si contestara: «Tu vida será corta si no te casas».

—Y yo a usted, primo —dijo Beatrice por fin al señor Grub, tragándose la creciente agitación—. Confío en que esté bien.

—Estoy de maravilla —contestó él con su voz monótona. El moco le subía y le bajaba por la nariz cada vez que jadeaba para respirar. De repente estornudó y salpicó de agüilla la cara de Beatrice.

—¡Santo Dios! —dijo Daniel, y de inmediato le puso un pañuelo en la mano.

—Pensaba pedirte el primer baile —continuó Grub tuteándola mientras Beatrice, horrorizada, se limpiaba la cara con delicadeza.

—¿Quiere bailar conmigo? —preguntó incrédula.

—No tal como estás. Antes deberías ir a lavarte —soltó el primo de su padre, y señaló la cara llena de gotitas.

Por un segundo, Beatrice se imaginó qué sentiría si le diera un bofetón. Seguro que en el primer momento sería una satisfacción, pero luego habría severas repercusiones, así que contuvo la mano.

—Tiene razón —masculló la joven entre dientes—. Si me disculpa...

Hizo una ligera reverencia y a continuación dejó a Daniel y al señor Grub junto a la fuente de crema blanca. Mientras se alejaba, pasó al lado del inspector Drake.

Estaba apoyado en la pared del fondo del salón y destacaba contra el empapelado dorado descolorido. Parecía bastante fuera de lugar en medio de aquellos candelabros de cristal y aquellos invitados de gala, pensó la joven; se notaba que estaba incómodo ante una formalidad tan forzada. Incluso su traje arrugado parecía resistirse a las normas de etiqueta.

No entendía por qué nadie más se había interesado por él; era tan alto e intimidante que ella no podía apartar la mirada del inspector.

La tensión que sentía dentro le subió a borbotones, hasta que la derramó sobre Drake.

—¿Por qué está aquí? —le soltó.

—Me han invitado —respondió el inspector.

—¿Y por qué me mira con tanta atención? —insistió Beatrice.

—¿Cómo puede saber si la miro con atención? A menos que usted también me haya estado vigilando —señaló, y alzó las comisuras de los labios hasta formar una sonrisilla burlona.

—Lamento decirle que sus intentos de provocarme no van a funcionar —dijo con firmeza la joven—. Solo me interesa bailar.

—Por supuesto —dijo Drake, y bajó con respeto la cabeza—. Debe de ser por eso por lo que observaba usted los zapatos de todo el mundo, por el baile... Desde luego, no será porque se pregunte quién ha pisado la madreselva y el barro.

—Usted lo ha dicho —contestó Beatrice—. Aunque las florecillas estaban frescas, así que uno de los hombres debe de haber pisado el arbusto esta misma noche. No es que me haya fijado.

—También podría haber dejado el rastro una mujer —puntualizó Drake.

—La huella tenía la forma de una bota masculina —respondió Beatrice.

—Ah —dijo Drake, y enarcó una ceja—, pero ¿no son conjeturas? Hipotéticamente, una mujer también podría llevar botas.

—En Swampshire, el calzado aceptable para las damas en un baile son las bailarinas de seda —dijo Beatrice.

—Muy poco prácticas —dijo Drake, y miró los pies de la joven. Ya llevaba los finos zapatos algo manchados por haber pisado el camino embarrado; aunque había intentado limpiárselos a la entrada, ahora estaban marrones en lugar de azules—. Piense en lo lejos que podría llegar con un resistente par de botas.

—No necesito ir a ninguna parte —insistió Beatrice, hablando tanto para sí misma como para Drake—. Este es mi sitio.

Cuando pasó por delante de él, sin querer le rozó el brazo con el suyo.

Le irritó comprobar que el tacto había provocado que todo su cuerpo se encendiera en llamas.

PUERTAS DE LA CAMPIÑA INGLESA

Dedicatoria

Para Beatrice

Confío en que este libro te proporcione inspiración útil en tu aventura con las reformas. Qué idea tan magnífica la de dar un aire nuevo a Marsh House. Siempre he pensado que tienes un gusto excelente.

No hace falta que me lo devuelvas; puedes quedártelo.

Con afecto,

Daniel

P. D.: ¿Recuerdas cuando jugamos al escondite un día de lluvia en Stabmort? Intentaste esconderte en un armario y, sin querer, te quedaste encerrada dentro. Quizá este libro te hubiera sido útil entonces, ¡porque tiene una sección dedicada a pestillos y cerrojos!

Todavía me entra la risa cuando recuerdo cómo eras entonces, con siete años y triunfante, dando patadas a las puertas del armario para liberarte.

5

Presagios

El tocador de los Ashbrook era una preciosidad, aunque quedaba algo desmerecido por los feos retratos familiares. En la pared del fondo había un cuadro de la tía abuela Agnes Ashbrook, con una cara tan enfadada que daba la sensación de saber que la habían colgado en el excusado.

Además, en el cuarto había tres espejos grandes con unos taburetes tapizados y un reservado para el inodoro. Beatrice entró algo azorada y se encontró uno de los taburetes ocupado por la señorita Helen Bolton.

—Buenas noches, señorita Bolton —dijo haciendo una reverencia.

La señorita Bolton gritó sobresaltada, pero se tranquilizó al ver que solo era Beatrice.

—Gracias a Dios —dijo sin aliento—, creí que era usted un fantasma.

—Aún no —respondió Beatrice con una sonrisa, y se sentó en el taburete que había junto a la asustadiza mujer—. Pero si no consigo un enlace matrimonial pronto, es probable que mi madre me mande a la tumba antes de tiempo.

La señorita Bolton era de naturaleza nerviosa, con la voz aguda y la nariz respingona, lo que le daba un parecido sorprendente a un perrillo. A la mujer no le habría importado la comparación; adoraba a los animales y había llenado su mansión de pobres abandonados. Acogía a cualquier criatura con el ala o la pata rotas, les curaba las heridas y las dejaba campar libres por sus salones. La señorita Bolton adoraba a Beatrice, y esta sospechaba que era porque la dama la consideraba una pobre abandonada más. En cierto modo, pensó Beatrice, tenía razón.

Esa noche la dama llevaba un vestido de terciopelo morado, con un sombrero a juego. Lo coronaba una ostentosa pluma de avestruz, que Beatrice suponía se le habría caído a una de las cuatro avestruces domésticas que cuidaba la señorita Bolton.

—Qué tocado tan interesante —comentó Beatrice, y la señorita Bolton sonrió de oreja a oreja.

—Le aseguro que se necesita un sombrero así para sobrevivir a un baile.

—Supongo que es una manera excelente de dar pie a una conversación. Aun así, no resulta tan intrigante como sus peces —respondió Beatrice, al recordar el atuendo que había llevado la mujer en el baile del mes anterior.

Se había calado una pecera en la que nadaban especímenes vivos —en equilibrio sobre su cabeza—, de modo que la señorita Bolton se vio obligada a caminar toda la velada a paso de caracol para no desparramar el agua en la pista de baile.

—Cuánta razón tiene, pero como comprenderá, no podía ponerme el sombrero de la pecera una segunda vez. Sería una torpeza presentarme en un baile con un conjunto ya estrenado —dijo la señorita Bolton, ofendida.

Pese a su insistencia, Beatrice sabía que la señorita Bolton estaba lejos de ir a la moda... si bien las normas de etiqueta dictaban que debían invitarla a todos los bailes. Al fin y al cabo, era muy rica. Como última superviviente de los Bolton, había heredado una fortuna. No le había hecho falta casarse para asegurar el patrimonio familiar; la señorita Bolton tenía suficiente dinero en el banco para comprarse la casa que quisiera.

La dama sonrió a Beatrice, pero sus ojos no se hicieron eco de la expresión. Se notaba que seguía incómoda, con los estrechos hombros tensos.

—¿Está a punto de saltar por la ventana y echar a correr? —bromeó la joven—. Tal vez me una a usted.

—No haré nada semejante —dijo la señorita Bolton.

—Y, sin embargo, está sentada en el borde del asiento —comentó Beatrice.

Rendida, la señorita Bolton soltó el aire y, sin querer, apagó varias velas.

—¿Es que tiene que fijarse en todo, querida mía? —dijo suspirando.

—Sí —respondió Beatrice con una sonrisa—. Por eso, lo mejor sería que me contase sin más dilación qué le ocurre, así me evitaría la molestia de tener que averiguarlo por mí misma.

Procuró no mirar el retrato de la tía abuela Agnes. Con aquella luz, ahora escasa, la expresión de la mujer había pasado de irritada a maliciosa. Beatrice se inquietó.

—De acuerdo, está bien. Hoy he llegado antes de tiempo, en concreto a las cinco y cuarenta y ocho minutos —empezó a decir la señorita Bolton con voz vacilante.

—¿Ha llegado a una fiesta antes de la hora? —preguntó Beatrice, enarcando las cejas.

Llegar pronto no estaba prohibido explícitamente, pero aun así se consideraba de mal gusto.

—Quería asegurarme de estar aquí antes que el señor Croaksworth, para darle un repaso de arriba abajo antes de que lo atraparan todas las jóvenes damas —aclaró la señorita Bolton.

—No me diga que se ha topado con algo escandaloso o me quedaré desolada por no haber llegado pronto también —dijo Beatrice con una sonrisa.

—Seguro que no es nada. —La señorita Bolton negó con la cabeza, como si quisiera contenerse de seguir hablando—. Un malentendido, nada más.

—Por supuesto —corroboró Beatrice—. Si no quiere contármelo, no tiene por qué.

Esa frase era la expresión más digna de una dama que Beatrice podía emplear para sonsacarle información a una persona, y por suerte funcionó.

—Cuando he llegado a Stabmort Park, me ha parecido ver a Arabella en la ventana... con las manos llenas de sangre —soltó a bocajarro la señorita Bolton—. He entrado en la casa de inmediato, presa del pánico... Pero cuando ha salido a saludarme, no había ni rastro de sangre.

—Qué extraño —susurró Beatrice, con el corazón desbocado—. Como es natural, no podía usted preguntarle al respecto, porque solo lo había visto a raíz de la falta de decoro que implica llegar antes de tiempo.

—¡Exacto! —exclamó la señorita Bolton—. Pero no lo entiendo... ¿Por qué iba a tener sangre en las manos Arabella?

Miró a Beatrice y parpadeó varias veces, suplicante.

Beatrice dudó.

No era la primera vez que la señorita Bolton le había relatado una historia impresionante. Con frecuencia hablaba de incidentes extraños: piezas de carne que desaparecían, arañazos fantasmales en la puerta, zapatillas mordidas, o una criatura canina que dormía junto a la entrada de su casa durante ciertas fases lunares. Beatrice estaba segura de que todos esos hechos se debían a las hordas de animales que vivían en casa de la señorita Bolton. Adoraba a esa mujer, pero también la consideraba un ejemplo de en qué podía convertirse ella si no lograba desprenderse de sus costumbres más oscuras: acabaría sola, tejiendo chales para gatos y aquejada de fantasiosos ataques de imaginación.

—Probablemente fuera un mero corte con una espina de un rosal —respondió Beatrice para calmarla—. El salón de baile está repleto de ramos de rosas; seguro que se ha pinchado sin querer.

—Mientras las pronunciaba, sabía que esas palabras debían de ser ciertas, pero no pudo evitar sentir decepción. Le habría encantado creer que Arabella tramaba algo misterioso—. Será mejor que lo olvidemos y hablemos de temas más alegres —continuó Beatrice, tanto para sí misma como para la señorita Bolton—. ¿Tiene alguna nueva obra de teatro entre manos?

A la señorita Bolton se le iluminó la cara. Adoraba el teatro y se consideraba una dramaturga aficionada (aunque Beatrice era la única persona que asistía a sus funciones, pues el resto de Swampshire traspapelaba las invitaciones en la chimenea). Beatrice conocía muy bien la soledad de una pasión prohibida y, por lo tanto, no podía soportar imaginarse a la señorita Bolton poniendo en escena sus obras con unos cuantos gatos como único público. La mujer se merecía tener por lo menos una espectadora.

—He estado escribiendo una obra importante sobre el declive de la tarta *bourdaloue* —dijo la señorita Bolton—. Nadie habla del tema.

—Un descuido al que debemos poner remedio —dijo Beatrice, que no tenía especial interés en ver esa representación, pero se alegraba de comprobar que la señorita Bolton se estaba relajando.

—Los artículos de tocador modernos son demasiado sofisticados —continuó la señorita Bolton—. Por ejemplo, fíjese en esta fragancia.

Cogió un frasquito de perfume de entre un montón de botellas de cristal que ocupaban un estante y roció el aseo. Beatrice arrugó la nariz.

—La gardenia puede resultar empalagosa —dijo la señorita Bolton—, aunque Arabella no estaría de acuerdo.

Mientras la señorita Bolton devolvía el frasquito de perfume al estante, Beatrice captó un movimiento fugaz en el espejo. Se volvió de golpe hacia el dominante retrato de Agnes Ashbrook.

—Los ojos —susurró—. Creo que se han movido.

Escudriñó la mirada estrábica de la tía abuela Agnes, cuyos ojos eran como relucientes zafiros entre pliegues de piel flácida. No tenía arrugas de sonreír; las cuidadosas pinceladas de pintura solo habían reproducido las arrugas del ceño y del resto de su cara seria.

—No me diga que ahora usted también ve cosas —dijo nerviosa la señorita Bolton—. La histeria no suele aparecer hasta que una cumple cuarenta años...

Pero dejó la frase a medias, porque el retrato volvió a moverse. En esa ocasión, Beatrice se percató de que no solo eran los ojos de Agnes los que se movían: el retrato completo se despegó de la pared.

—Va a caerse —dijo suspirando Beatrice, y se adelantó para agarrar el pesado marco dorado.

Llegó tarde: el inmenso retrato se desprendió de las piezas que lo sujetaban y cayó al suelo con estruendo. El marco se quebró y rajó el lienzo, un corte que distorsionó la cara seria de Agnes.

Beatrice había empujado a la señorita Bolton hacia atrás justo a tiempo, librándola de un montón de astillas de madera dorada.

—¿Se encuentra bien? —preguntó Beatrice, mientras comprobaba que la señorita Bolton no tuviera ninguna herida.

La diminuta mujer había salido ilesa, aunque muy sobresaltada.

—Debía de estar mal colgado —dijo sin resuello la señorita Bolton, mirando la pared de la que se había desprendido el retrato. El papel de flores estaba despegado y dejaba a la vista una mancha marrón moteada.

Beatrice se acercó a examinarla y pasó las manos por la pared deteriorada.

—Quizá el daño se deba a la humedad de este cuarto... o a una mala instalación del empapelado —teorizó.

—La gente dice que esta casa está embrujada —susurró la señorita Bolton.

Beatrice no podía negar que algo en esa casa aciaga durante una noche de tormenta llevaba a imaginar hechos sobrenaturales. Pero no podía dejarse enredar en otra de las descabelladas historias de la señorita Bolton. En el pueblo nadie se tomaba en serio los miedos de la dama; lo más sensato sería que Beatrice también hiciera oídos sordos.

El restallido de un trueno resonó en la lejanía y ambas dieron un respingo; luego se rieron.

—Lo único que deberíamos temer es el mal tiempo —dijo Beatrice quitándole hierro.

—Me temo que nos quedaremos aquí encerradas si el temporal empeora —dijo la señorita Bolton con los ojos muy abiertos—. Menos mal que mis gatitos se tienen unos a otros para consolarse. Además de los chales que les he tejido.

La puerta del tocador se abrió de repente. En el reflejo de los distintos espejos, Beatrice se estremeció al ver que la señorita Caroline Wynn entraba en el cuarto.

—¡Señorita Wynn! ¡Qué alegría! —exclamó la señorita Bolton, y se apresuró a abrazar a la joven, muy exaltada—. ¡Beatrice, es su mejor amiga, Caroline Wynn!

Beatrice trató de sonreír, pero no le hizo falta ver su reflejo para saber que el gesto se parecía más a una mueca. Todos en Swampshire creían que las mujeres de la misma edad estaban destinadas a ser compañeras del alma (como decía Daniel: «Dos damas con los mismos años siempre van juntas en el rebaño»). Aunque Louisa y Arabella habían seguido esa convención, Beatrice nunca había encontrado demasiados puntos en común con Caroline Wynn.

Caroline había llegado a Swampshire apenas dos años antes, después de la trágica muerte de su bisabuelo Jonathan Wynn. Nadie sabía que el señor Wynn tenía una bisnieta, así que todos se sorprendieron y se congratularon al descubrir que era una joven huérfana de gran talento y belleza. No tardó en hacerse famosa por ser la mujer más atractiva de Swampshire —superando incluso a Louisa y a Arabella—, y era la invitada de honor de todos los bailes, cenas o misiones de rescate de los hoyos cenagosos. Todo el mundo le mandaba regalos, y la habían ayudado a adecentar la vieja mansión del señor Wynn hasta dejarla como los chorros del oro... gratis, por supuesto. Siempre hay que echar una mano a una hermosa huérfana de buena familia.

Muchos hombres de Swampshire suspiraban por conseguir su mano. Al principio, pareció que Philip Peña era su favorito. Algunos incluso especularon con que el joven estaba casi a punto de pensar en plantearse proponerle matrimonio. Pero, como era natural, el asunto había acabado con una ruptura amorosa: él era pobre y de clase social baja, mientras que Caroline era una dama de alta alcurnia. Todos coincidieron en que no estaban hechos el uno para el otro. Todos salvo Philip Peña, que, inconsolable, dejó la localidad y se alistó en la marina.

Caroline no solo era la dama más hermosa de Swampshire, sino también la de mayor talento. Dibujaba de maravilla, tocaba el arpa y el piano, paseaba con frecuencia para mantener el rostro rosado, hablaba francés e italiano, leía sermones a diario, escribía cartas poéticas, cultivaba conocimientos de botánica básica, bailaba con estilo, alimentaba a los polluelos heridos hasta que recuperaban la salud, preparaba bollitos que nunca se quedaban secos, bordaba de un modo exquisito y hacía malabares sin que se le cayera nunca una bola. Por lo tanto, Caroline era considerada el epítome de belleza y gracia femeninas. Sin embargo, Beatrice no entendía a qué venía tanto alboroto. En su opinión, los bollitos sabían mejor secos.

—¡La señorita Bolton y la señorita Steele! —exclamó Caroline con una sonrisa de oreja a oreja, en la que destellaron unos dientes blancos impolutos. Abrazó a su vez a la señorita Bolton y luego hizo una elegante reverencia para saludar a Beatrice—. Me había parecido oír sus melodiosas voces.

—¡Jamás podrían trinar de un modo comparable a la suya! —dijo encantada la señorita Bolton.

Beatrice contuvo una mueca. Caroline nunca iba a ver las obras de la señorita Bolton, pero esta no parecía disgustarse porque «seguro que la joven estaba ocupada con muchas otras cosas magníficas y más interesantes». Al parecer, no consideraba que Beatrice pudiera tener una agenda social igual de repleta.

Caroline se volvió para abrazar a Beatrice —quien le dio unos torpes golpecitos en la espalda— y después se sentó en uno de los taburetes tapizados. Esa noche iba irritantemente guapa; no tenía ni un solo pelo fuera de su sitio y lucía una recargada gargantilla de esmeraldas que captaba la luz y resplandecía. Las gemas provocaron una punzada de envidia en la boca del estómago de Beatrice; ella solo podía permitirse un lazo alrededor del cuello a modo de joya. Y, por supuesto, sus horrendos pendientes falsos. Le parecía injusto que Caroline contara tanto con la riqueza como con la veneración de todo el mundo.

—Perdónenme si las interrumpo —dijo Caroline a Beatrice y a la señorita Bolton—, pero necesitaba un momento de respiro. El capitán Peña está aquí.

La señorita Bolton suspiró.

—¡No! Pero si antaño ustedes dos casi estuvieron a punto de hablar de, potencialmente...

—Comprometernos —susurró Caroline—. Sí. Es muy doloroso verlo ahora, después de habernos despedido con tanta amargura hace un año, cuando se marchó a la marina.

—Ay, pobrecilla —dijo la señorita Bolton, y negó con la cabeza, comprensiva—. Pero hizo usted lo que tenía que hacer. Una heredera como usted necesita un hombre de una posición similar.

—Y menudo reto debe de suponer encontrar a un hombre que iguale su perfección —dijo Beatrice, enarcando las cejas.

—Desde luego —dijo Caroline en serio.

—Bueno, seguro que desean ponerse al día, que yo lo sé —comentó la señorita Bolton, y se dirigió a la puerta—. No querrán que alguien de mi calaña, semejante vieja decrépita, haga perder el tiempo a dos amigas tan cercanas.

Salió a toda prisa del tocador de señoras.

—En realidad no somos tan... —empezó a decir Beatrice, pero dejó la frase a medias.

Un silencio incómodo se mezcló con el exagerado perfume a gardenia que todavía impregnaba el aire.

—Cuánto me alegro de tenerla aquí esta noche —dijo Caroline de repente, tomando a Beatrice de la mano—. Como mujer de la misma edad que yo (bueno, un poco mayor, en realidad), estoy segura de que comprenderá los complicados sentimientos que albergo hacia el capitán.

—No del todo —dijo Beatrice, que dejó la mano flácida entre la de Caroline—. Recordará que no tengo novio.

—Pero seguro que hay algún «hombre especial» del que le gustaría hablarme —dijo Caroline abriendo mucho los ojos—. De eso hablan las amigas íntimas cuando están en confianza.

—Siento decepcionarla, pero no hay nadie. Me encantaría poder ser una mejor amiga íntima para usted.

Beatrice trató de poner su mejor cara de disculpa. Lo último que le apetecía era comentar su vida amorosa (o su falta de ella) con Caroline Wynn.

—Yo no podría decepcionar a nadie jamás —dijo Caroline con el semblante serio—. Aunque, por supuesto, supone un reto. Desde el momento en que he entrado en el salón esta noche, he notado que todo el mundo esperaba que yo actuase.

Beatrice se sorprendió ante esa repentina muestra de sinceridad.

—Esa carga sí puedo entenderla —comentó. ¿Habría malinterpretado a Caroline? Sintió una punzada de arrepentimiento; al final iba a resultar que sí tenían algo en común—. Es difícil cumplir las expectativas de los demás... Fingir que una es alguien que no es —continuó, y se inclinó ligeramente hacia delante.

—¿Qué? —preguntó Caroline arrugando la nariz—. Me refería a que todo el mundo se quedó decepcionado al ver que habían contratado a unos músicos. Sé que todos prefieren que toque yo el arpa y el piano.

—Ah, claro —dijo Beatrice, con la cara ardiendo por la decepción y el bochorno. Se echó hacia atrás de nuevo—. Qué lástima que nos hayamos visto privados de sus hermosas composiciones.

—No se disguste tanto —dijo Caroline, y, para horror de Beatrice, le dio otro abrazo.

Caroline olía dulce, con un perfume tan sutil que Beatrice estaba segura de que sería más caro que cualquier posesión de los Steele. Beatrice inspiró hondo y Caroline la apretó aún más fuerte.

—¿Le gusta mi aroma inconfundible? Se llama Evening Rose —le susurró al oído a Beatrice—. Lo hizo especialmente para mí nuestro *parfumier* local; me dijo que se había inspirado en mi elegancia. Ni siquiera me dejó pagárselo. ¿No le parece increíble tanta amabilidad?

Beatrice se apartó antes de que Caroline pudiera oler su aroma a polvo y tinta.

—En efecto, no me lo puedo creer —contestó—. Bueno... Deberíamos volver antes de que alguien se aflija demasiado por su ausencia.

—Bien pensado —dijo Caroline, y asintió con la cabeza.

Pasó el brazo por el hueco del codo de Beatrice y, a regañadientes, esta permitió que la condujera al vestíbulo. Al salir del recargado tocador de señoras recibió encantada una ráfaga de aire fresco.

Mientras seguía a Caroline de vuelta al salón de baile, Beatrice todavía notaba la mirada de la tía abuela Agnes acechándola. Parecía un extraño presagio... aunque todavía no sabía de qué.

DIARIO DE MARY STEELE

[Extracto]

Beatrice ha vuelto a retirarse a la torrecilla. Madre asegura que muestra todos los signos de enamoramiento. Confío en que sea eso y no una dolencia mucho peor. El amor puede curarse, ya sea con el matrimonio, ya sea con el rechazo. Pero de algunas enfermedades es imposible librarse.

En cualquier caso, es un inconveniente que desaparezca tanto últimamente, porque eso hace que se fijen mucho más en mí. Esta mañana madre se dio cuenta de que me había crecido el pelo varios centímetros desde la semana pasada. No solía fijarse en esas cosas... y prefiero que sea así.

Louisa tampoco parece la misma desde hace un tiempo. Anoche tuve la impresión de oírla abrir la puerta del dormitorio. Esta mañana le he preguntado adónde había ido, pero no me ha dicho nada.

Aunque, claro, a lo mejor no me ha oído. La gente nunca me oye.

6

Rumores

Cuando Beatrice y Caroline entraron en el salón, vieron al cuarteto de músicos en un rincón. Parecían alegres y animados mientras afinaban los instrumentos. Todavía no había empezado el baile; los invitados estaban apretujados en los márgenes de la pista vacía, hablando en voz baja unos con otros.* El eco de las cuerdas que iban afinando se mezclaba con la agitada conversación. Parecía que todo el mundo estaba en suspenso, a la espera del invitado de honor. La señorita Bolton pasó a toda prisa junto a Beatrice y Caroline, ansiosa por ver a los músicos.

—Han traído a los Bartholomew Babies —dijo sin aliento—. Me pregunto si el chelista recordará que le tiré mi chal allá por el año 1768.

—Confío en que sepan afinar bien. Adoro la música, pero tengo el oído muy sensible para los instrumentos desafinados —le dijo Caroline a Beatrice—. Una sola nota fuera de tono me provoca una gran aflicción.

—Cuánto sufre —dijo Beatrice con sequedad—. La vida debe de ser una prueba continua.

---

* Excepto Mary, que se había colado en las cocinas para hurtar un trozo de carne.

84

—Así es —respondió Caroline—, pero las amigas como usted me ayudan a aguantar el tipo.

Beatrice sintió una ligera punzada de culpabilidad. Caroline era agotadora, sí, pero siempre había sido amable con ella. ¿Acaso se excedía mostrándose tan poco amable?

Atisbó a Louisa y a Arabella acurrucadas al pie de la escalera, observando el salón de baile y mirando la puerta con ansiedad. Beatrice tenía que admitir que no le vendría mal tener alguna compañera.

—Caroline —dijo con un titubeo, sintiéndose de repente vulnerable—, ¿le apetecería tomar una copa conmigo antes de que empiece el primer baile? Podemos brindar por nuestra... amistad.

—Ay, qué tierno —dijo Caroline, sonriendo—, pero nunca bebo. Es demasiado para mi delicada constitución. Pero usted es tan robusta... ¡disfrute del ponche! Si me disculpa, todavía no he saludado a todas las personas de la sala. Podemos retomar la conversación más tarde.

—O no —murmuró Beatrice mientras Caroline se alejaba resplandeciente para hacer su ronda.

Siguió con la mirada a la joven, que fue saludando a varios invitados hasta que se quedó plantada delante de un hombre alto y uniformado.

—El capitán Philip Peña —murmuró Beatrice para sí misma—. En efecto, ha vuelto.

Philip Peña se había marchado de Swampshire un año antes para alistarse en la marina, inspirado por su hermano mayor, un soldado venezolano que estaba recogiendo fondos para la revolución. Peña siempre había sido alto, pero se había ensanchado de hombros, tenía una barba poblada y un brillo más serio en sus ojos oscuros. En la cadera del uniforme llevaba una reluciente vaina para su alfanje. Con razón se hallaba tan alterada Caroline esa noche, pensó Beatrice. Era innegable que el capitán Peña estaba impresionante. Quizá Caroline se arrepintiera de haberlo rechazado en el pasado.

—Por supuesto, ha amasado una buena fortuna en el ejército —dijo una voz melosa, que Beatrice supo al instante que pertenecía a monsieur François Fàn, conocido por todos como Frank.

—Usted se caería por la borda en cuanto viera a la primera sirena —dijo Beatrice, y se volvió tan rápido que estuvo a punto de tropezarse, de modo que Frank le puso una mano enguantada en la parte baja de la espalda para ayudarla a mantener el equilibrio.

—Señorita Steele, parece que le fallan las piernas al verme.

Hizo una leve reverencia y sonrió. Era apuesto y arrebatador, con ojos oscuros, el pelo revuelto y un hoyuelo en la barbilla, pero Beatrice sabía muy bien que no convenía encandilarse con sus encantos. Demasiadas jóvenes caían en sus brazos para acabar con el corazón roto; Frank era un donjuán empedernido.

—No lo creo —respondió ella, y puso los ojos en blanco—. Más bien me ha sorprendido verlo aquí... Corre el rumor de que ha pasado tanto tiempo en París que le han salido branquias.

Como era costumbre en Swampshire, Beatrice tenía muchos prejuicios contra Francia, que era donde residían los padres de Frank. Su madre, Élodie, era descendiente de la nobleza francesa, y su padre, Cheng Fàn, era un pintor de China que había emigrado a Francia de joven. Cheng había recibido el encargo de pintar a Élodie y se habían enamorado. Se casaron y se mudaron a Swampshire para formar una familia.

Los Fàn vivieron en Swampshire hasta que Frank alcanzó la mayoría de edad, y entonces Élodie, que echaba mucho de menos su hogar, insistió en regresar a su verdadera patria. Frank prefirió quedarse y vigilar su propiedad. Sin embargo, visitaba con frecuencia el *château* familiar, y siempre regresaba moreno y con olor a queso.

—No me perdería este baile por nada del mundo. —Frank se inclinó hasta quedar escandalosamente cerca de Beatrice, quien percibió su colonia. Siempre se ponía en exceso, aunque debía admitir que tenía un agradable aroma especiado que superaba el olor del camembert—. ¿Me ha echado de menos? —le susurró, antes de guiñarle el ojo—. Yo lo he pasado fatal sin usted.

—Estoy segura de que hay algún tónico para eso —le dijo Beatrice.

—Pero por lo menos habrá echado de menos mis visitas a Marsh House, ¿no? —insistió Frank, y se pasó la mano por el pelo recio.

Un rizo le cayó delante de uno de sus ojos oscuros e inclinó la cabeza. Beatrice tenía la impresión de que sabía perfectamente el aire canalla que le daba esa pose. Tal vez ella estuviera buscando algún pretendiente esa noche, pero tenía muy claro que no podía confiar en Frank para nada serio. Los hombres como él empleaban expresiones como «para siempre» cuando en realidad querían decir «hasta el amanecer».

—Siento informarle de que los caballeros hacían cola para leernos sus poemas y canciones —dijo Beatrice cruzándose de brazos—. No hemos tenido tiempo de echarle de menos.

—Pero ¿recitan sus declaraciones de amor con una voz tan romántica como la mía?

Frank se llevó una mano a la garganta. Beatrice desvió la mirada hacia sus dedos enguantados.

Por norma general, Frank solía saltarse la formalidad de los guantes... seguramente para poder acariciar la palma de las manos a las damas con los dedos desnudos. Pero la joven se fijó en un pequeño bulto bajo el dedo meñique cubierto. «¿Un anillo?», se preguntó. A juzgar por el tamaño, era pequeño, con forma redondeada. Perfecto para una dama.

—Señor Fàn —dijo Beatrice, y lo miró a los relucientes ojos oscuros—, ¿lo que veo en su dedo es un anillo?

Dio un paso adelante y Frank retrocedió de repente. Su actitud zalamera se esfumó; parecía que su observación lo había pillado desprevenido.

—Por supuesto que no —dijo, y forzó una sonrisa burlona.

—¿Ha viajado a Francia para obtener alguna reliquia familiar? —insistió Beatrice—. Y de ser así... ¿significa eso que el soltero más descarado de Swampshire está dispuesto a sentar cabeza?

—Solo si usted también lo desea —dijo Frank.

Tomó de la mano a Beatrice y le hizo dar una pirueta. Luego la inclinó hacia atrás.

—Eso será difícil —respondió ella con la cabeza hacia abajo—, porque tengo entendido que ya se ha comprometido con otra docena de mujeres.

Frank la ayudó a incorporarse.

—Renunciaría a todas ellas por usted, señorita Steele.

—Estoy segura —dijo Beatrice, y enarcó una ceja—, pero ¿quién es usted comparado con el misterioso señor Croaksworth?

—Louisa debe de estar emocionada. Su madre, sin duda, confía en que se comprometan —dijo Frank con aire irritado.

Tal vez al mujeriego más recalcitrante de Swampshire no le gustara la idea de que alguien usurpase su puesto, pensó Beatrice.

—Estoy segura de que mi madre nunca mencionaría el matrimonio —dijo con sequedad—. Apenas piensa en ese tema, salvo los días que acaban en ese y los que acaban en o.

Frank chasqueó la lengua, pero Beatrice vio que su mirada distaba de ser alegre.

—Comprendo que no le emocione tener competidores —añadió Beatrice—, pero ¿qué le ocurre de verdad, Frank?

Aunque Beatrice no aprobaba la actitud descarada del hombre, sabía que en el fondo tenía buen corazón. De hecho, siempre que salía a cazar zorros con el resto de los caballeros de la localidad, ocultaba la presa sin que lo vieran en casa de la señorita Bolton para que ella cuidara al animal con el resto de sus mascotas.

—Nada —respondió Frank—, salvo que lleva usted un escote demasiado recatado. ¿Por qué oculta un pecho tan hermoso? —Pero no bajó la vista hacia el escote de la joven: su mirada se perdió en algún punto lejano del salón de baile.

—No hace falta que me lo cuente si no quiere. —Beatrice probó con la misma táctica que antes, y Frank suspiró.

—De acuerdo. No puedo evitar acordarme de hasta qué punto los Croaksworth consideraban a los Ashbrook inferiores a ellos. Por eso hace tanto tiempo que Edmund y Daniel no se ven. Coincidí con ellos en el colegio, aunque iba unos pocos cursos por debajo; recuerdo el cisma que vivieron.

Beatrice resopló irritada. ¿Por qué la retorcida estupidez de la jerarquía social tenía que meterse en medio de todo?

—Ya lo sé, es ridículo. Los Ashbrook son de una familia muy distinguida —dijo Frank, que había malinterpretado el desdén de Beatrice.

—Tiene razón —corroboró—. Son los Coventry de este pueblo.

—¿Quiénes?

Beatrice notó que se le encendían las mejillas por el rubor. La familia Coventry, rica y con muchos contactos, había sido asesinada a hachazos en uno de los casos de sir Huxley.

—Nada... gente de la que he leído en los ecos de sociedad —respondió, buscando una coartada—. Una familia intachable. Como los Ashbrook.

—O como yo —dijo Frank, y rodeó con una mano la cintura de Beatrice.

—No diga bobadas, Frank. Su reputación dista de ser intachable —contratacó ella.

Frank sonrió y Beatrice notó que se liberaba la tensión de sus hombros. La joven no iba a caer en sus zalamerías, así que el donjuán podía relajarse cuando estaba con ella.

—En cualquier caso —continuó Frank, incapaz de resistirse a una ocasión para rumorear—, los Croaksworth tenían una elevada opinión de su «alta alcurnia». Pero ahora están muertos y Edmund puede hacer lo que desee.

—Eso explica por qué Daniel no me había nombrado jamás al señor Croaksworth —musitó Beatrice—. Sin duda le abochornaba que lo considerasen socialmente inferior. Aunque reconozco que no entiendo por qué eso debería importar tanto cuando se trata de una verdadera amistad.

—La mayoría no comparte esa opinión tan indulgente, Beatrice —dijo Frank, y la miró con una expresión extraña.

—El señor Croaksworth no es como sus padres —aseguró Beatrice con firmeza—. Si ha elegido retomar la amistad con Daniel, debe de ser porque no comparte su punto de vista. Y estoy segura de que en cuanto vea a Louisa se olvidará por completo de la riqueza y el rango. —Vio que Daniel hacía la ronda de saludos, dando la mano a los invitados, y sintió un repentino cariño por su amigo—. Daniel es muy amable por haber invitado al señor Croaksworth a Swampshire, a pesar de las indiscreciones previas de su familia.

—Según tengo entendido, no fueron los Ashbrook los que lo invitaron —dijo Frank, sin quitar la mano de la espalda de Beatrice—. Edmund se invitó solo. Pero Daniel le ofreció alojamiento e incluso lo convirtió en invitado de honor.

El aprecio de Beatrice por su amigo creció todavía más. Daniel siempre sabía hacer lo correcto. No le había mencionado la osadía de Croaksworth; en lugar de eso, había protegido a su invitado de todo juicio. Pero, junto a ese aprecio, sintió una extraña punzada de envidia. Si ella se hubiera autoinvitado a un baile habría despertado indignación; sin embargo, el señor Croaksworth era recibido con los brazos abiertos.

Salió de su ensueño cuando vio que el señor Hugh Ashbrook se les acercaba. Frank también debía de haberse percatado, porque se apartó un paso de Beatrice y dijo con voz falsamente jovial:

—Hay que reconocer que los Ashbrook organizan unas celebraciones maravillosas. Y el propio señor Ashbrook es el paradigma de la caballerosidad. ¡Ay, señor Ashbrook! No me había dado cuenta de que estaba aquí.

—Me alegra oír que se está divirtiendo, señor Fàn —intervino Hugh Ashbrook, y extendió la mano para estrechársela con vigor a Frank.

Luego se sacó un pañuelo del bolsillo y se limpió la palma. No obstante, nadie se ofendió; era la costumbre del anciano.

El señor Hugh Ashbrook consideraba que su salud era de vital importancia, y al levantarse cada mañana tomaba una serie de brebajes y se ponía toda clase de lociones que creía que fortalecerían su figura. También se abstenía de fumar puros, añadía soda al vino para darle un «toque saludable», hacía nueve comidas ligeras al día, se contenía de viajar y daba largos paseos a diario para visitar a su curandera, Madame Jessica. Salvo por algunas motas canosas en su pelo recio y dorado (motas que ocultaba con otro tónico más), tenía el mismo aspecto que en su juventud. Y era una suerte, porque el señor Ashbrook era vanidoso: él era la causa por la que tantos retratos de ancestros oscurecían el empapelado floral de Stabmort Park. Estaban ahí para recordarle a todo el mundo que era de buena cuna. También encargaba un retrato de sí mismo cada seis meses, para mostrar que mantenía un buen aspecto. Dichos cuadros decoraban las paredes del salón de baile de la mansión, de modo que docenas de Hughs en distintas poses contemplaban a los invitados.

—Siempre es un placer verlo, señor Ashbrook —dijo Frank—. Parece aún más joven que de costumbre.

Beatrice procuró no hacer una mueca al oír la adulación manifiesta del joven. Pero funcionó: al señor Ashbrook se le iluminó la cara.

—¡Opino lo mismo! —exclamó el anfitrión, y luego se volvió hacia Beatrice—. Buenas tardes, señorita Steele. Es usted la novena mujer más guapa de este baile.

—Gracias —dijo Beatrice con una reverencia—, aunque creo que hay menos de nueve mujeres en la sala.

—¿De verdad? —comentó el señor Ashbrook, pero no se corrigió. Había cogido ojeriza a Beatrice desde que esta le había informado de que su «poción de té vespertino» no era más que agua caliente. Beatrice sabía que no debería haberlo mencionado, pero a veces se le escapaban las cosas sin poder evitarlo.

—Yo ni siquiera me había fijado en que hubiera otras mujeres presentes además de usted, Beatrice —dijo Frank para arreglarlo. Se dirigió al señor Ashbrook e inclinó la cabeza con galantería—. Salvo la bella anfitriona, por supuesto. Arabella está radiante; sin duda su hija ha heredado la belleza de usted.

—En efecto —dijo el señor Ashbrook con arrogancia.

—Estamos encantadas de que haya decidido celebrar este encuentro —dijo Beatrice, con la esperanza de sonar elegante. No le convenía seguir en la lista negra de Hugh Ashbrook. Al fin y al cabo, algún día podía convertirse en su suegro—. Mi hermana está emocionada —añadió.

—Ah, la querida Louisa nos ha ayudado tanto a organizarlo...
—dijo el señor Ashbrook, más contento. Por lo menos, siempre
había mostrado afecto por la hija mediana de los Steele—. Qué
muchacha tan encantadora. Su ayuda ha sido valiosísima; me
temo que yo no estaba en condiciones de dirigir los preparativos
de la noche. —Se dio unos toquecitos con el pañuelo en la frente—. Tuve un ataque de desmayos.

—¿Ataque de desmayos? —repitió Frank, confundido.

—Una enfermedad terrible —explicó el señor Ashbrook con
rostro afligido—. Uno tiene la sensación de que va a desmayarse
en cualquier momento.

—¿Y llega a desmayarse? —preguntó Beatrice.

—No. Pero es horrible pensar que cabe esa posibilidad.

El señor Ashbrook suspiró. De pronto se mareó, puso los ojos
en blanco y Frank lo agarró para ayudarle a mantener el equilibrio. Beatrice lo abanicó con un guante hasta que el hombre abrió
los ojos, parpadeando varias veces.

—Estoy bien, de verdad —dijo con voz ronca—. Es solo que
no debería esforzarme tanto. Mi pitonisa, Madame Jessica, me
advirtió que cualquier sobreesfuerzo sería perjudicial. Gracias a
Dios, pudo venderme un tónico milagroso diario que no me cu-
rará pero que por lo menos me ayudará. Cuesta una fortuna y
hay que tomarlo a la misma hora exacta todos los días, pero vale
la pena: la salud es lo primero.

Miró a Beatrice como si la retara a preguntarle qué ingredien-
tes llevaba el tónico.

—Qué gran verdad —dijo ella tras un silencio incómodo. Al
ver que el señor Ashbrook aún parecía irritado, le entró ansiedad.
Daniel nunca le pediría la mano a alguien que cayera mal a su
padre. Debía esforzarse más—. Su casa se ve muy elegante esta
noche —dijo con sinceridad, y señaló el ilustre salón de baile—.

Daniel me ha prestado un libro sobre decoración; si Marsh House se puede llegar a parecerse a Stabmort Park, aunque sea mínimamente, estaré encantada.

—¿Qué libro es? —preguntó el señor Ashbrook, con el ceño fruncido.

—*Puertas de la campiña inglesa* —respondió Beatrice, y sacó el libro del bolsillo para mostrárselo al señor Ashbrook.

Se alegró al comprobar que se distraía y cambiaba de tema; si pudiera hablar de libros con él, quizá tuvieran al menos un único interés en común.

—La arquitectura no me parece un tema que pueda fascinar a una dama, señorita Steele —dijo el señor Ashbrook—. Los entresijos de la construcción y la composición no son materias para una mente tierna. —Antes de que la joven tuviera tiempo de protestar, el anciano le quitó el libro de las manos—. Lo devolveré a su sitio. —Asintió mirando a Beatrice y después a Frank—. Si me disculpan, debo supervisar los últimos retoques del comedor —continuó—. Aquí noto el aire rancio y no quiero ni pensar en cómo podría afectar a mis pulmones.

—Siento mucho añadirle una tarea —comentó Beatrice, intentando superar la frustración de haber visto cómo le arrebataban un libro con tal brusquedad—, pero debo informarle de que el retrato de la tía abuela Agnes se ha caído de la pared del tocador de señoras.

—Ay, querida mía —dijo el señor Ashbrook—. Informaré a Daniel. Se pasa el día intentando arreglarlo.

Se marchó a toda prisa y Frank se volvió hacia Beatrice.

—Veo que el señor Ashbrook y usted están tan unidos como siempre —dijo, reprimiendo una sonrisa.

Beatrice dio un sorbo de ponche con los labios fruncidos. Echaba de menos los años previos a su presentación en sociedad, cuando Stabmort Park era un mundo de curiosidades por explorar. Un mundo antes de que todos sus movimientos fueran objeto de escrutinio. Ahora se sentía como si estuviera en una cárcel... y el salón de baile fuera su celda.

—En su lugar me andaría con cuidado —dijo Frank como si tal cosa—. Esta noche hay algo raro en el ambiente.

—La rancidez —bromeó Beatrice, pero para sus adentros dio la razón a Frank: esa noche sin duda se percibía algo distinto.

La posibilidad de un compromiso matrimonial siempre le había parecido una extraña hipótesis que ocurriría... tarde o temprano. Pero en ese momento, con Edmund Croaksworth de camino, por no hablar de los movimientos de Grub para apoderarse de la propiedad de los Steele, todo parecía mucho más «real». Aunque pensó que la presencia del inspector Vivek Drake parecía un vestigio de su secreto que la rondara. ¿Por qué había aparecido justo la noche en que por fin iba a aceptar el papel que se esperaba de ella?

De repente, el cuarteto de cuerda empezó a tocar. Pareció que las velas titilaban y el murmullo de la conversación distante se atenuó. Todos volvieron la cabeza hacia la entrada del salón cuando dos lacayos se apresuraron a abrir las pesadas puertas. Una vez abiertas, entró...

Un remolino de bolas de granizo.

Pero después del granizo apareció...

El señor Edmund Croaksworth.

Querida mía:

Sé que escribirle directamente es inapropiado, pues no tenemos un vínculo oficial, pero ambos conocemos nuestros sentimientos verdaderos, así que confío en que me perdonará. He tenido que enviarle esta nota, porque cada vez que atisbo su rostro quedo embelesado de nuevo por su belleza sin parangón.

¿Con qué podría comparar su aspecto? Las rosas sienten celos de sus labios, las aves cantoras de su melodiosa voz, las flores (ya sabe cuáles en concreto) del color tan especial de sus ojos. Por favor, diga que me reservará un baile cuando volvamos a reunirnos en la fiesta.

Es usted la única mujer que puede cautivarme de verdad. Amo concretamente todo lo que hace que usted sea usted.

Suyo,

Frank

—Nota de Frank Fàn, de la que envió copia a Beatrice Steele, Louisa Steele, Arabella Ashbrook, Helen Bolton, Caroline Wynn y varias mujeres francesas (se desconoce el número exacto).

7

Baile

—Menudo tiempo tienen en Swampshire —dijo el señor Croaksworth mientras se sacudía el hielo de las puntas del pelo engominado—. He estado a punto de no llegar a causa de la granizada. Y también porque me he confundido en quince encrucijadas. Tengo un sentido de la orientación pésimo (un rasgo familiar), pero he perseverado. No me perdería esto por nada del mundo.

Llevaba una chistera de seda, artesanal y sin duda cara, que se quitó al vuelo dejando al descubierto un pelo castaño cuidadosamente peinado. Tenía los ojos verdes, los dientes blancos y las piernas firmes. Incluso sus zapatos continuaban abrillantados, pese al terrible tiempo que hacía, y cada paso que daba denotaba comodidad y seguridad en sí mismo. A partir de los susurros por el salón y de las miradas admirativas, Beatrice entendió que todo el mundo opinaba que era justo lo que se esperaba de un caballero: cortés.

El señor Croaksworth era apuesto, eso era innegable... Aun así, Beatrice no fue capaz de despegar la mirada de sus zapatos. ¿Cómo había podido mantener el brillo después de soportar el trayecto desde el carruaje a la mansión a través del barro? Debía de haberse detenido a limpiárselos, más preocupado por presentarse impoluto que por llegar a tiempo. Esa vanidad la hizo recelar.

—Me alegro de que lograra llegar pese al tiempo tan desfavorable —dijo Daniel—. Tengo un libro excelente acerca de cómo los tipos de nubes pueden predecir tormentas potenciales. Podría prestárselo, si le interesara para sus futuros viajes.

—No soy muy aficionado a la lectura, como recordará —dijo el señor Croaksworth entre risas, aunque manteniendo las formas—, pero ni siquiera unas bolas de granizo del tamaño de una ciruela me habrían impedido llegar. Hace demasiado tiempo que no nos vemos.

Le estrechó la mano a Daniel sacudiéndola arriba y abajo con vigor.

Mientras se abría paso hasta la primera fila de la multitud arracimada delante del señor Croaksworth y los Ashbrook, Beatrice advirtió la sombra que cruzaba el rostro de Daniel: sin duda estaba pensando en el motivo de esa separación tan larga. Pero ahora todo estaba resuelto, pensó al ver que los hombres se ponían a charlar de forma amistosa. Si antaño los padres de Croaksworth habían desaprobado a los Ashbrook y los habían considerado socialmente inferiores, saltaba a la vista que su hijo no compartía ese parecer. Se mostraba de lo más afable.

—Prefiero el sol al granizo —dijo el señor Croaksworth—, aunque una vez dentro, ya no importa tanto.

Beatrice se inclinó hacia delante, con la esperanza de oír si el señor Croaksworth mencionaba sus pasatiempos favoritos o hacía algún otro comentario que pudiera revelar su carácter.

—Me gusta la lluvia... a veces —continuó—. Pero solo si las plantas se han quedado demasiado secas.

Los invitados parecían absorber cada palabra que pronunciaba el señor Croaksworth, embelesados.

—Tiene razón —dijo la señorita Bolton, asintiendo con la cabeza—. El sol es el mejor clima.

—Qué bien lo ha dicho —corroboró la señora Steele.

—La nieve es mejor que el granizo, aunque solo me gusta verla en Navidad —continuó el señor Croaksworth, y Beatrice echó un vistazo por la estancia. Observó que todos asentían con la cabeza, dándole la razón.

La joven enarcó las cejas, incrédula. Pero ¿es que aquel hombre no sabía hablar de otra cosa que no fuera el tiempo?

—Qué conversador tan deslumbrante —dijo alguien en voz baja.

Beatrice se volvió y vio que tenía al inspector Drake justo detrás, que esbozaba una expresión divertida.

—No es muy amable por su parte. Acaba de llegar —dijo ella, procurando mantener la cara inexpresiva.

—Espere a oír su perorata sobre los tipos de hierba.

—Confío en que considere que la verde es la mejor —respondió Beatrice, y alzó las comisuras de los labios—. De lo contrario, puede provocar una revuelta.

Drake ensanchó la sonrisa y Beatrice notó un extraño arrebato de... algo. No estaba segura de qué. Pero antes de que pudiera añadir nada, un repentino estallido reverberó por todo el salón de baile. Los invitados empezaron a murmurar.

—¿Qué ha sido eso? —susurró la señorita Bolton asustada.

—No pasa nada —dijo Daniel, mirando nervioso por los altos ventanales—. Un trueno, nada más.

—¡Truenos! Mi cuarto elemento meteorológico preferido —dijo el señor Croaksworth con tono jovial.

El cielo se había puesto negro como el carbón y a lo lejos resplandecían los relámpagos, como grietas blancas sobre porcelana oscura. Swampshire estaba acostumbrado a las tormentas, pero esa granizada era de las peores que Beatrice había visto en años. Tenían suerte de haber podido llegar sanos y salvos a Stabmort Park, pensó... Marcharse sería otra historia.

—Beatrice, ven aquí —siseó la señora Steele. Sacó ventaja del momento de distracción y colocó a Louisa y a Beatrice justo delante del señor Croaksworth—. Daniel, ¿no piensa presentarnos? —preguntó sin rodeos.

—Por supuesto que sí —dijo Daniel con una educada reverencia—. Señor Edmund Croaksworth, le presento a nuestros queridos amigos el señor Steele y su esposa, y sus dos hijas, Beatrice y Louisa.*

El señor Croaksworth saludó con la cabeza a Beatrice educadamente y luego se dirigió a Louisa.

Se quedó petrificado, traspuesto, cuando ella hizo una reverencia y parpadeó varias veces, haciendo aletear las pestañas.

—Es un placer —dijo Louisa con dulzura—. Por si se lo preguntaba, a mí también me encantan los días cálidos. Mi hermana Beatrice y yo solemos hacer pícnics en nuestro jardín cuando hace sol, para disfrutar de la perfecta brisa de la tarde. En esas ocasiones Beatrice hace unos bollitos magníficos, con la textura ideal para mojarlos en una taza de té. Una siente que las posibilidades de su vida son infinitas en momentos como ese... ¿no le parece?

Miró hacia Beatrice, pero el señor Croaksworth no siguió la trayectoria de sus ojos; se limitó a asentir con la cabeza, claramente hechizado por Louisa. Beatrice había visto esa misma escena muchas veces: un hombre conocía a su hermana y era como si el resto de personas de la sala desaparecieran. ¿Quién podía culparlos? Louisa era tan grácil, tan amable... Por supuesto que todo el que la conocía quedaba embelesado.

---

* Mary había regresado de las cocinas, pero los demás no se dieron cuenta. Llevaba un vestido exactamente del mismo tono que las columnas de mármol del salón de baile y se camuflaba a la perfección.

Louisa, por su parte, parecía más que consciente de que todo el mundo la observaba. Con cuidado, echó los hombros hacia atrás, aunque su postura ya era perfecta, y juntó las palmas delante del cuerpo. Beatrice se fijó en que a su hermana le temblaban ligeramente las manos.

—Yo prefiero el granizo —dijo Beatrice en voz alta, y todos se volvieron para mirarla a ella en lugar de a Louisa.

Por el rabillo del ojo, se percató de que su hermana mediana se relajaba al notar el cambio del foco de atención.

—Entonces, supongo que es una suerte que viva aquí —dijo el señor Croaksworth en serio—. Me da la impresión de que con frecuencia tienen este tiempo.

—Así es. Pero eso no debería impedirle disfrutar de nuestra localidad, porque tenemos mucho más que granizo que ofrecerle —le aseguró Beatrice—. Londres no le llega ni a la altura del betún a Swampshire. O eso tengo entendido. No he estado nunca allí.

—Los Steele también son oriundos de Swampshire —informó Daniel al señor Croaksworth.

—Claro... —dijo el señor Croaksworth como si acabase de caer en la cuenta—. Beatrice Steele. ¿Cómo he podido olvidarme? Daniel hablaba muy a menudo de usted en el colegio... La chica que una vez leyó una novela de mil páginas de una sentada.

Beatrice se ruborizó, halagada.

—Una exageración.

—Se hace la modesta —dijo Daniel con una sonrisa.

—En realidad, fue de dos sentadas —replicó Beatrice. Casi pudo notar a su madre tensándose a su lado, así que se apresuró a añadir—: Por supuesto, cuando elijo mis lecturas siempre me inclino por historias apropiadas para las damas.

—Qué encanto. ¿Cuáles son sus favoritas? —preguntó el señor Croaksworth, y Beatrice carraspeó.

—Eh, adoro... cualquier cosa sobre mujeres que van de una sala de estar a otra —empezó—. Y... eh... sobre amistades entre... ponis y caballos...

No sabía qué más decir, pero el señor Croaksworth asintió con la cabeza, entusiasmado.

—Me encanta saberlo. Me preocupaba que fuese usted una de esas mujeres que se entretienen con toda clase de lecturas espantosas. Novelas góticas, historias de fantasmas, cuentos escalofriantes... Hay que andarse con cuidado para que no se corrompa la mente.

—La mente de Beatrice no está en absoluto corrompida —dijo Louisa con seriedad—. Tiene justo la clase de inteligencia que los hombres estiman.

—Louisa tiene razón —dijo Beatrice, con tono igual de serio que el de su hermana—. He recibido muchas cartas de amor alabando mi ingenio. Aunque a menudo se camuflan de cartas deslenguadas cuya respuesta me guardo para mí.

—Es terrible que alguien le escriba semejantes cartas —dijo el señor Croaksworth, que de repente se había preocupado muchísimo.

—Es una broma, sir —le aseguró Beatrice—. La hermana Steele que inspira cartas de amor no soy yo, sino Louisa. Ella nunca le gastará esas bromas.

—Espero que no —dijo el señor Croaksworth, y volvió a mirar a Louisa sonriendo—. Me temo que no soportaría que usted se riera de mí, Louisa.

La joven se quedó sin palabras y alternó la mirada entre el señor Croaksworth y Beatrice, así que esta volvió a intervenir para ayudar a su tímida hermana.

—Louisa es una deportista excelente, señor Croaksworth. ¿Le gustan los deportes?

—Huy, sí, de todo tipo —dijo el señor Croksworth sonriendo.

—¿Algún deporte en especial? —insistió Beatrice, elevando la voz por encima de los murmullos de admiración de los demás invitados, que se expandían por todo el salón.

—El que sea que prefieran los demás —dijo el señor Croksworth encogiéndose de hombros.

—Qué hombre tan agradable —dijo la señora Steele con mucho miramiento.

¿Era «agradable» el adjetivo que mejor lo definía, o tal vez «aburrido» resultaba más apropiado? Beatrice miró a Louisa, pero su hermana tenía una expresión alegre en el juvenil rostro.

—Ay, pero qué maleducado soy —dijo de repente el señor Croaksworth, y se dirigió hacia el inspector Drake—. Por favor, permítanme que les presente a mi compañero de viaje, el señor Vivek Drake.

Beatrice contuvo la respiración, a la espera de ver signos de reconocimiento por parte de algún otro invitado, pero todos se limitaron a volverse y observar cómo el inspector Drake —o el «señor» Drake, como lo había llamado Croaksworth— se acercaba al círculo. Tardó una barbaridad en llegar. No parecía tener prisa por socializar.

—El señor Drake y yo tenemos negocios que atender en Bath. Le propuse que parásemos en Swampshire de camino —comentó el señor Croaksworth, todavía hablando sobre todo para Louisa—. Nunca viene mal disfrutar de algunos placeres antes de hacer frente a las obligaciones.

—Aún tengo que experimentar los placeres de Swampshire —dijo Drake con sequedad—, pero aquí estoy de todos modos.

Miró a Beatrice a los ojos, pero apartó la mirada a toda prisa.

—¿Qué negocios son esos? —le preguntó la señora Steele, y Beatrice se inclinó hacia delante, esperando ansiosa su respuesta.

El inspector hizo una pausa y luego respondió por fin:

—Carruajes. Me planteo invertir en ellos.

—¿No nos dijo expresamente que no le gustan los carruajes? —apuntó Beatrice, incapaz de contenerse.

—Son inseguros —respondió Drake—. Pero quizá podría invertir en... los seguros.

—Debería inventar usted un carruaje sin caballos —propuso el señor Steele—. Eso sí sería seguro.

—Esperen un momento —intervino el señor Croaksworth. Miró alrededor, confundido—. ¿Ya se conocían?

—Formalmente no. Los Steele me obligaron a subir a su vehículo cuando vieron que se aproximaba la tormenta —explicó Drake.

Beatrice carraspeó.

—Le brindamos socorro y nos ofrecimos a traerlo hasta aquí después de que mi padre hiciera las presentaciones, aunque en ese momento usted se negó a decirnos su nombre —aclaró la joven.

Cada vez veía más claro por qué sir Huxley había dejado de trabajar con el inspector Drake: aquel hombre carecía de modales.

—Perdóneme por ese desliz en las preciadas normas de etiqueta —respondió Drake—. De ahora en adelante me esforzaré en no ofender. Quizá podríamos discutir nuestros gustos en música... un tema adecuado para las damas elegantes. Yo escucho todos los géneros.

—¡Yo también! —exclamó el señor Croaksworth.

—Qué coincidencia —dijo Drake, sin despegar la mirada de los ojos de Beatrice.

Otro trueno retumbó en el cielo.

—Confío en que la tormenta amaine pronto —dijo el señor Croaksworth con optimismo—. Sería terrible tener que desplazarse con este tiempo.

—¿Tiene intención de quedarse muchos días? —preguntó Louisa al señor Croaksworth—. ¿A pesar del tiempo? ¿Y de las ranas?

—¿Ranas? —preguntó confundido el señor Croaksworth.

—No piense en las ranas —intervino de inmediato la señora Steele—. ¡Debería quedarse! Esto es muy bonito... Y hace cincuenta y tres días que no ha ocurrido ningún incidente relacionado con los hoyos cenagosos.

—Londres es una ciudad maravillosa, pero le aseguro que tenía ganas de un respiro en el campo —le dijo el señor Croaksworth—. Tal vez Swampshire sea justo lo que necesito. Considerando la cálida acogida que he recibido en Stabmort Park, quizá sea el lugar ideal para pasar el resto de mis días.

Pronunció esas palabras mirando fijamente a Louisa, quien bajó la vista hacia los zapatitos de baile, vergonzosa.

—Hable solo por usted —dijo el inspector Drake con brusquedad. Aún seguía mirando a Beatrice.

—¡Mi querido señor Croaksworth! —dijo Arabella Ashbrook en voz alta. Sus palabras (y su anguloso cuerpo) por fin habían atravesado el círculo de invitados—. Ahora que ya lo han presentado formalmente a todos, ¡es hora de dar comienzo al baile!

Beatrice no pudo evitar fijarse en las manos de Arabella. Esperaba ver vendas en los dedos, lo cual reforzaría la noción de que la sangre que había visto la señorita Bolton era meramente de los pinchazos de las espinas. Pero tenía las manos desnudas y sin heridas.

¿Acaso la señorita Bolton se lo había imaginado todo?

—Por norma general, mi tarjeta de peticiones está llena por completo antes siquiera de que empiece el baile —continuó Arabella—, pero me he tomado la libertad de dejar algunas casillas vacías...

Sacudió el carnet de baile delante del señor Croaksworth, el cual escribió su nombre junto a uno de los minuetos, como se esperaba de él.

—¿Podría preguntarle —dijo luego el caballero dirigiéndose a Louisa— si todavía tiene libre el primer baile?

Louisa se puso tan roja como sus rizos.

—Bueno... El señor Fàn ha puesto su nombre en esa casilla...

—Frank escribe su nombre en el primer baile de todas las damas —interrumpió Beatrice, y miró de soslayo a Frank, que estaba cerca de Caroline, apoyado en una pared. Miró a Beatrice a los ojos y le dirigió una sonrisa burlona. Beatrice tomó el carnet de baile de Louisa y tachó el nombre de Frank—. Tome —dijo, ofreciéndole la tarjeta al invitado de honor—. Todo libre.

—Me alegro de saberlo —dijo el señor Croaksworth antes de escribir su nombre con buena letra en el carnet de baile de Louisa. Ella le sonrió, disfrutando de sus atenciones.

—No te olvides de contar... —empezó a decir Beatrice cuando Louisa se agarró del brazo del señor Croaksworth.

—... los pasos. Ya lo sé —respondió su hermana, y miró a Beatrice con exasperación.

—Señor Drake —dijo alegre la señora Steele—, quizá usted pueda bailar con mi otra hija la pieza de apertura. —Para horror de Beatrice, su madre continuó—: Cuando no se dedica a hacer bromas de mal gusto, Beatrice es una buena conversadora.

Cuando Drake se volvió para mirarla, Beatrice sintió que el corazón había dejado de latirle.

—Gracias, señora, pero esta noche no bailaré —dijo, y se alejó.

—Qué hombre tan maleducado —dijo la señora Steele ofendida.

—Y no sabe usted ni la mitad, madre —murmuró Beatrice, que notaba la humillación por todo el cuerpo. ¿Cómo se atrevía

Drake a rechazarla antes de que ella tuviera oportunidad de rechazarlo a él? Era incomprensible.

—Salta a la vista que no es una opción viable; así pues, será mejor que te concentres en tu pretendiente —respondió la señora Steele.

Empujó a Beatrice ligeramente hacia Daniel Ashbrook.

Beatrice no protestó; sonrió aliviada mientras se acercaba a Daniel, quien de inmediato extendió la mano.

—Señorita Steele —dijo con suma educación, y con manos expertas la condujo hasta la pista para bailar el minueto.

Al acercarse a él, advirtió un sutil aroma a begonia. «Debe de haber cambiado de loción para el afeitado», pensó. Le sentaba bien.

Beatrice y las demás mujeres de la pista hicieron una coreografía sincronizada. Incluía pasos de baile y varias vueltas alrededor de las parejas masculinas, que permanecían quietas, y Beatrice tenía que concentrarse mucho para no confundirse de paso. Le irritaba ver por el rabillo del ojo que Caroline Wynn seguía el ritmo a la perfección e incluso añadía alguna pirueta extra.

Daniel y los otros caballeros las observaban con admiración mientras ellas seguían bailando y girando.

Beatrice no era una bailarina excepcional; conocía bien los pasos, pero no conseguía que su cuerpo los siguiera con naturalidad. A diferencia de Louisa, que parecía saber con precisión dónde estaban sus extremidades en todo momento, Beatrice se zarandeaba demasiado y perdía pie cada pocos movimientos. Pero a Daniel no parecía importarle. Él tenía suficientes dotes para el baile para compensar a los dos, y Beatrice no tardó en echarse a reír con la multitud, con las mejillas acaloradas y el corazón feliz. Por fin se divertía.

Los músicos tocaron la última nota de la pieza de apertura y todos aplaudieron muy animados. Beatrice sonrió de oreja a oreja a Daniel, cuyos ojos relucían de alegría.

—¿Bailamos otro? —propuso él cuando el cuarteto empezó a tocar otro minueto, pero Beatrice negó con la cabeza.

—Sería inapropiado bailar dos seguidos —dijo, y con cierta vergüenza añadió—: Salvo que fuéramos pareja. —Lo miró a los ojos de un azul puro, con la esperanza de que dijera algo que indicara qué pensaba sobre el tema. Un simple «Por supuesto que somos pareja, y por cierto, ¿quieres casarte conmigo?» habría sido suficiente.

—Bueno... —titubeó Daniel, y la joven se quedó en vilo. ¿Acaso iba a pedirle la mano?

Pero antes de que pudiera continuar, Beatrice percibió un olor terroso y metálico. Se volvió horrorizada y descubrió que el señor Grub había cruzado la pista de baile y ahora estaba prácticamente pegado a ella.

—Me prometió un baile —lloriqueó, y a Beatrice se le cayó el alma a los pies.

Miró suplicante a Daniel. Pero este, tan educado como siempre, hizo una reverencia y permitió que el señor Grub tomara a Beatrice en sus huesudos brazos. Las manos callosas de Grub le rasparon los guantes cuando la apartó a la fuerza de las palmas cálidas y suaves de Daniel.

—Me alegro de haberte rescatado —siseó, y de inmediato la pisó.

—No necesito que me rescaten —dijo ella con sequedad, y sacó el pie de debajo del de Grub—. Soy perfectamente capaz de...

—Tu hermana ha bailado la primera pieza con el señor Croaksworth, quien todavía no ha sido capaz de quitarle los ojos de encima —interrumpió, como si ella no hubiese hablado—. Confío en que esta noche podamos unirnos a ellos en los rumores sobre un incipiente afecto.

Daba la impresión de que el señor Grub trataba de sonar romántico, pero el efecto se veía menoscabado por la saliva con la que le salpicaba el pelo al hablar.

—Me parece que no —dijo Beatrice.

—Si tú y yo comenzáramos un noviazgo, todas las denuncias contra tu padre podrían... desaparecer —replicó el señor Grub.

—¿Cómo se atreve a mencionar su ridículo pleito, su extorsión, aquí, en una reunión civilizada? —lo interrumpió Beatrice, apabullada—. ¿Y no sabe que el chantaje no es un camino adecuado para el matrimonio?

—La litigación es mi idioma del amor. Y debes reconocer que es un camino práctico —dijo Grub, que no parecía darse cuenta de lo incómoda que estaba Beatrice—. Nuestra unión es ventajosa para ambos. Te permitiría asegurar tu fortuna y a mí me permitiría casarme y tener herederos, de manera que mi linaje recibiera mis otras herencias.

—¿Cómo puede tener más herencias? —preguntó Beatrice con incredulidad.

El señor Grub se encogió de hombros.

—He sobrevivido a mucha gente —dijo sin más—. Pero algunos de mis próximos legados dependen de que engendre un heredero, así que he decidido procurarme una esposa robusta que pueda parir hijos.

—Una propuesta muy romántica —se burló Beatrice—, pero una vez más, debo rechazarla.

Haría cualquier cosa por su familia salvo eso, se dijo. Ni siquiera la amenaza de la pobreza podría convencerla para aceptar la propuesta de aquel hombre tan horripilante. Seguro que ningún juez estimaría su caso. Y estaba convencida de que, además, daba igual; el señor Croaksworth ya había quedado prendado de Louisa.

Beatrice y Grub bailaron con torpeza y pasaron por delante de Arabella, que se las había ingeniado para conseguir un baile con el señor Croaksworth. Beatrice se quedó intrigada al ver que Arabella le susurraba algo al oído al invitado de honor. La joven parecía preocupada.

¿Estaría maquinando para que él se olvidara de Louisa? ¿Acaso menospreciaba su interés evidente? Beatrice se inclinó hacia delante, en un esfuerzo por captar algún retazo de la conversación.

—¿Estás valorando mi propuesta? —El señor Grub también se inclinó hacia delante, pues había interpretado el silencio repentino de Beatrice como un indicio de aceptación.

—Desde luego que no —respondió Beatrice, e instintivamente dio un largo paso hacia atrás.

Se chocó con su padre, que se había acuclillado junto a la fuente de sopa y estaba sacando algo de una bolsa para meterlo en el líquido. El efecto fue rápido: la fuente se volcó y empapó el uniforme del capitán Peña. Al señor Steele se le cayó la bolsa y decenas de ranas quedaron libres. Varias damas chillaron, Louisa se tropezó mientras intentaba evitar una rana, Daniel la sujetó amablemente y el capitán Peña gritó:

—¡Anfibios a bordo! ¡Abandonen el barco!

—¡Ajá! Una gran ayuda, Beatrice —dijo su padre entre risotadas—. Has elevado infinitamente mi broma.

—Ha sido sin querer —dijo Beatrice, con las mejillas encendidas por la vergüenza.

La señora Steele abrió con astucia una ventana y azuzó a las aturdidas ranas para que salieran. Una ráfaga de aire recorrió el salón de baile, levantó las faldas a las señoras y alborotó los pañuelos del cuello de los caballeros. Beatrice notó un escalofrío cuando la punzada de aire gélido la atravesó.

—¿Qué ocurre? —preguntó sin preámbulos el señor Ashbrook.

Se había desmayado en un diván de un rincón del salón de baile, pero ya se había recuperado y observaba anonadado el jaleo.

—Ha sido el señor Steele, causando problemas, como siempre —dijo Grub, y lo señaló con un dedo acusador—. Me temo que está perdiendo la cordura —añadió en un susurro teatral.

Se oyeron varios suspiros y Beatrice sintió pánico.

—No ha sido culpa de mi padre —se apresuró a decir. Todos se volvieron hacia ella—. Se me ha resbalado el zapato.

—¿Quién iba a decir que semejante calzado pudiera traicionarla? —comentó Drake, y la joven lo fulminó con la mirada. Le ardían las mejillas.

—Tiene que cambiarse de ropa ahora mismo —le dijo el señor Ashbrook al capitán Peña—. Le dará un pasmo y cogerá un resfriado.

—Aquí hace bastante calor —protestó el capitán Peña.

El señor Ashbrook hizo oídos sordos a las objeciones. Cruzó la estancia y agarró del brazo al capitán Peña, a quien hizo avanzar a la fuerza por el salón.

—Estoy seguro de que Daniel tendrá arriba algo de su talla.

—Tal vez convendría que hiciéramos una pausa —propuso el señor Croaksworth.

—Invito a los caballeros a reunirse en nuestro estudio, y por supuesto las damas pueden acompañar a Arabella a la sala de estar —ofreció Daniel—. Habíamos previsto retirarnos a esas dependencias después de la cena, pero, dadas las circunstancias, creo que será aceptable disfrutar de una partida de cartas un poco antes de lo esperado.

—Qué idea tan espléndida —dijo Arabella, pero miró con irritación a Beatrice. Saltaba a la vista que no le hacía ni pizca de gracia que su baile con el señor Croaksworth se hubiera acabado de sopetón. Desganada, condujo a las invitadas fuera del salón, mientras Beatrice se rezagaba para ayudar a su madre a recoger las ranas que aún quedaban.

Por norma general, la señora Steele tenía una figura imponente, pero en ese momento parecía pequeña, de pie con aquel peinado que empezaba a desmoronarse y una ranita en la palma de la mano. Beatrice sintió una repentina compasión. Sí, su madre era de ideas fijas, pero lo único que quería era lo mejor para sus hijas. Beatrice no podía recriminárselo.

—Ha sido un contratiempo menor, estoy convencida —le aseguró Beatrice a su madre mientras la ayudaba a sacar ranas por la ventana—. La velada va bien.

A la señora Steele le entró un tic en el ojo.

—Solo confío en que podamos atar algún enlace matrimonial —comentó— antes de que sea demasiado tarde... —Sacó algo del bolsito de fiesta y se lo entregó a Beatrice: *La guía para damas de Swampshire (edición de viaje)*—. Guárdatela —dijo con firmeza—. No podemos permitirnos más tropiezos.

A regañadientes, Beatrice aceptó el libro —que era tan ancho como alto— y se lo metió en el bolso. Ojalá tuviera todavía *Puertas de la campiña inglesa*. Tampoco parecía muy emocionante, pero por lo menos no pesaba tanto.

Levantó la mirada y observó la última rana que habían liberado. Esta saltó por el páramo, abriéndose paso entre la fuerte lluvia y el granizo, hasta difuminarse, convertida en un puntito fluorescente. Beatrice tuvo la impresión de que la rana escapaba de Stabmort Park... mientras todavía estaba a tiempo.

DIARIO DEL SEÑOR
EDMUND CROAKSWORTH

[Extracto]

Hoy ha sido un día tan ajetreado e interesante que tengo que dejar constancia de todo, para no olvidarme de ningún detalle.

Cuando me he levantado por la mañana hacía fresco, así que me he puesto la chaqueta de lana marrón. He desayunado un huevo, acompañado de té. Por la tarde ha salido el sol y ha empezado a hacer mucho calor. Me he puesto la chaqueta marrón fina y he salido a pasear por el jardín. Después he entrado en casa y he tomado fiambre de faisán con pan y otro té. Por la noche, ha refrescado de nuevo, así que he vuelto a ponerme la chaqueta de lana marrón. ¡Me la he colocado encima de la chaqueta marrón más fina sin darme cuenta de que no me había quitado la capa interior! El gesto me ha causado tal hilaridad que he tenido que llamar a mi ayuda de cámara para que viniera a verlo, aunque era su día libre. Se ha irritado mucho, porque tenía alguna obligación en la iglesia con su prometida (no paraba de murmurar que estaba «a punto de decir los votos»), pero cuando le he mostrado lo que había ocurrido ha comprendido enseguida la necesidad de mi llamada. «¡Ya ve que estoy perdido sin usted!», le he dicho mientras me ayudaba a solucionar el terrible entuerto.

Una vez arreglado el asunto de mi atuendo, me he sentado a cenar más fiambre de faisán. Esta vez he tomado vino en lugar de té como bebida. En conjunto, ha sido un día lleno de aventuras; es fácil comprender por qué se me ha ocurrido plasmarlo de inmediato en este diario. Casi estoy demasiado cansado para escribirlo después de tantas emociones.

Mañana emprendo el viaje a Swampshire. Espero de todo corazón que no sirvan fiambre de faisán en el baile de los Ashbrook. ¡No puedo comerlo tres veces seguidas!

8

Whist

La sala de estar era una recargada estancia de color pastel, aba-rrotada de divanes en tonos azules y rosados, con un alegre fuego encendido en la chimenea de mármol blanco. Una delicada lámpara de araña pendía sobre la mesa donde se jugaba a las cartas, que estaba rodeada de cuatro sillones de brocado. Aunque la decoración parecía dulce, las partidas distaban de serlo. Brutal, sanguinario, implacable... así era el juego del whist para las mujeres de Swampshire, y Beatrice adoraba hasta el último segundo de la competición. Era la única forma socialmente aceptable de desatar sus instintos más turbios. Se sentó en un sillón junto al fuego y empezó a barajar las cartas con exaltada anticipación.

Las otras damas entraron con calma en la sala. Arabella y Louisa iban cogidas del brazo y conversaban en voz baja. La señora Steele y la señorita Bolton les pisaban los talones; Beatrice se fijó en que la señorita Bolton metía una mano en el sombrero y sacaba una galleta. Mary se deslizó en la habitación con aire furtivo y de inmediato se ovilló en el asiento de la ventana, que quedaba en sombra; era su escondite habitual.

Para desdichada sorpresa de Beatrice, el inspector Drake llegaba detrás de Mary.

—Los hombres se han retirado al estudio, sir —le aclaró Beatrice.

Tenía la esperanza de poder hablar con Louisa durante la partida de cartas, para conocer la opinión de su hermana sobre el señor Croaksworth, y no quería que Drake metiera las narices en sus asuntos.

—No me han invitado a acompañarlos —respondió el inspector. Se le tensó un músculo de la mandíbula—. A juzgar por su frío recibimiento, entiendo que tampoco soy bienvenido aquí. —Y se dio la vuelta para marcharse.

Beatrice experimentó una punzada de lástima. Pese a sus sentimientos hacia él, sabía lo que era sentirse siempre fuera de lugar.

—Al contrario —dijo la joven repartiendo las cartas con aire profesional—. Nunca hay que mostrarse demasiado amable antes de una partida de whist; indica debilidad.

El inspector Drake se volvió de nuevo a mirarla, sorprendido.

—¿Es una invitación? —preguntó.

Como respuesta, Beatrice señaló el asiento que tenía enfrente. Drake se sentó. Quizá dejase de sentirse tan irritada por aquel hombre una vez que le hubiera dado una paliza en el tapete, pensó.

Louisa y Arabella cesaron por fin de cuchichear cuando se dieron cuenta de la presencia de Drake.

—Pero ¿qué tenemos aquí... un zorro en el gallinero? —comentó Arabella con retintín, mientras miraba a Drake—. Le advierto, sir, que aunque se considera que el whist es un juego para damas, se nos dan mejor los naipes que a los caballeros. Si espera ganar con facilidad, está en el lugar equivocado.

—Aunque solo apostamos lazos y monedas sueltas —añadió Louisa.

Arabella y ella ocuparon los asientos libres alrededor de la mesa. Louisa iba a colocar una moneda en el tapete, pero Arabella le paró la mano.

—Estoy cansada de jugar por calderilla, lazos o simple «orgullo» —afirmó—. Ya tengo esas cosas. Me gustaría subir la apuesta.

—Nosotras no podemos permitirnos cantidades más elevadas —dijo Beatrice de mala gana. Arabella sabía que no tenían dinero; era muy desconsiderado por su parte proponer esa clase de apuestas.

—Beatrice, hablas como si pasáramos apuros —le recriminó Louisa. Mirando de reojo a Drake, le dio la vuelta al guante para que nadie reparara en el agujero que tenía en la muñeca después de tantos años de uso.

Beatrice sabía que por quien se preocupaba su hermana no era por Arabella, sino por Croaksworth; su hermana tenía miedo de que Drake le contara a su amigo lo que averiguara. Pero Arabella continuó.

—No pensaba en dinero —dijo con una amplia sonrisa maliciosa—. Cuando visité a Edmund y a Daniel en el internado años atrás, me dieron a conocer una forma de jugar mucho más emocionante. Se había popularizado entre los estudiantes. Tal vez esta noche podríamos adoptar ese método.

Beatrice escudriñó a los jugadores de la mesa y notó que el intenso ojo de Drake la miraba con atención. Apartó la vista enseguida, decidida a no ofrecerle ninguna reacción que observar.

—En lugar de apostar libras, apostaremos... —Arabella hizo una pausa en busca de un golpe de efecto, y añadió—: Secretos.

—Yo no tengo secretos —dijo Louisa.

Se removió en el sillón y luego levantó la vista hacia la araña de cristal del techo. Su reflejo en los grandes ojos de Louisa hizo que destellaran de un modo extraño.

—Seguro que sí —dijo Beatrice con una sonrisilla—. Piensa en nuestra amiga de la infancia, Penelope Burt. Las tres compartíamos infinidad de secretos.

Penelope Burt era una doncella que Louisa y Beatrice se habían inventado hacía años. Si algo salía mal (se rompía un jarrón, se rasgaba un vestido o Mary se escapaba al bosque cuando Louisa y Beatrice tenían que estar cuidándola), le echaban la culpa a Penelope. Por supuesto, la señora Steele sabía que no existía tal persona, pero Louisa y Beatrice nunca dejaron de insistir en su existencia. Incluso habían llegado al extremo de contratar a una actriz de una compañía ambulante para que hiciera una visita a Marsh House, fingiendo que era Penelope. Beatrice se había gastado todos sus ahorros en la empresa, pero solo por la cara que había puesto la señora Steele, sin duda había valido la pena.

—¿Qué Penelope? —preguntó Louisa, frunciendo el ceño—. No sé de qué hablas, Beatrice.

Volvió la mirada hacia Arabella y abrió mucho los ojos, como si tratara de comunicarle algo de forma telepática a su amiga.

—Seguro que se te ocurre algo —insistió la anfitriona, haciendo caso omiso del gesto de Louisa.

Sin esperar la aprobación de los demás, arrancó cuatro páginas del cuaderno de Louisa. Siempre había que llevar papel de casa cuando se iba al hogar de los Ashbrook; a Daniel no le gustaba que las hojas sueltas volaran por ahí («Un papel suelto y arrugado da un aspecto muy dejado», decía cada vez). Arabella le entregó una hoja a Louisa, otra a Beatrice y otra a Drake. La última se la quedó.

—Cada uno escribirá un secreto. El equipo que gane podrá leer las hojas del otro equipo y tirar las suyas al fuego.

—No sé... —dijo Louisa—. A madre no le gustaría.

Rascó una mancha del cojín de brocado de su sillón, como si pudiera hacerla desaparecer por arte de magia con el guante. Beatrice se fijó en que su hermana clavaba las uñas en el tejido y dejaba marcas hundidas.

Arabella alzó la mirada hacia la señora Steele, que estaba enfrascada en una conversación con la señorita Bolton, mientras ambas bebían copitas de jerez. La señorita Bolton sacó un frasco de su enorme sombrero y rellenó la copa de la señora Steele con más líquido escarlata.

—Vuestra madre está bastante ocupada —comentó Arabella—. No seas aburrida. A menos que —añadió con picardía— quieras que Edmund se entere de que no te gusta su jueguecito.

—Sí, al señor Croaksworth le desagrada todo lo aburrido —dijo Drake—. Así que imagino que tendrá una opinión bastante mala de sí mismo.

—Estoy segura de que nada podría cambiar la buena opinión del señor Croaksworth sobre Louisa —intervino Beatrice, procurando que no se le escapara la sonrisa—, aunque quizá le gustaría enterarse de que nos estás forzando a todos a apostar, Arabella.

Puso una mano sobre la de Louisa para que esta dejase de arañar el cojín del sillón. Louisa aflojó los dedos bajo la mano de Beatrice, avergonzada, y esta la retiró.

—Muy típico de ti el correr a delatarme, ¿verdad, Beatrice? —comentó Arabella con sarcasmo—. Tú tienes tan buenos modales... Siempre tan correcta... Qué aburrida eres.

—No lo soy —replicó Beatrice agitada—. Me refiero a que soy...

Miró a Drake, quien enarcó una ceja y también la observó. De inmediato Beatrice desvió la mirada, con las mejillas encendidas.

—¡Esto no incumple ninguna norma de etiqueta! —insistió Arabella—. Solo es una manera de divertirse.

Beatrice abrió la boca para protestar de nuevo en nombre de Louisa, pero esta le apretó el antebrazo a su hermana para impedirle volver a hablar.

—Ay.

Beatrice se apartó, dolorida.

—Lo siento —se disculpó Louisa—. Pero en serio, no pasa nada. Como ha dicho Arabella... solo es una forma de divertirse. ¿Por qué no te unes al juego por una vez?

Escarmentada, Beatrice cogió por fin el pedazo de papel.

Louisa se concentró en el suyo y garabateó encima, luego dobló la hoja antes de que Beatrice pudiera ver lo que había escrito.

Beatrice miró a Drake, que también estaba doblando su hoja.

—¿Le cuesta pensar en algún secreto, señorita Steele? —le preguntó.

—Pues ya que lo dice, sí. Tengo una reputación intachable —dijo con retintín.

—Creo que usted oculta mucho más de lo que se ve a primera vista —comentó él en voz baja.

—Igual que usted, supongo —respondió la joven—. No me gustaría pensar que de verdad es tan impertinente como parece.

Dicho esto, se concentró en el papel.

Sin duda, en otro momento su interés por los asesinatos habría sido un secreto que los dejara a todos de piedra, pero ya hacía tiempo que había abandonado esa afición. Era cosa del pasado, sí. Algo más que olvidado. Así pues, tras pensárselo unos segundos, escribió: «Robé un lazo en el mercado».

Era mentira, pero Beatrice hizo el razonamiento de que era lo bastante escandaloso para servirle de secreto... y no lo bastante pecaminoso para manchar su reputación.

Dobló la hoja y luego levantó la mirada, evitando la de Drake. ¿Había sido un error invitarlo a jugar a las cartas?

Las únicas otras invitadas presentes en la sala eran Mary, la señorita Bolton, la señora Steele y el señor Grub, todos ellos entretenidos en el otro extremo de la habitación: Mary estaba apartada, sentada a un piano de color pastel, tocando una pieza aciaga que recordaba a unos aullidos animales. La señora Steele se había desplazado hacia la puerta y había pegado la oreja a ella, sin duda para espiar si se oía algún ruido que indicase que los hombres habían salido ya del estudio. La señorita Bolton había sacado unas agujas de tejer y un ovillo de lana del sombrero y estaba enfrascada en algo que se parecía sospechosamente a una bufanda para un perro. El señor Grub, que debía de haberse colado en la sala de estar detrás de Drake, estaba acomodado en un sofá. No le quitaba ojo a Beatrice, mientras sujetaba con fuerza una copa de ponche. La joven volvió a concentrarse en la partida e intentó hacer caso omiso de su primo, aunque la expresión de este la desconcertaba mucho.

Después de que todos los jugadores escribieran sus secretos y doblaran los papeles por la mitad, los colocaron en una pila.

—¿Me permite? —dijo Drake, y a regañadientes, Beatrice le entregó la baraja de cartas.

—Será mejor que no intente hacernos trampas —le advirtió Arabella cuando empezó a barajar—. Y nada de hacer comentarios para despistar.

Incluso un guiño o un bostezo podían considerarse trampas. Tras la ronda de pañuelos caídos y falsos estornudos para hacerse señas de Maddie Bennet y Andrea Creel allá por el año 77, no podían arriesgarse. (Maddie y Andrea habían tenido que exiliarse después de aquel bochornoso episodio y ahora vivían en Francia como castigo).

—Se lo aseguro, juego limpio —respondió Drake.

Beatrice tosió en señal de incredulidad, pero apenas se la oyó porque justo entonces él golpeó con fuerza el mazo de cartas contra la mesa. Acto seguido, continuó mezclándolas de un modo tan ostentoso que Arabella soltó un bufido.

—Venga, vamos, que empiece la partida —dijo la joven.

Los primeros tantos fueron para Beatrice y Drake, pero Louisa y Arabella tomaron la delantera en las cinco bazas siguientes.

Conforme avanzaba la partida, la presión iba aumentando. Perlas de sudor se formaban en la frente de todos y la sangre les latía en los oídos. Al llegar a la decimotercera ronda, la intensidad se palpaba y la partida estaba muy reñida.

Beatrice notaba la mirada de Drake sobre sus manos y sentía que él podía verle, a través de los guantes, las manos manchadas de tinta. Con un escalofrío se preguntó qué sabría. Ella prefería ser quien observara, no la observada, y Drake la analizaba con demasiado escrutinio. No podía comprender qué razón había detrás y eso la incomodaba.

—Juega bien, señorita Steele —dijo Drake con la última carta en las manos.

—Así, al menos alguno de los dos lo hace —le soltó ella, aunque no era cierto... No pensaba admitirlo, pero Drake era un jugador astuto.

—Nunca he estado tan nerviosa antes de darle la vuelta a una carta —dijo Louisa, con su última carta apretada contra el pecho.

—Por los secretos —dijo Arabella con aire teatral.

Louisa jugó un diez de corazones, Arabella la jota de picas y Beatrice un diez de tréboles. Todas se volvieron hacia Drake y contuvieron la respiración... Y, con una floritura, él blandió un as de corazones.

—Tenga, su premio —dijo Arabella disgustada, y empujó el montón de papelitos hacia Drake.

El hombre desplegó de inmediato una de las hojas y Beatrice se inclinó hacia delante para leer la apretada letra. Tenía que darle la razón a Arabella: la partida era más emocionante cuando de verdad había algo en juego. Aunque, por supuesto, a Beatrice no le importaba averiguar detalles acerca de sus vecinas. Pero antes de que pudiera leer lo que estaba garabateado en la hoja, hubo un revuelo y mucho movimiento. La señora Steele abrió de par en par la puerta de la sala, Mary dejó de tocar el piano y todas las mujeres de la mesa alzaron la mirada.

—¡Los hombres vuelven del estudio! —chilló la señora Steele por encima del estruendo de lluvia y granizo que aporreaba las ventanas.

Sin dudarlo, salió apresurada de la sala, con Arabella pisándole los talones. Drake se levantó y le ofreció una mano a Beatrice para ayudarla a incorporarse.

—Soy perfectamente capaz de levantarme sola —dijo ella cortante.

—No lo dudo, señorita Steele —dijo el inspector, y retiró la mano justo cuando la joven se arrepentía y alargaba la suya para dársela.

El hombre se alejó a grandes zancadas. Beatrice se puso de pie con dificultad, despechada. Dio un paso tras él, confundida y abochornada. Pero entonces se acordó de que los secretos desvelados estaban encima del tapete, sin leer.

Se dio la vuelta y vio que Louisa continuaba junto a la mesa. Su hermana recogió a toda prisa los papeles y los tiró al fuego, donde se rizaron, convertidos en cenizas. Louisa tenía la cara contraída, con una expresión seria y extraña, mientras contemplaba cómo ardían las hojas.

—No hemos llegado a leer los secretos —dijo Beatrice, y Louisa soltó un respingo.

Se dio la vuelta y por un momento se miraron a los ojos sin decir nada.

—Si alguien pregunta —dijo después Louisa, relajando la cara y con expresión alegre—, diremos que la terrible Penelope Burt los hizo desaparecer.

—Qué rabia que se haya presentado aquí sin invitación —dijo Beatrice con una sonrisa mientras cogía del brazo a su hermana—. Habrá que desterrarla de Swampshire de nuevo. Quizá esta vez sea la definitiva.

Las dos hermanas abandonaron la sala cogidas del brazo y la estancia se quedó vacía, iluminada por las ascuas ardientes de sus secretos. A pesar de eso, Beatrice se moría de curiosidad.

¿Qué escondía su hermana?

9

Desplome

Beatrice siguió a Louisa de vuelta al salón de baile, a donde los hombres ya habían regresado. En el aire aún se notaba el olor a puro y oporto; ahora los invitados hablaban más fuerte, se movían con más soltura.

Beatrice se acercó a Louisa y, tratando de monopolizarla por un instante, le preguntó en voz baja:

—¿Qué opinas del señor Croaksworth?

—Es un hombre agradable. Es imposible hallar algo que criticar —dijo Louisa con evasivas.

—Te recomendaría que... —empezó Beatrice.

—Iré a ofrecerle una copa de ponche. Madre siempre dice que el ponche ayuda a bailar mejor. —Hizo un gesto con la cabeza en dirección a Beatrice para excusarse y se alejó apresurada rumbo a la mesa del ponche.

Beatrice observó cómo Louisa cogía el cucharón y se ponía a llenar copas de cristal con el pegajoso líquido rosado y a ofrecerlas entre la multitud de invitados que charlaban. Conforme sorbían el licor, los movimientos de todos los presentes iban relajándose.

Salvo el señor Croaksworth, tal como advirtió Beatrice cuando desvió la mirada. Tenía el semblante serio cuando aceptó la copa de ponche de Louisa y la apuró de un trago. Parecía de lo más incómodo, miraba de aquí para allá, con una postura más rígida que cuando había llegado.

Después del ponche dio la impresión de recuperarse; se aproximó a Louisa e hizo una leve reverencia. Le estaría pidiendo otro baile, pensó Beatrice con un cosquilleo de exaltación.

Lo que fuera que le afligía no tenía que ver con Louisa, eso saltaba a la vista: dos bailes indicaban un interés romántico. Louisa y el señor Croaksworth acabarían comprometidos antes de que terminara la velada... A Beatrice ya no le cabía la menor duda.

De pronto, Arabella carraspeó y dio una palmada. Los invitados del baile se volvieron para mirarla.

—Todos saben que suelo reservar los bailes «menos tradicionales» para el final de la velada. Pero esta noche, como ya llevamos retraso debido al «incidente de la sopa» provocado por Beatrice Steele... —anunció mirando a esta—, he pensado que podríamos avanzar y aprender un baile que causa furor en Italia. —Hizo un gesto hacia los músicos para que empezasen a tocar y ellos obedecieron dando inicio a una melodía dramática. Arabella elevó las manos al techo y exclamó—: Les presento... ¡la *danza della morte*!

Beatrice notó una punzada de irritación. Por supuesto, Arabella tenía que elegir el baile más complicado para intentar boicotear el incipiente romance entre Louisa y el señor Croaksworth.

De repente notó un aliento caliente en la nuca. Se dio la vuelta y vio al señor Grub, que aguardaba expectante.

—Beatrice —dijo entre jadeos—, ¿intentamos sobrevivir juntos a esta pieza?

—Ya he prometido que bailaría con otra persona —dijo Beatrice a toda prisa, y miró alrededor con desesperación.

Louisa y el señor Croaksworth habían formado pareja; Daniel saludó con cortesía a Mary, quien parecía sorprendida pero encantada; y Frank susurró algo al oído de Arabella, que soltó una risita. El capitán Peña hizo una reverencia ante Caroline, el señor Steele animó a la señorita Bolton a hacer una pirueta y el señor Ashbrook siguió ilustrando a la señora Steele acerca de los «peligros de moverse con demasiado vigor».

—No veo ninguna otra pareja libre —dijo Grub, confirmando lo que Beatrice ya veía por sí misma. Sintió que su irritación iba en aumento.

Únicamente quedaba un hombre libre.

—Me lo había pedido el señor Drake —dijo en voz alta.

Al oír su nombre, el inspector levantó la mirada desde su puesto contra la pared y Beatrice se apresuró a tirar de él para empezar un baile enrevesado.

—No deseo... —comenzó a decir el inspector, pero Beatrice lo agarró de las manos sin darle opción.

—Por favor —susurró.

El hombre abrió la boca como si quisiera protestar otra vez, pero se percató de que el señor Grub los observaba. En ese momento estaba sorbiendo un hilo de baba que le colgaba de los labios.

—Bueno, solo este baile —dijo Drake, que al final cedió.

Bailaba con cierta rigidez, pero logró replicar de algún modo los pasos de la demostración que Arabella y su pareja, Frank, hacían en el centro de la pista.

La *danza della morte* era un baile escandaloso. Requería que las parejas estuvieran a solo dos palmos de distancia y casi se rozaran con los codos, y Beatrice notó un extraño escalofrío al advertir el calor que emanaba del codo de Drake.

—Sé que no quería bailar conmigo, pero me he visto en una situación complicada —dijo Beatrice mientras se movían al son de la música—. Cuando termine esta canción, puede volver a languidecer en el rincón.

—Yo nunca he dicho que no quisiera bailar «con usted» —dijo Drake, y apartó el brazo como si le quemara en el punto en el que la joven casi lo había tocado—. No quería bailar y punto. Solo estoy aquí porque el señor Croaksworth deseaba parar en Swampshire de camino a Bath. No estoy acostumbrado a ir a fiestas de gala, aunque quizá ya se haya percatado.

—¿Y cómo iba a hacerlo? —preguntó Beatrice, e hizo una temblorosa pirueta.

—Me he fijado en que estudia con detalle a todas las personas con las que se cruza, pese a que parece muy incómoda al notar que intento hacer lo mismo con usted —repuso Drake—. En realidad, en cuanto me ha visto esta tarde ha decidido que quería que le cayera mal.

A Beatrice se le encendieron las mejillas. Tal vez hubiera enojado al señor Huxley, pero Drake no le había hecho nada a ella. Es más, incluso la había salvado de Grub. Quizá fuese un detective mediocre, pero no era su enemigo. Abrió la boca para disculparse, pero Drake continuó antes de que pudiera pronunciar una palabra.

—Creo que puedo adivinar la razón de su antipatía.

Beatrice tragó saliva, con los nervios tensos en la garganta.

¿Habría adivinado su secreto? ¿Se habría dado cuenta de que le caía mal porque ella era una fiel seguidora de sir Huxley?

—He oído hablar del estricto código de etiqueta de Swampshire —continuó Drake—. Precisamente por eso no quería quedarme mucho tiempo aquí. Es usted justo la clase de mujer que esperaba encontrarme en el pueblo.

—¿Y qué clase de mujer es esa? —preguntó Beatrice, perpleja.

—Una esnob —respondió Drake.

Beatrice suspiró cuando el inspector la acercó de pronto contra su cuerpo. Estaban apenas a dos palmos de distancia... la parte más sensual del baile. La titilante luz de las velas iluminó la cara marcada de Drake.

—No me conoce en absoluto —dijo Beatrice.

—Usted tampoco me conoce a mí.

—¿Ah, no, «inspector Drake»? —contratacó la joven.

Una expresión de perplejidad cubrió su rostro.

—Pero ¿cómo ha sab...? —empezó a decir. Era evidente que estaba reconsiderando su opinión sobre ella.

Beatrice se arrepintió de inmediato de sus palabras. Había hablado de forma impulsiva y estúpida... Estaba tan preocupada por que él adivinara su secreto que se lo había revelado ella misma.

Pero antes de que Beatrice pudiera formular una excusa, cambiar de tema y retirar las palabras que acababa de pronunciar, se oyó un grito. Se volvió y vio que su hermana se tapaba la boca con la mano.

Louisa estaba con el señor Croaksworth en el centro de la estancia, pero algo iba mal.

—¡Esas luces tan brillantes me molestan! —gritó el joven, y varias personas soltaron risitas nerviosas.

—Podríamos apagar algunas velas —dijo Louisa, confundida, pero el señor Croaksworth no pareció oírla. Se había quedado pálido y trastabillaba sin seguir el ritmo de la animada *danza della morte*.

—El ángel no tiene nada de ángel... ¿Es que no lo ven, insensatos? —volvió a gritar, y entonces tosió. Un esputo de sangre manchó el vestido blanco de Louisa.

—¡Señor Croaksworth! —exclamó la joven.

Él no respondió, presa de violentas convulsiones que lo hicieron chocar con la mesa del ponche. La fuente se cayó al suelo y se rompió en un millar de esquirlas resplandecientes. El señor

Croaksworth siguió andando a trompicones, pisando los cristalitos, hasta que se desplomó.

Todos los bailarines gritaron y se dispersaron, dejándolo tendido en el suelo en un charco de ponche rosado, con los ojos vidriosos.

Estaba muerto.

Querida Arabella:

Hace mucho tiempo que no contemplo tu precioso rostro, pero todavía recuerdo hasta el último detalle. Tantas cosas nos separan... Pero no me cabe duda de que nuestro amor es capaz de superarlo todo. He incluido unas semillas en el sobre para ti. Cuando florezcan, confío en que podamos reencontrarnos. De lo contrario, te veré en todas las rosas que tenga delante.

Con amor,

S. B.

10

Histeria

Durante unos instantes, todos se quedaron callados. Después el señor Steele empezó a aplaudir despacio.

—Bravo, sir, muy bien —dijo—, ¡menuda broma! ¡Sin duda, es la muerte falsa más convincente que he visto jamás!

Varios invitados soltaron risitas azoradas, pero Beatrice reparó en la cara desencajada de Louisa y la salpicadura de sangre en su vestido y lo supo: aquello no era una broma.

Pasó a la acción como si llevara toda la noche —y quizá toda la vida— esperando que ocurriera algo de tal naturaleza. Corrió hacia donde se había desplomado el señor Croaksworth y se arrodilló junto a él; el ponche rosado le empapó el dobladillo del fino vestido de muselina.

—Arabella, dame tu espejo de bolsillo —le pidió Beatrice.

—¿Qué? ¿Por qué? —balbució Arabella—. Y ¿qué haces en el suelo? ¡Qué comportamiento tan bochornoso!

—El espejo de bolsillo —insistió Beatrice.

Ahora ya era tarde para cambiar de actitud; todos la miraban en un silencio cargado de confusión.

Por fin, Arabella metió la mano en el corpiño y sacó un espejito con un autorretrato diminuto pintado en la tapa. Beatrice lo cogió y lo acercó a los orificios nasales del señor Croaksworth.

Era un truco en el que el señor Huxley confiaba a menudo. Si se empañaba el espejo significaba que la persona respiraba: había vida. Si no se empañaba era porque no respiraba.

Retiró el espejo y vio su propio reflejo claro y sin empañar.

—Lamento informarles de que el señor Edmund Croaksworth —dijo Beatrice, tras incorporarse para quedar cara a cara con los invitados— ha muerto.

La multitud empezó a cuchichear y a suspirar con temor.

—Pero ¿estás segura? Estaba a punto de declararse a Louisa, ¡lo sé! —chilló la señora Steele.

—Por desgracia, sí estoy segura. No hay aliento ni latido, imposible que haya enlace matrimonial —le dijo Beatrice.

—¡Es la peor tragedia que se pueda imaginar! —chilló la señora Steele.

Caroline se mareó y el capitán Peña corrió a su lado. El señor Ashbrook cayó presa de un desmayo antes de que nadie pudiera ir a socorrerlo. La señora Steele se arrodilló para abanicarle la cara y entonces el hombre parpadeó varias veces y abrió los ojos.

—Mi ataque de desmayos —susurró—. Ya está aquí otra vez.

En medio del caos, Beatrice se aproximó inmediatamente a su hermana y le dio un abrazo. Louisa se quedó quieta como una estatua, así que Beatrice se apartó.

—¿Te encuentras bien? —le preguntó mientras cogía de la mano a su hermana. Louisa tenía las palmas húmedas y la cara del color del mármol lechoso.

—No... no lo entiendo —titubeó Louisa. Los ojos le brillaban por las lágrimas de perplejidad—. No puede estar... —Pero se le quebró tanto la voz que no logró terminar la frase.

—¿Qué le ha sucedido? —exigió saber Arabella—. ¡Hace un momento estaba bien!

—Hasta que empezó a bailar con Louisa —comentó Grub.

—¡Ella no ha tenido nada que ver! —Beatrice se plantó delante de su hermana y levantó un brazo en actitud protectora.

—Debía de estar enfermo —dijo el señor Ashbrook con voz temblorosa—. No tendría que haber bailado tanto... Siempre digo que es fatal para la salud.

—«Demasiados minuetos desajustan por completo» —añadió Daniel, con los ojos muy abiertos—. Me siento fatal. Debería haberme dado cuenta de que sufría.

—No podemos dejarlo aquí sin más —dijo la señorita Bolton—. ¿Lo enterramos?

—Yo me pido sus huesos —susurró Mary.

—No es uno de sus pajarillos, señorita Bolton —le soltó Arabella—. No podemos enterrarlo sin más. Y mucho menos en nuestro terreno: ¡mi jardín está cultivado con mucho mimo! Una tumba rompería el equilibrio por completo.

Beatrice intentó dejar de oír las voces de los invitados que discutían y se volvió hacia el cadáver. Sentía una extraña calma. Por una vez, sabía perfectamente qué tenía que hacer.

Se fijó en que los brazos y las piernas del señor Croaksworth habían caído formando ángulos raros: sin duda no era dueño de su cuerpo mientras caía, porque de lo contrario habría extendido los brazos para paliar el golpe. Su pelo castaño estaba húmedo y pegado a la frente sudada, su cara tenía un peculiar tono rosado a la luz parpadeante de las velas, mantenía los ojos abiertos, pero sin ver.

—¿Y si ha muerto de una enfermedad contagiosa? —El señor Ashbrook se llevó las manos a la garganta—. ¡Hay que avisar al médico antes de que nuestra casa se llene de cadáveres infectados!

—Pero si ya está embrujada —comentó la señorita Bolton—. Lo sabía. Esto es mucho más dramático que mi obra *Evolución del inodoro a lo largo del tiempo*...

—Esto no será algún tipo de obra de teatro, ¿verdad? —interrumpió el señor Ashbrook.

—De ser así, no es muy divertida —respondió el señor Steele.

Beatrice miró a los ojos a Daniel, y este comprendió la conclusión a la que acababa de llegar su amiga.

—Este hombre no ha muerto por causas naturales —confirmó Beatrice.

Daniel suspiró, tembloroso.

—¿Estás segura? —preguntó en voz baja.

—El señor Croaksworth ha dicho que le molestaba la luz intensa, pero solo se ve el resplandor de las velas, y es más bien tenue —apuntó Beatrice, y miró de nuevo el cuerpo del fallecido. Era horripilante, pero le resultaba imposible apartar la mirada de él—. Qué extraño —murmuró.

—De lo más extraño, desde luego, señorita Steele —dijo Drake, y todos volvieron la cabeza a la vez para mirar al invitado que hasta entonces había permanecido en silencio.

Había estado observando a Beatrice con los brazos cruzados, pero era evidente que no podía continuar callado más tiempo. Se aproximó al cadáver y examinó un ojo del señor Croaksworth.

—Tiene las pupilas dilatadas.

Beatrice se fijó en la mirada vidriosa y se estremeció. Eso no lo había visto nunca en los periódicos.

—Se quejó de que le dolía la cabeza y no paró de beber ponche —añadió, alzando la mirada hacia Drake.

Este asintió con la cabeza.

—Eso indica que tenía la boca y la garganta secas —comentó el inspector.

—Se le trababa la lengua y tenía la cara enrojecida —continuó Beatrice.

—Tal vez hubiera bebido demasiado. Todos nos hemos excedido con el alcohol en alguna ocasión —sugirió Frank—. Un exceso de ponche, un beso furtivo...

—Un hombre respetable sabe cuándo coger la copa y cuándo dejarla —dijo el capitán Peña con seriedad.

—Quizá Edmund no fuera un hombre respetable —espetó Frank.

—Por supuesto que sí —soltó Arabella—. Mi familia no se codea con caballeros que no sean respetables.

Beatrice alternó la mirada entre unos invitados y otros y fue asimilando sus reacciones. ¿Acaso Frank se mostraba un punto demasiado despreocupado? No tenía el rostro tan pálido ni tan aterrorizado como los demás. Un rato antes, la joven se había percatado de que existía cierta antipatía entre ellos (además, el señor Croaksworth y él se conocían desde el colegio), pero en su conversación no advirtió nada que implicase que Frank se alegraría del fallecimiento del invitado de honor.

Y el capitán Peña... Mantenía el tipo, aunque Beatrice notó que le temblaban las manos. ¿Un hombre de mar no debería mostrarse estoico ante la muerte? El señor Ashbrook y Arabella, por su parte, solo se preocupaban de sí mismos: ¿en serio no les atribulaba la escena?

—Por favor, no discutan —dijo Caroline, y se llevó una mano agitada al corazón.

Para irritación de Beatrice, esa protesta cortó de cuajo las reacciones de los invitados, ya que todos pasaron a enmascarar cualquier clase de sentimiento con el repentino velo del decoro. Cuando Drake retomó la palabra, Beatrice miró una vez más hacia él (y hacia el cadáver).

—Estaba confundido, dijo algo sobre un ángel —recordó Drake—. Alucinaciones, delirio... Por todo eso me da la impresión de que mostraba síntomas de...

—Envenenamiento. —Beatrice acabó la frase.

Drake asintió con la cabeza para corroborar su hipótesis y añadió lo que pensaba:

—Alguien ha asesinado a Edmund Croaksworth.

Beatrice sintió un escalofrío por todo el cuerpo. Era aterrador y emocionante, todo a la vez.

—¡No! —chilló la señora Steele, y se tapó la boca con la mano—. No... No...

—Un asesinato —la interrumpió Beatrice con un susurro casi jubiloso—. Un asesinato en Stabmort Park.

—Bueno. Entonces será mejor que nos vayamos —dijo la señora Steele, y empezó a agrupar a su familia, presa del pánico.

Agarró a Louisa por el brazo y esta dejó que la arrastrara como si fuese una muñeca de trapo, con la cara todavía descompuesta. La señora Steele abrió de par en par uno de los enormes ventanales del salón de baile, pero una violenta ráfaga de viento la echó hacia atrás al instante y acabó cayendo al suelo con torpeza.

Los relámpagos daban un brillo morado al cielo y la lluvia caía a mares de las alturas. Heladas bolas de granizo entraron en el salón con el viento y apagaron la mitad de las velas. La tormenta azotaba con fuerza, ya no a lo lejos, sino encima de ellos.

—¡Cierre la ventana! —gritó el señor Ashbrook.

Daniel corrió hasta ella y la cerró de golpe. El salón de baile volvió a quedarse en silencio. Con el fuerte viento, los voluminosos peinados de las damas se habían desinflado y las chaquetas de los hombres se habían arrugado.

—Esta tormenta es demasiado traicionera —dijo Daniel, y se dispuso a ayudar a la señora Steele a levantarse—. Deben quedarse todos hasta que amaine.

—¿Por qué diantre iba a quedarme? —gritó la señora Steele—. ¡Acaban de matar a un hombre! —Bajó la mirada hacia el cadáver presa del terror y luego la alzó para observar a los demás invitados—. Y uno de ustedes es un asesino.

La señorita Bolton suspiró.

—¡Ninguno de los presentes sería capaz de hacer algo semejante!

—¿Quién más podría haberlo hecho? ¿Un fantasma? —intervino Arabella con tono severo.

—No olvidemos que ella estaba bailando con el difunto cuando se desplomó —repitió Grub, y todos se volvieron hacia él y vieron que señalaba a Louisa con un dedo huesudo y tembloroso—. Si alguien es responsable de su muerte, es Louisa Steele.

El júbilo anterior de Beatrice se vio sustituido por pura rabia.

—¡Cómo se atreve! —siseó dando un paso hacia Grub.

Este apretó el puño.

—Basta con fijarse en quién tiene por padre —continuó—. Ese hombre está demente. Quizá la incitara a hacerlo... o incluso puede que lo hiciera él.

—No escuchen ni una palabra de lo que dice mi primo —gruñó la señora Steele—. Habla únicamente en su propio interés.

—Bien dicho. Estoy totalmente cuerdo —afirmó el señor Steele. De repente, un hilillo de sangre le bajó por la barbilla. La señorita Bolton suspiró—. Discúlpenme —dijo el señor Steele, y se limpió con un pañuelo—. Me eché unas gotas cuando pensaba que el señor Croaksworth había diseñado un truco inteligente. Quería unirme... —Se escabulló para no recibir un cachete de una llorosa señora Steele.

—Debemos llamar a las autoridades de inmediato —dijo Arabella.

—Pero es imposible que lleguen con semejante tormenta —dijo el capitán Peña, mirando por los ventanales del salón, que mostraban un terreno pantanoso y oscuro—. El carruaje volcaría.

Tenía razón: la lluvia se iba acumulando en charcos y hoyos profundos y el suelo estaba cubierto por una capa de granizo. Nadie podría llegar a Stabmort Park en tales condiciones... y nadie podría salir.

—Entonces, eso significa... —empezó a decir la señorita Bolton, con la voz temblorosa por el terror— ¡que estamos atrapados con un asesino!

Los invitados empezaron a gritarse unos a otros, y el pánico se transformó en histeria. La fiesta acabó sumida en el caos.

Beatrice inhaló y exhaló el aire, tratando de mantener la calma. ¿Qué haría Huxley en aquella situación?

Solucionado.

—¡Necesitamos a sir Huxley! —exclamó. Su voz sonó clara y segura por encima del griterío.

De pronto, la sala quedó en silencio.

—¿Quién es sir Huxley? —preguntó despacio Arabella, mirando a Beatrice con los ojos entrecerrados.

—Es... un inspector. Un verdadero inspector.

Beatrice sintió como si encogiera, sumamente consciente de las miradas aturdidas que la perforaban.

—Y ¿cómo es que conoces a un verdadero inspector, Beatrice? —respondió Arabella, con un tono que rayaba en la acusación.

—Desde luego, una dama no debería ocuparse de... «asuntos criminales» —susurró Caroline—. ¡No quiero ni imaginármelo!

—¡Qué ofensa tan espantosa! —exclamó el señor Ashbrook, mirando a Beatrice con expresión seria.

—No te he educado para esto... —dijo la señora Steele, bamboleándose. El señor Steele la agarró y miró a Beatrice con ojos suplicantes, como si deseara que su hija dijera que no era más que una broma.

—Estoy seguro de que es un malentendido —intervino Daniel, y Beatrice se volvió hacia él. La miraba con la misma expresión esperanzada y suplicante que su padre—. Beatrice nos lo aclarará enseguida —continuó—. ¿A que sí?

Beatrice notó la boca seca y la abrió con deseos de decir algo (¡lo que fuera!) para justificar tamaño desliz. Pero estaba paralizada por el pánico.

—Yo le he hablado a la señorita Steele sobre sir Huxley. Es famoso en Londres. —La voz profunda de Drake se hizo eco de repente por todo el salón de baile—. Y trabajé con él de detective.

Incluso Drake parecía asombrado de sus propias palabras. Habló mirando a Beatrice. Ella tampoco podía despegar la mirada de él, aún petrificada.

—No lo entiendo —dijo la señora Steele—. ¡Creía que era usted un caballero en busca de esposa!

—Y en Swampshire, los caballeros no sacan temas tan inapropiados en compañía de las damas, sir —dijo Arabella, con un deje de sarcasmo.

—Eso es justo lo que me dijo Beatrice —le aseguró Drake—. El error fue mío, no suyo. Y siento haberles confundido.

—Ay, gracias a Dios. Usted puede cometer semejante equivocación sin que cause una auténtica ruina —dijo la señora Steele aliviada—. Pero si se trata de una dama... —Negó con la cabeza mirando a Beatrice, quien se limitó a aguantarle la mirada con desconcierto.

—Sí, bueno —continuó Drake—, yo trabajo, soy inspector, así que puedo resolver este crimen.

—¿Por qué íbamos a querer que nos ayudase él si el tal sir Huxley es el mejor? —interrumpió Arabella—. Somos los Ashbrook. Nos corresponde lo mejor.

—Puedo pedir que lo avisen —propuso Daniel—. Uno de los sirvientes puede viajar a Londres; ellos tienen la piel más curtida, así que es más probable que el mensajero sobreviva. Seguramente el detective acudiría después del amanecer. «Cuando el granizo llega sin previo aviso, por la mañana el cielo ya está limpio», como suelo decir.

—¿Y se supone que debemos esperar aquí hasta la mañana, atrapados con un loco homicida? —preguntó escandalizada la señora Steele.

—Eso supondría un gran peligro —dijo el señor Steele, con los labios todavía de un rojo sangre—, y le he prometido a mi esposa explícitamente que evitaría los graves peligros en la medida de lo posible.

—¡Soy demasiado joven para morir! —exclamó Frank—. ¡Acabo de empezar a cosechar mi avena silvestre!

Louisa, que a cada momento estaba más pálida, fue mirando a los invitados uno por uno, presa del pánico.

—Ya está zanjado —dijo con firmeza el señor Ashbrook—. Hay que tomar las cosas como vienen, nos las arreglaremos hasta que sir Huxley pueda acceder a nosotros. Y la mejor opción que tenemos de momento parece ser usted, inspector. —Señaló a Drake con la cabeza.

—Gracias por su voto de confianza —dijo con sequedad este.

—Pero si va a investigar este asesinato, no debe cometer ninguna otra indiscreción ofensiva —le advirtió el señor Ashbrook, y lo señaló muy serio—. No permitiré que ocurra aquí, en Stabmort Park, el hogar de mi antepasado, el gran barón Fitzwilliam Ashbrook.

—Padre, en ese caso, ¿podría hacer una sugerencia? —preguntó Daniel. El señor Ashbrook asintió y su hijo prosiguió—:

Si Drake acepta el caso, Beatrice debería ayudarlo. «Un cadáver en el suelo no exime de los modales y el esmero».

—¿Qué?

Beatrice se sentía como atrapada en una especie de sueño estrambótico, segura de que se despertaría en cualquier momento. Se pellizcó el brazo... Pero aun así, vio que continuaba en el salón de baile, con el cuerpo del señor Croaksworth desplomado en el centro y todos los invitados alternando la mirada entre Daniel y ella, con gran turbación.

—Es una vecina de Swampshire modélica —continuó Daniel— y podrá aconsejarle de forma excelente. Lo haría yo mismo, pero «en cuestiones de etiqueta, las mujeres son expertas».

—No sé si es muy apropiado —comentó la señora Steele—. Beatrice, comprueba en *La guía para damas*...

—Trabajo mejor en solitario —dijo Drake.

—¡Silencio todos! —chilló el señor Ashbrook—. ¡Ya estoy harto de tanto caos!

Los presentes se quedaron de piedra, aturdidos por ese tono autoritario. El señor Ashbrook se había plantado debajo de un retrato de sí mismo con pose regia. Había apoyado una mano en la cadera y emulaba la misma pose. Aunque no fue tan efectista como podría haber sido: el caballero se balanceaba ligeramente y parecía a punto de desmayarse de nuevo. Daniel dio un paso al frente y le tendió una mano para ayudarlo, pero su padre la rechazó con un gesto.

—Estoy bien, gracias, hijo. —Carraspeó—. Vamos a hacer lo siguiente, y no quiero oír ni una sola objeción: el inspector Drake determinará qué ha ocurrido aquí. La señorita Steele lo ayudará para asegurarse de que sigue todas las normas de etiqueta. La señorita Bolton hará de carabina.

—¿Es necesario? —preguntó la señorita Bolton con un hilillo de voz, pero el señor Ashbrook le pisó las palabras.

—Los demás serán acompañados a los distintos dormitorios, para descansar y recuperar la compostura. Solo porque haya sucedido algo horrible no significa que debamos ponernos histéricos.

—¿Ah, no? —lloriqueó la señorita Bolton.

—No —respondió el señor Ashbrook con severidad—. Al fin y al cabo... somos ingleses.

TIENDA DE ARTÍCULOS DE BROMA DE
MR. McCROCKETT

Recibo de compra

Una rata de juguete
Una bolsa de pulgas falsas
Seis petardos pequeños
Papel pintado, a medida
Nota: «El comprador ha pedido un rollo de papel de empapelar, pintado para que parezca que hay una puerta donde no la hay, con el propósito de gastar una broma».
Quince cápsulas de sangre falsa
y
Una pistola

Factura emitida a nombre del señor Stephen Steele
Swampshire

11

Observación

Mientras Daniel se disponía a acompañar a los invitados fuera del salón, el inspector Drake se acercó al cadáver. Se arrodilló delante de él y Beatrice hizo lo mismo.

La señorita Bolton se quedó junto a las puertas de la estancia, observando con expresión anhelante la salida de los demás invitados.

—Me limitaré a vigilarlos desde aquí —les dijo a Beatrice y a Drake, y añadió en voz baja—: Fuera del paso de los espectros.

—A juzgar por la gravedad de los síntomas, diría que le dieron una dosis muy alta de veneno —dijo Drake, casi para sí mismo, mientras inspeccionaba el cuerpo del señor Croaksworth.

—Tiene un aspecto horrible —comentó Beatrice. Se sintió incómoda conforme la realidad de la escena empezaba a calar en ella.

Había visto bocetos de cadáveres en las columnas sobre sucesos, pero nunca había conocido a ninguna de esas personas antes de leer acerca de su muerte. Era impactante ver a un hombre inerte cuando apenas un rato antes se mostraba tan locuaz.

«Bueno, en realidad, no tan locuaz», pensó. Se sintió culpable al reconocerlo, pero el señor Edmund Croaksworth le resultaba mucho más interesante muerto que vivo.

—Alguien quería que sufriera —dijo Beatrice mientras contemplaba la cara desencajada y los labios manchados de sangre del señor Croaksworth.

—No lo sabemos —respondió Drake, y negó con la cabeza en señal de disconformidad.

—Es una corazonada... —empezó a decir Beatrice, pero Drake la interrumpió.

—Las corazonadas no ayudan, señorita Steele. Debemos limitarnos a los hechos: los signos de envenenamiento empezaron después de la pausa. El carácter repentino y agudo de los mismos me lleva a creer que el señor Croaksworth recibió la dosis mientras los hombres estaban en el estudio o justo después.

—El veneno suele ser un arma elegida por las mujeres, ¿no le parece? —dijo Beatrice—. Y Caroline Wynn fue la única mujer que no se presentó en la sala durante la pausa...

—Su hermana Louisa le sirvió una copa de ponche al señor Croaksworth poco antes de que muriera —intervino Drake.

Beatrice notó el terror recorriéndole la columna.

—¿Cómo se atreve...? —susurró—. Louisa jamás...

—Solo lo he dicho para demostrarle el peligro de las presuposiciones —dijo Drake sin inmutarse—. Jamás confíe en una mera corazonada.

El inspector metió la mano en la chaqueta del señor Croaksworth y, con delicadeza, sacó un puñado de artículos. Examinó el primero a la titilante luz de las velas.

—Reloj de bolsillo. Parece normal... Lleva grabadas las letras E. C.

—«E. C.» de «Edmund Croaksworth» —dijo Beatrice al instante, pero el inspector Drake se encogió de hombros.

—Tal vez. Pero no podemos estar seguros.

La joven contuvo las ganas de poner los ojos en blanco. Sin duda, algunas presuposiciones podían hacerse sin miedo a equivocarse. El reloj estaba en el bolsillo del señor Croaksworth, tenía sus iniciales... La idea de que le perteneciera no era nada descabellada.

Drake mostró un segundo artículo. Era un camafeo de oro deslustrado en el que había una miniatura exquisita de una dama con el pelo rojo fuego.

Louisa.

—Louisa estaba tan prendada de él que ya le había regalado al señor Croaksworth su camafeo —dijo Beatrice apoderándose del objeto. Contempló la expresión dulce de su hermana en el grabado—. Debía de ser una muestra de amor. Qué tragedia que haya acabado en el bolsillo de un cadáver.

Cuando alzó la mirada, vio al inspector Drake a punto de esconder el último elemento que había en el bolsillo del señor Croaksworth.

—¿Qué es eso? —preguntó, y se lo arrebató de las manos antes de que él pudiera protestar.

Era una carta con el papel gastado, como si la hubieran leído infinidad de veces. A juzgar por el borde irregular, habían arrancado la hoja de un cuaderno. La tinta estaba descolorida, pero Beatrice fue capaz de descifrar las palabras escritas.

Querido hermano:

Cuando leas esto, ya me habré ido. No puedo decirte a dónde me marcho por miedo a que intentes impedírmelo. Estoy decidida a hacerlo. Confío en que, con el tiempo, pueda explicártelo todo y me comprendas. Hasta entonces, te mando todo mi cariño,

Alice

Beatrice levantó la vista.

—¡La escribió Alice Croaksworth! —exclamó—. ¿Significa que está viva? Me pregunto cuándo recibiría la carta el señor Croaksworth... —Miró a la cara a Drake muy exaltada, pero el rostro de este no transmitía emoción alguna—. Es una carta de la hermana del señor Croaksworth, que desapareció hace dos años —aclaró Beatrice—. Un descubrimiento extraordinario.

Aun así, silencio por parte de Drake. Beatrice habría sido capaz de oír caer un alfiler... o croar a una rana fluorescente, de no ser porque estaban escondidas entre la tierra embarrada para protegerse de la fuerte tormenta.

—No le sorprende... —dijo Beatrice al caer en la cuenta—. Ya sabía de la existencia de esta carta.

—Quizá Edmund me la mencionase de pasada —murmuró Drake—. Tras una perorata sobre... la brisa que corría en Londres estos días. —No se atrevía a mirarla a los ojos, más bien hacía un esfuerzo por mirar el parquet.

—Ya veo... —Beatrice habló despacio mientras iba encajando las piezas—. Por supuesto que ya conocía la carta. Porque lo contrató para encontrar a Alice, ¿verdad? Por eso viajaba con el señor Croaksworth.

Bajó la voz para que la señorita Bolton no la oyera, aunque la mujer no habría podido oírlos: se había quedado en el umbral de la puerta, con un deseo manifiesto de estar en cualquier otra parte de Stabmort Park.

Drake frunció los labios, pero asintió. Con mucha emoción, Beatrice le dio la vuelta a la carta para examinar el matasellos.

—La envió desde Bath. Supongo que es el último lugar en el que alguien ha visto a Alice, ¿no?

Drake asintió con la cabeza de un modo casi imperceptible.

—Swampshire queda a mitad de camino entre Londres y Bath. El señor Croaksworth y yo teníamos intención de pasar la noche aquí y luego continuar nuestro viaje por la mañana.

Beatrice miró la carta una vez más. Un escalofrío le recorrió la columna.

—La carta está escrita con tinta escarlata —advirtió—. Mi primo Grub utiliza el mismo tono.

El inspector Drake le quitó la carta de las manos, la dobló y se la guardó en el bolsillo de la chaqueta.

—Igual que mucha otra gente. Es una mera coincidencia.

—Emplea usted unos métodos peculiares —dijo Beatrice con un deje de irritación. ¿Es que tenía que desacreditar todo lo que decía ella?—. A partir de la descripción de sir Huxley, siempre había pensado que era usted un ayudante que hablaba poco. Nunca supe por qué —continuó.

—Yo jamás fui su «ayudante». Era su «socio»... —aclaró Drake.

—Ahora entiendo que casi no habla porque solo se fija en los hechos. No se plantea qué pueden significar esos hechos —lo interrumpió Beatrice—. Así pues, tiene poco que añadir.

—Aplico mis propios métodos —repuso él con arrogancia—. Y le agradecería que los siguiera. Antes le he cubierto las espaldas, pero no olvide que estoy al corriente de su indiscreción, de la afrenta inmensa contra el preciado código de etiqueta de su comunidad...

—Discúlpeme... —empezó a decir Beatrice acalorada, pero Drake continuó. Bajó la voz casi hasta un siseo para que la señorita Bolton no lo oyera.

—¿Qué dirían sus familiares y amigos si supieran que es usted admiradora del detective criminal sir Huxley? Es evidente que lee su columna. Eso explica por qué le caí mal desde el momento en que nos conocimos. Él no tiene una buena opinión de mí, y sus «fans» tampoco.

La miró, con la boca apretada por el desprecio, y Beatrice sintió una punzada de arrepentimiento.

—¿Y qué dirían si supieran que sir Huxley lo tachó de ser un hombre «sin agallas» y luego lo despidió? —contratacó la joven cuando el bochorno se convirtió en rabia. ¿Quién era él para juzgarla? Vio satisfecha que él entrecerraba el ojo; sin duda le había tocado la fibra sensible—. Sé que en Londres nadie quiere contratarlo, salvo el señor Croaksworth, por lo que parece —continuó, hurgando en la herida—. Y ahora que ha muerto, se ha quedado usted sin trabajo. Necesita resolver este asesinato para redimirse.

—Y usted necesita que yo mantenga la boca cerrada para no caer en desgracia —espetó Drake.

—Entonces, hagamos un trato —dijo Beatrice.

Se inclinó hacia delante y extendió la mano. Drake la miró, confundido.

—¿Qué trato?

—Usted guarda mi secreto y yo guardo el suyo —dijo Beatrice con voz firme.

Poco convencido pero resignado, Drake le estrechó la mano a Beatrice.

Tenía la palma cálida y el apretón de manos fue contundente. La joven notó que le ardía la mano al contacto con la de él y la retiró deprisa, como si le quemara.

—Muy bien, pues al estudio —dijo ella, y se puso de pie—. La «presunta» escena del crimen. La señorita Bolton puede acompañarnos —añadió, y señaló la puerta con la cabeza.

Allí continuaba la señorita Bolton. Su sombrero pareció chafarse un poco ante las palabras de Beatrice.

—Créame, señorita Steele, jamás haría algo indecoroso —aseguró el inspector Drake antes de salir a grandes zancadas del salón—. Salvo, quizá, estrangularla si me saca de quicio.

—Estaba pensando lo mismo de usted —dijo Beatrice, y abandonó rápidamente el salón de baile para dirigirse la primera al estudio.

Quizá no hubieran tenido un principio muy prometedor... Pero acababan de empezar, se consoló Beatrice. Encontrarían al asesino y llevarían al culpable ante la justicia.

12

Pruebas

El estudio de los Ashbrook estaba en la planta baja de la casa, en el ala más occidental. Tenía las cuatro paredes forradas de estanterías pulcramente ordenadas, que contenían sobre todo enciclopedias y literatura clásica, salvo por un libro artesanal que destacaba en el centro, en el que ponía: «*Consejos útiles*, por Daniel Ashbrook».

Beatrice se dispuso a seguir al inspector Drake cuando entró en el estudio, pero él la agarró por el brazo para impedirle traspasar el umbral.

—Espere aquí —le indicó.

Así pues, se quedó rezagada mientras Drake entraba. El inspector husmeó por la habitación, observó las altísimas librerías, el sofá y los sillones.

—¿Busca la mesa de juegos, inspector? —preguntó Beatrice con dulzura.

Él tensó la mandíbula. Aunque esa era la sala a la que se retiraban los hombres a jugar a las cartas, no se veía ninguna baraja. Aparte de las librerías, el sofá y los sillones, la habitación estaba vacía.

—¿Nos hemos equivocado de estancia? —La señorita Bolton se asomó por la puerta, confundida.

—No —dijo Beatrice antes de entrar por fin con paso decidido. Apartó una alfombra y dejó a la vista una trampilla en el gastado suelo de madera—. No todo se ve en la superficie, inspector

—comentó, victoriosa—. Algunas cosas se averiguan a partir de conjeturas.

—O a partir de conocimientos previos acerca de una casa poco común —contratacó el inspector Drake.

Beatrice se rio.

—Sí, es cierto que utilizaba este refugio cuando jugábamos al escondite de niños —reconoció—, pero nadie me lo contó; descubrí la trampilla yo sola. —Señaló la alfombra—. Esta alfombra suele tener una esquina vuelta hacia arriba. En circunstancias normales, el señor Ashbrook no permitiría un despiste semejante, porque podría provocar tropiezos, y eso hizo que me fijara en el detalle hace muchos años.

—Qué niña tan ingeniosa era —dijo Drake con sequedad—. Cuénteme más averiguaciones precoces, por favor.

—Estoy segura de que irán surgiendo a lo largo de la investigación, ya que salta a la vista que necesita ayuda —repuso Beatrice.

El inspector negó con la cabeza, irritado, y se dio la vuelta. Abrió con ímpetu la trampilla y dejó a la vista una escalera de caracol que se perdía en la oscuridad.

Beatrice sacó una vela de un candelero de pared y dio un paso hacia la abertura. La llama parpadeante de la vela creaba sombras danzarinas en las estrechas escaleras y desvelaba unas paredes de piedra tosca.

—No pueden bajar ahí —dijo la señorita Bolton, con la mirada perdida en la profundidad—. ¿Notan el frío? Es un espíritu, estoy segura.

—Bobadas —respondió Drake—. La cámara está fría simplemente porque queda debajo de los tablones del suelo.

—Hay algo vil en esa habitación, lo percibo —insistió la señorita Bolton—. No pienso cruzar el umbral. Sin embargo... —Sacó unos gemelos para la ópera del sombrero—. No desatenderé mis obligaciones como carabina. Utilizaré estos anteojos para vigilarlos desde una distancia prudencial y así no habrá necesidad de que me adentre en una habitación secreta e infernal.

—Muy bien —dijo Beatrice, y descendió con garbo a esa habitación secreta e infernal.

Cuando llegó al final de la escalera, utilizó la llama de la vela para encender algunos candeleros más que había en las paredes. Su cálido resplandor iluminó un reducido espacio para jugar a las cartas: cuatro sillas de cuero apretujadas alrededor de una mesa baja, con el aire aún viciado por el intenso olor del tabaco. Mientras que la sala para las damas tenía suaves tonos pastel, la habitación de las cartas era ruda y oscura, con paredes de piedra y pocos muebles. Hacía mucho frío y en la pequeña chimenea solo había ceniza. La única decoración de la estancia era un tapiz descolorido que colgaba de una pared.

Era como si los hombres acabasen de marcharse; el cuero de las sillas aún estaba hundido en los lugares donde se habían sentado. Encima de la mesa había una partida de cartas abandonada, y tres puros en el cenicero, que todavía echaban humo. Las velas recién encendidas proyectaban sombras titilantes en las paredes, como fantasmas de los hombres que habían estado allí un rato antes.

—El escenario del envenenamiento —susurró Beatrice, e inhaló el intenso olor a tabaco.

—Presuntamente —dijo Drake para corregirla, pero no pudo apagar el entusiasmo de Beatrice, que rodeó la mesa de juego y pasó la mano por la superficie, conteniendo el aliento.

No se limitaba a leer un mero artículo con una lista de pistas. ¡Estaba ahí, encontrando las pistas ella! Una vez pasado el momento de shock, descubría que... era emocionante.

—Cuatro copas de oporto vacías. Cuatro manos de cartas sobre la mesa... No hay duda de que estuvieron jugando —dijo el inspector Drake, y garabateó algo en su libreta amarilla mientras caminaba, asimilando los detalles de la estancia. Era tan alto que tenía que encogerse un poco para desplazarse por el cuarto. Beatrice era extrañamente consciente de su presencia.

La joven recogió uno de los puros y lo examinó. Drake se lo quitó de las manos y volvió a dejarlo en el cenicero.

—¿Podría parar de tocarlo todo? No hace más que entorpecer mi investigación —dijo el inspector.

—Tres puros. Alguien no fumó —respondió Beatrice.

—Ya lo veo —soltó Drake. Se miró las manos—. Vaya, qué aceitosos son. —Se volvió para examinar los naipes y después una pequeña hoja de puntos—. El veintiuno —comentó—. Un juego de apuestas en el que los jugadores tienen que conseguir que sus cartas sumen veintiuno...

—Ya sé cómo se juega —lo interrumpió Beatrice.

—Discúlpeme —repuso Drake—. No estaba seguro de si las damas tenían permitido jugar a algo más que al whist. Sus costumbres me son desconocidas.

—Londres no puede ser tan distinto de Swamsphire —dijo Beatrice.

—Existe un código de etiqueta, por supuesto —reconoció Drake—. Pero como pertenezco a la clase trabajadora, no se espera de mí que lo cumpla. Jamás habría interactuado con miembros de la alta sociedad de no haber sido por mi asociación previa con sir Huxley.

Carraspeó y miró a la señorita Bolton, que los observaba con los anteojos para la ópera desde su atalaya, en lo alto de la escalera.

—Como es natural, no sé nada sobre él —comentó Beatrice, también mirando a la señorita Bolton.

—Como es natural —repitió Drake. Volvió a fijarse en la hoja de puntos—. Jugaron al mejor de trece manos.

El inspector examinó el papel, en el que estaban escritas las iniciales de los jugadores: C, C, A y F.

—El señor Croaksworth, el capitán Peña, Ashbrook y Frank —supuso Beatrice—. Da la sensación de que el señor Croaksworth ganó la partida... aunque Frank quedó primero en varias rondas. —Abrió la baraja sobre la mesa, eligió un as de corazones y lo dobló. La carta estaba rígida.

Drake gruñó de irritación, pero Beatrice hizo oídos sordos.

—La baraja debe de ser nueva —dijo—. La carta aún no se ha ablandado. —Se detuvo y examinó el abanico de cartas extendido. Había otro as de corazones parcialmente oculto. Lo sacó—. Es una baraja trucada —le dijo al inspector Drake muy emocionada—. Dos ases.

—Las pruebas llevarían a pensar que alguien hizo trampas —dijo el hombre mientras se acercaba para ver la carta con detenimiento—. Muy astuta, señorita Steele.

Beatrice sintió una oleada de satisfacción al oírlo y, encantada, le dio la vuelta al naipe para ver el dibujo del dorso: un fondo dorado resplandeciente ornamentado con un lirio morado en el centro.

—Los lirios morados son el símbolo de Francia —comentó.

—Creía que era la flor de lis.

—Son dos nombres para la misma flor. —Beatrice examinó la carta y observó los diminutos pétalos morados salpicados de oro—. Y hay un invitado al baile que estuvo hace poco en París: Frank.

El inspector Drake garabateó en el cuaderno.

—Por no hablar de su comportamiento tan peculiar después del asesinato —añadió Beatrice.

Se inclinó para leer las notas de Drake, pero él apartó la libreta de su campo de visión. Al hacerlo, rozó el brazo de Beatrice con la mano. Ambos se retiraron de inmediato.

—Discúlpeme —dijo el inspector Drake.

—No se preocupe —respondió Beatrice, que sin saber cómo se había quedado sin resuello. Cada vez que se rozaba con aquel hombre algo hacía que se le removiera el cuerpo por dentro, como si ella también hubiese tomado veneno. Era una sensación que nunca había experimentado, aunque no desagradable.

Drake se apartó de ella con movimientos tensos y cruzó la sala en dirección a la chimenea. Beatrice no creía que tuviera en mente observar las ascuas; parecía que sencillamente quería apartarse de ella al máximo. Algo difícil en una habitación tan reducida. Sin embargo, de repente se arrodilló delante de la chimenea y sacó algo de entre las cenizas.

Era un trozo de papel con unas palabras escritas. Tenía los bordes mordidos, como si alguien le hubiera prendido fuego, pero había mucha corriente en el cuarto; saltaba a la vista que las llamas se habían apagado antes de destruir la hoja. El inspector la apartó de las cenizas frías y la desdobló.

—¿Qué es? —preguntó Beatrice, y se aproximó para examinar el papel.

—«Yo, Edmund Croaksworth —leyó en voz alta Drake—, entregaré veinte mil libras al portador de este documento».

—¿Veinte mil? —Beatrice suspiró y le arrebató la hoja—. Pero ganó, así que no tuvo que pagar. Aun así... una suma tan elevada animaría a jugar a cualquiera, no me cabe duda.

—¿Cree que los otros caballeros habrían podido igualar la apuesta? —preguntó Drake, claramente escandalizado ante la cantidad—. No quiero especular sobre la riqueza de cada uno, claro, pero...

—No, ha hecho una pregunta pertinente —dijo Beatrice, y asintió con la cabeza—. Los Ashbrook son la única familia que podría permitírselo, pero dudo de que Daniel o su padre se atrevieran a poner tanto en juego. —Levantó la mirada de repente—. Daniel, Frank y el señor Croaksworth fueron juntos al colegio hace años. Y Arabella ha dicho que entre los estudiantes se estilaba apostarse secretos en lugar de dinero. ¿Y si los demás jugadores apostaran confidencias privadas en lugar de libras?

—Es posible —reconoció Drake.

Agarró un atizador y lo arrastró por las cenizas. El entusiasmo de Beatrice dio paso a la decepción.

—Supongo que da igual lo que compartieran, porque habrá desaparecido.

—Sí... Si eran secretos, murieron con Croaksworth —dijo el inspector Drake pensativo—. Pero si alguien reveló algo que no quería que se supiera...

—... sería un posible motivo para el crimen. —Beatrice acabó la frase y se reavivó su emoción.

Intentó erguirse, pero dio un ligero traspiés. Drake extendió un brazo para ayudarla a mantener el equilibrio.

—¿Se encuentra bien, señorita Steele? —preguntó, y frunció las cejas con preocupación.

—¿Qué ocurre ahí abajo? —gritó la señorita Bolton.

—Estoy bien —dijo Beatrice, exasperada—. El pie se me ha quedado pegado a algo.

Señaló el suelo, donde su zapatito de raso estaba adherido a una sustancia pegajosa. Dio un tirón y miró hacia abajo.

—¿Qué es eso? —preguntó Drake siguiendo el rastro de aquella pasta gomosa hasta un rincón de la sala de juego.

Conducía al tapiz descolorido que había en la pared. En él, según se percató Beatrice entonces, se hallaba tejido el árbol genealógico de los Ashbrook. Las ramas tupidas estaban repletas de nombres y retratos de sus nobles ancestros de Swampshire, y también había pequeñas puntadas que denotaban matrimonios especialmente ventajosos.

—El rastro acaba aquí —comentó el inspector Drake.

Retiró el tapiz.

Detrás había un espejo grande con el marco de oro: un objeto hermoso, de no ser porque tenía un corte limpio por la mitad. Una costura de cola, todavía pegajosa, sujetaba ambas partes... y habían clavado un listón de madera encima. El pegamento había resbalado por el espejo y el adhesivo había manchado el suelo.

—Alguien ha roto el espejo —dijo Drake, con el entrecejo fruncido a raíz de la confusión.

—¿Quizá en un arrebato de ira? —propuso Beatrice—. Aunque parece que han intentado arreglarlo.

—¡Beatrice! —la llamó impactada la señorita Bolton desde el descansillo de las escaleras. Se agarraba los anteojos de la ópera con mucho miedo—. ¡Las manos ensangrentadas de Arabella! ¿No creerá...? Si fue ella la que rompió el espejo y resultó herida, quizá...

—¿Manos ensangrentadas? —la interrumpió Drake.

—A la señorita Bolton le pareció ver algo antes de la fiesta —dijo Beatrice.

Enarcó las cejas mirando al inspector e inclinó la cabeza para señalar a la señorita Bolton, con la esperanza de que entendiera lo que quería decir: teniendo en cuenta sus antecedentes, lo más probable era que la señorita Bolton hubiera imaginado a Arabella con sangre en las manos, saludándola desde la ventana.

Aunque, pensó, ahora que la velada se estaba desarrollando de aquella manera... quizá la señorita Bolton sí hubiera visto algo.

—Tendré que hablar con Arabella —dijo Drake, y alternó la mirada entre Beatrice y la señorita Bolton—. Y con el resto de invitados. Es evidente que alguien sabe más de lo que ha reconocido.

Subió las escaleras que lo llevaban al estudio principal seguido por Beatrice, en cuya mente resonaban esas palabras: «Alguien sabe más de lo que ha reconocido». Por fin empezó a calar en ella la rotunda idea de que uno de sus vecinos —uno de sus amigos, incluso—, era un asesino.

Beatrice y Drake salieron por la trampilla y la joven la cubrió de nuevo con la alfombra.

—Daniel es la persona a quien vino a ver el señor Croaksworth; me gustaría interrogarlo en primer lugar —anunció Drake. Se volvió y le tendió el cuaderno a la señorita Bolton—. Necesitaré tener todos los sentidos puestos en los sospechosos durante los interrogatorios. Así pues, ¿podría encargarle que tomase notas, madame?

—¿Yo? —preguntó la mujer, visiblemente halagada. Cogió el cuaderno con ilusión—. Ay, claro que sí... No hay nada que me apetezca más que crear un guion para esta tragedia.

—Gracias —dijo Drake—. Solo los hechos, si no le importa.

—Por supuesto —dijo la señorita Bolton, y sacó una pluma natural y un tintero del sombrero—. Sé muy bien lo que tengo que hacer.

FRAGMENTO DE UNA OBRA DE TEATRO DE LA SEÑORITA HELEN BOLTON

Primera escena

Dependencias personales de Daniel Ashbrook. Estanterías de libros llenas de tomos muy desgastados, pesadas cortinas de terciopelo, un sillón ajado y un diván. Un escritorio, colocado cerca de la ventana, está abarrotado de coloridos tinteros y plumas naturales. Sin duda Daniel es un hombre muy inteligente, aunque podría expandir sus horizontes asistiendo a una de las obras de teatro de la señorita Bolton en lugar de limitarse a mandarle siempre notitas en las que «lamenta no poder ir».

El inspector Drake, Beatrice Steele y la señorita Bolton se sientan en el diván, con la señorita Bolton en medio, como corresponde a una carabina ejemplar.

Enfrente de ellos se sienta el señor Daniel Ashbrook.

INSPECTOR DRAKE: Tengo entendido que el señor Croaksworth y usted se conocieron hace años en el colegio, ¿es así?

SEÑOR DANIEL ASHBROOK: Sí, siempre guardo un grato recuerdo de aquellos años, aunque terminasen con una disputa. Cuando Edmund contactó conmigo para solucionar el asunto, pensé que las cosas volverían a ser como antes. Ahora... Lo siento. Estoy conmocionado.

SEÑORITA BEATRICE STEELE: Tómate tu tiempo, Daniel. Estás de duelo.

SEÑOR DANIEL ASHBROOK: Técnicamente, no hay ningún periodo de duelo concreto fijado para la pérdida de un amigo con quien ya no se tenía contacto, pero quizá podría adoptar el periodo apropiado para la pérdida de un primo, o incluso un hermano. Hubo un tiempo en el que estábamos tan unidos...

13

Dolor de corazón

Beatrice observó al inspector Drake mientras este se reclinaba en el asiento, con una mirada escudriñadora puesta en Daniel.

Nunca había entrado en las dependencias de Daniel. Incluso cuando eran niños y corrían por Stabmort Park como si fuera su patio particular, su habitación le había parecido en cierto modo inaccesible. Miró alrededor mientras Drake interrogaba a Daniel; sus voces creaban un suave murmullo.

El mobiliario era viejo pero pulcro, la habitación estaba abarrotada de estanterías altas llenas de libros y sillones envejecidos pero elegantes. En las paredes había cartas estelares, diagramas del cuerpo humano y mapas que reflejaban el desarrollo de Swampshire a lo largo del tiempo. Era como echar un vistazo a la mente erudita y bien organizada de Daniel.

Detuvo la mirada al llegar a la cama con dosel que había en un rincón. No podía dejar de pensar que si se convertía en la señora de Daniel Ashbrook, sería allí donde durmiera. ¿Se visualizaba allí, leyendo los libros de las estanterías? ¿Durmiendo en la enorme cama, con los Ashbrook del pasado mirándola desde los cuadros? Observó la colcha blanca que cubría el colchón y apartó la mirada de inmediato. En ese momento no podía imaginárselo, pero suponía que con el tiempo acabaría haciendo de aquello su hogar.

—Al describir su relación con Croaksworth ha dicho que «se había distanciado» de él —decía el inspector Drake a Daniel en ese momento—. ¿Por qué motivo se separaron?

—Los padres de Edmund consideraban que mi familia era inferior a la suya —dijo Daniel con la voz quebrada—. Insistieron en que dejásemos de vernos por completo. —Negó con la cabeza, triste—. «Cuando una familia se eleva tanto, acaba cayendo desde lo más alto». —De pronto se estremeció—. Discúlpeme, ¿le importa si enciendo el fuego?

Beatrice se levantó para hacerlo ella, pero Drake alzó una mano para detenerla.

—Preferiría no tocar nada de lo que hay en la habitación.

—Este cuarto no es el escenario de un crimen, inspector —dijo con irritación la joven.

—Y a Beatrice se le están amoratando los labios —señaló Daniel.

A decir verdad, ella ni siquiera se había percatado del frío; estaba demasiado distraída tratando de espiar a hurtadillas las dependencias privadas de Daniel. Pero su amigo siempre buscaba lo mejor para ella, era el perfecto caballero incluso ante la tragedia, pensó agradecida.

—Muy bien —refunfuñó Drake, y se quitó la chaqueta—. Póngase esto.

Se la arrojó bruscamente a Beatrice.

Esta advirtió un deje de aroma cítrico cuando se abrigó con ella. Nunca había llevado una chaqueta de hombre. La de Drake estaba raída, pero era cálida, y se sintió rara y audaz al verse envuelta de pronto en su calor corporal. Metió las manos en los bolsillos y se topó con el papel arrugado.

Sabía que era la carta de Alice Croaksworth, la que el difunto llevaba encima al morir. Qué atroz, pensó Beatrice, que la familia

Croaksworth hubiera sufrido tantas tragedias. Una hermana desaparecida, los padres muertos, y ahora el señor Croaksworth asesinado. Sin duda la señorita Bolton diría que estaban malditos... y Beatrice le daría la razón.

En el otro bolsillo había algo frío. Beatrice lo sacó y lo miró discretamente apartándolo a un lado, para que ni Drake ni Daniel lo vieran.

Era la cucharilla del inspector Drake. Delicada y pequeña, pero pesada: sin duda era de plata maciza. Al mirarla con más detenimiento, se fijó en el perro ornamentado del mango: era un terrier escocés con el cuerpo robusto y una barba juguetona. De nuevo, volvió a pensar que era muy raro que el hombre anduviera por ahí con una cucharilla en el bolsillo, y todavía más una tan peculiar. La metió otra vez en el bolsillo de la chaqueta y apretó el mango con los dedos.

—Hábleme de la partida de cartas que tuvo lugar en el estudio —continuó Drake, y Beatrice alzó la mirada con interés.

—Decidí no jugar a las cartas —respondió Daniel.

—Eso explica que hubiera solo tres puros pero cuatro copas de oporto —dijo Beatrice—. La «A» debía de ser del señor Hugh Ashbrook. A tu padre le gusta beber pero no fuma, ¿no es así, Daniel?

—Sí —respondió Daniel, y asintió con la cabeza mirando a Beatrice—. Lo llama «el aliento del diablo». Pero sí que le gustan las cartas; mi padre siempre dice que apostar ayuda a bombear la sangre.

—Esta noche ha provocado lo contrario —dijo Drake—. En ese caso, ¿dónde estuvo usted durante la pausa?

—Debido a la insistencia de mi padre, me retiré a mis dependencias personales para buscarle algo de ropa al capitán Peña, que se había empapado con la sopa. Luego me quedé aquí —dijo Daniel. Levantó las manos del sillón y las apoyó en el regazo.

Beatrice se fijó en que había dejado marcas de humedad en los reposabrazos, donde antes tenía las palmas. «Sudor nervioso», pensó.

¿Acaso Daniel ocultaba algo?

—¿Por qué se quedó aquí? —insistió Drake.

—Tenía mucho en que pensar —dijo por fin Daniel—. El reencuentro con un viejo amigo obliga a uno a hacer balance de su vida. Me daba la sensación de que el señor Croaksworth estaba pensando en sentar cabeza, en buscar esposa, y empecé a pensar... que quizá yo también estaba preparado para dar ese paso.

A Beatrice se le hizo un nudo en la garganta al ver que Daniel la miraba a los ojos y después apartaba la vista a toda prisa.

¿Se refería a casarse con... ella?

—«Cuando el corazón se abre de par en par, un gran amor puede entrar» —continuó Daniel con otra de sus máximas. De repente se levantó y se dirigió al escritorio—. Perdónenme. No quisiera olvidarme de este proverbio; tengo que escribirlo. —Rebuscó en la mesa, pero al poco perdió la paciencia. Murmuró para sus adentros—: Ya ha desaparecido otra pluma. Y mi mejor tinta también. Menudo ladrón...

El inspector Drake se incorporó.

—¿Ladrón?

Daniel se sonrojó.

—Disculpen. No me gusta hablar mal de la gente...

—Sir, han matado a un hombre —interrumpió Drake con brusquedad, claramente irritado—. Creo que, en una situación así, está permitido.

—Es solo que cada vez que el señor Martin Grub viene a Stabmort Park, desaparecen objetos —explicó Daniel.

—¡Ajá! —exclamó Beatrice, y también se levantó. Tanto Daniel como Drake la miraron a la cara—. Sabía que tenía que haber una explicación para el cubrecama —continuó.

—¿Qué cubrecama? —preguntó Daniel, confundido.

—Aquel de retazos que te cosí —aclaró Beatrice—. Cuando te lo regalé la Navidad pasada, me dijiste que dormirías con él todas las noches, pero me he fijado en que solo hay una colcha lisa encima de la cama.

Notó el calor en las mejillas al admitir que había estado fisgando y evitó mirar a su amigo a los ojos.

—Seguro que también se lo ha apropiado Grub. —Daniel negó con la cabeza, muy enfadado—. Debería darle vergüenza. «Robar es una idea que nunca es buena».

—Creo que ya hemos tenido suficientes rimas por hoy —comentó Drake con firmeza, y se dirigió a la puerta—. Hablaremos con Grub de inmediato y averiguaremos qué otras cosas podría haber robado.

—Gracias por su ayuda, sir —dijo Daniel a Drake, y se apresuró a abrirle la puerta—. Estoy seguro de que sir Huxley valorará mucho su excelente trabajo previo en la investigación.

—Y yo estoy seguro de que cuando llegue se topará con que ya hemos encontrado y apresado al asesino —respondió Drake, y salió de la habitación a grandes zancadas.

La señorita Bolton y Beatrice lo siguieron. Esta última se rezagó y volvió la mirada hacia Daniel.

—Gracias también por tu ayuda, Beatrice —dijo él en voz baja—. No sé qué haríamos todos sin ti. Mejor dicho, qué haría yo sin ti.

Ella asintió e intentó pensar una respuesta. Pero estaba demasiado abrumada por sus palabras y por lo acontecido durante la velada. Así pues, se limitó a seguir a Drake por el oscuro pasillo de Stabmort.

FRAGMENTO DE UNA OBRA DE TEATRO DE LA SEÑORITA HELEN BOLTON

Segunda escena

El guardarropa de Stabmort Park. Una antecámara tapizada de terciopelo junto a la entrada principal, con el armario lleno de capas y otras prendas de abrigo de los invitados.

Cuando se abre la puerta, el inspector Drake, la señorita Steele y la señorita Bolton se encuentran al señor Martin Grub de cuclillas en el suelo, rebuscando entre las prendas. Da un respingo al verlos y, subrepticiamente, se guarda una moneda que ha hurtado de un bolsillo.

SEÑOR GRUB: Solo quería asegurarme de que la ropa de abrigo estaba a salvo. No se puede confiar en que los sirvientes ordenen las prendas como corresponde.

El inspector Drake extiende una mano y, a regañadientes, el señor Grub le entrega la moneda.

SEÑOR GRUB: Pierde el tiempo al interrogarme, sir. Estaba demasiado absorto en contemplar a la señorita Beatrice Steele para fijarme en alguna otra cosa esta noche. Hemos decidido formalizar nuestro compromiso.

INSPECTOR DRAKE: No me había dado cuenta de que eran ustedes pareja.

SEÑORITA BEATRICE STEELE: No lo somos. Ni lo seremos jamás.

De repente, el ambiente se vuelve tenso. Sin lugar a dudas, la señorita Steele se siente incómoda, sobre todo desde que ha vuelto de la habitación de su amor verdadero.

SEÑOR GRUB: A la señorita Steele le gustan las bromas, pero tarde o temprano caerá rendida ante mis encantos. Lo que mucha gente ignora es lo persuasivo, lo atractivo, lo encantador que yo...

INSPECTOR DRAKE: Cuánto siento interrumpirlo, pero le cuelga un moco de la nariz. ¿Quiere un pañuelo?

SEÑOR GRUB: No hace falta.

INSPECTOR DRAKE: Ay. Nunca había visto a un caballero sorber de esa manera.

14

Impertinencia

Beatrice se apartó del señor Grub. No comprendía cómo podía estar emparentada con aquel hombre... Y, desde luego, no podía digerir la idea de que él acabase por heredar la propiedad de los Steele. Bastaba con pensarlo para notar que la bilis le subía a la garganta.

—Es una acusación infundada —le dijo Grub a Drake con indignación—. Yo no he robado nada; Daniel me dijo que podía visitar Stabmort Park siempre que quisiera...

—Porque es generoso —intervino Beatrice.

—... y coger lo que fuera; nunca lo hice sin permiso —terminó de decir Grub.

Sus pantalones y su chaqueta tintinearon cuando se movió para cruzar los brazos, a la defensiva.

—¿Qué me dice de nuestra finca? —preguntó Beatrice antes de poder contenerse.

Grub se mofó.

—¿Qué pasa con ella?

—Ya está previsto que la herede cuando muera mi padre, pero aun así hizo una denuncia para declararlo demente, con el fin de poder adjudicársela antes. Sin embargo... si Louisa se hubiera casado con el señor Croaksworth, usted habría perdido esa herencia. Por lo tanto, podría haber matado al caballero para evitar perder una propiedad que considera suya.

Por un momento reinó el silencio en el reducido guardarropa, y Beatrice sintió una oleada de satisfacción. Pero entonces el señor Grub estalló en risotadas.

—Es ridículo —dijo—. No deberías lanzar tales acusaciones, Beatrice, si quieres ser mi esposa.

Beatrice miró a Drake, casi esperando que también él desdeñara las palabras que ella acababa de pronunciar. Pero, en lugar de eso, el inspector miró pensativo al señor Grub.

—El señor Croaksworth era una amenaza para usted —le dijo— y ahora lo han acusado de robo. Estos hechos no indican inocencia...

—Tengo que pedirle que se calle, inspector —lo interrumpió Grub—. Apenas hablé con el señor Croaksworth y no lo consideraba una amenaza. Era un arribista joven y arrogante.

—El señor Croaksworth era joven, sí, pero es difícil considerarlo un arribista —respondió Drake—. Su familia forma parte de la élite social.

—La riqueza y la buena cuna no son los únicos factores importantes a la hora de determinar la caballerosidad de un hombre —insistió Grub—. Es preciso considerar la dureza. La fuerza. ¡El vigor!

—¿Diría que el señor Croaksworth era débil? —preguntó Drake, enarcando una ceja.

—Sus padres han fallecido, su hermana ha desaparecido y ahora él está muerto —le dijo Grub—. Los caballeros protegen sus fortunas para que sean transmitidas a sus descendientes y les aseguren una posición social duradera. Pero la estirpe de la familia Croaksworth se ha extinguido a causa de la debilidad.

—Discrepo: se ha extinguido porque alguien lo ha asesinado —repuso Drake—. Y tal como ha expuesto la señorita Steele, usted tiene un móvil muy claro.

—¿Yo? —preguntó Grub, con los ojos como platos—. ¿Por qué iba a matar a alguien cuando puedo esperar a que se muera él solito?

—Qué manera tan horrible de hablar de un hombre al que acaban de asesinar —comentó Beatrice asqueada.

—La compasión vuelve vulnerables a los hombres —dijo Grub.

Su postura mostraba una total despreocupación ante tal escrutinio; casi parecía disfrutar de la conversación.

—La falta de compasión los vuelve sospechosos —contratacó Beatrice.

Grub suspiró.

—La persona más sospechosa que hay aquí no soy yo. Es Hugh Ashbrook. —Se sacó un trozo de papel del bolsillo y se lo tendió al inspector Drake—. He encontrado esto en su abrigo. No es que estuviera rebuscando, ¿eh? Me he topado con ello por casualidad.

Drake desdobló el papel y lo leyó rápido.

—Es una nota para cancelar las tres cajas de champán —le dijo a Beatrice, y le entregó la hoja.

—Los Ashbrook siempre sirven champán la mañana después de un baile, al amanecer —explicó Beatrice.

—Exacto —dijo Grub victorioso—. ¿Por qué cancelar el pedido, a menos que el señor Ashbrook supiera que no habría nada por lo que brindar... salvo la muerte?

Sonrió con engreimiento y Beatrice notó un escalofrío de terror. El señor Grub era odioso, pero ¿por qué otro motivo iba a cancelar el señor Ashbrook el encargo de champán?

—Le pediré una explicación al señor Ashbrook —dijo Drake, y se abrió paso fuera del guardarropa—. Pero no he terminado con usted, sir.

—Ojalá fuera así —murmuró la señorita Bolton, y se pellizcó la nariz.

Drake salió. Beatrice y la señorita Bolton lo siguieron y dejaron a Grub a solas en el guardarropa, rezumando olor a estiércol.

FRAGMENTO DE UNA OBRA DE TEATRO DE LA SEÑORITA HELEN BOLTON

Tercera escena

Un gabinete estrecho para medicinas rebosante de ampollas y frascos de cristal.

Beatrice, el inspector Drake y la señorita Bolton se hallan de pie entre los anaqueles; observan al señor Hugh Ashbrook, que revisa su colección de tónicos y cremas.

SEÑOR HUGH ASHBROOK: ¿Anular el pedido de champán? No me acuerdo... Pero claro, la pérdida de memoria es un síntoma del ataque de desmayos.

Se abanica con suavidad, tratando de parecer inocente, pero la culpabilidad planea bajo la superficie. Cualquiera puede percibirlo. Todos piensan en que una vez le dio a la señorita Bolton una crema para los ojos porque «de verdad que aparenta la edad que tiene, y aunque esté soltera, eso no es excusa para dejar de cuidarse». Nada bueno puede salir de un hombre como el señor Ashbrook.

15

Falta de respeto

—Usted jugó a las cartas con el capitán Peña, Frank y Edmund durante la pausa —dijo el inspector Drake, mientras echaba un vistazo a una estantería llena de frasquitos de cristal agrupados.

El señor Ashbrook, el inspector Drake, Beatrice y la señorita Bolton se habían apretujado en el diminuto gabinete para los tónicos. Las cuatro paredes estaban forradas de estantes de cristal, en los que había dispuestos con esmero diversos botes y recipientes. El señor Ashbrook había organizado los tónicos alfabéticamente y colocado una etiquetita en cada uno, en la que listaba los componentes.

—¿Yo jugué a las cartas? —preguntó confundido Hugh Ashbrook, y se frotó las manos con loción de aroma de menta.

—¿Tampoco recuerda eso? —preguntó el inspector.

Drake miró con escepticismo a Beatrice. Metió la mano en el bolsillo del pantalón para sacar la tarjeta de puntos. Beatrice se percató de que se detenía un instante, con una expresión confundida en el rostro, aunque se le pasó rápido. Tiró de la hoja de puntuación y se la mostró al señor Ashbrook para que pudiera examinarla.

—Aquí está escrita su inicial —indicó Drake—. La «A» de Ashbrook.

—Ah, sí. Supongo que se me ha ido de la cabeza —dijo el señor Ashbrook, y la sacudió, como si eso pudiera activar su memoria—. Como les he dicho... Madame Jessica, mi curandera y pitonisa, me contó que la pérdida de memoria puede ser un síntoma de mi enfermedad. Me dio una mezcla diaria que debería ayudarme. Hay que tomarla sin falta a las siete y media de la tarde, pero hoy me he saltado la dosis; debe de ser por eso por lo que no me acuerdo de la partida. Ni del champán anulado. Quizá también debería reducir un poco el jerez —añadió, y soltó una risita.

—Oporto —lo corrigió Beatrice, y los dos hombres se volvieron para mirarla—. Las copas de la mesa en la que jugaron a las cartas tenían restos de oporto, no de jerez.

—Pues eso debía de ser —contestó el señor Ashbrook, y asintió dirigiéndose a la joven—. No suelo beber oporto. Supongo que esta noche me he visto arrastrado por el frenesí.

Drake se volvió hacia las ordenadas estanterías.

—Menuda colección de medicamentos tiene aquí.

—Mire cuanto desee —dijo el señor Ashbrook emocionado—. Me hace mucha ilusión poder presentarle a la gente mis complementos para la salud. A menudo me preguntan qué tomo, ya que conservo un aspecto tan juvenil.

Beatrice se fijó en un frasquito que tenía a la altura de los ojos, a la par que intentaba pasar por alto el roce de su brazo contra el inspector Drake en aquel gabinete tan pequeño.

—«Gárgaras de Andy» —leyó en la etiqueta—. «Utilizar por la noche para favorecer la digestión».

—Y le aseguro que es eficaz —comentó el señor Ashbrook, y asintió de nuevo con la cabeza.

—«Licor de begonia de la marquesa Jesse» —leyó a su vez la señorita Bolton de otra etiqueta, mirando una botella de cristal llena de un líquido violeta—. «Tranquiliza el alma».

—Hummm, no recuerdo dónde adquirí ese tónico en concreto —dijo el señor Ashbrook pensativo—. Por norma general mi alma está muy tranquila. Es mi cuerpo físico el que necesita ayuda.

—«Polvo gris» —leyó el inspector Drake, levantando un frasquito.

—Ah, ese es muy bueno —dijo el señor Ashbrook, y asintió con cara seria—. Mercurio con tiza. Un purgante excelente.

—Huelga decir que tiene ciertos tónicos en esta colección que, si se administraran de forma incorrecta, podrían resultar tóxicos —dijo Drake al señor Ashbrook, quien parecía confundido.

—El propósito de mi colección es sanar, no dañar —respondió.

—Un asesino no compartiría ese propósito. ¿Cree que le falta algún artículo? —le preguntó Drake.

—En absoluto —dijo el señor Ashbrook, y negó con la cabeza—. Me habría dado cuenta. Aunque... —Dejó la frase a medias.

—¡Diga! —lo animó Beatrice, y el señor Ashbrook suspiró.

—Cuando he venido hace un rato, la puerta estaba abierta. Estoy seguro de que la dejé cerrada con llave. Sin embargo, no faltaba nada. —Suspiró de nuevo—. Por supuesto, sospecho del señor Grub. Da la impresión de que ese hombre es incapaz de apartar sus dedos pringosos de las cosas. Pero normalmente deja un tufo horroroso cuando se marcha, y aquí no detecto ningún olor tan desagradable.

Beatrice inhaló, esperando percibir el hedor terroso y metálico de Grub. En lugar de eso, solo apreció una ligera fragancia. Dulce, como a rosas.

—Ya me he fijado en las tendencias del señor Grub —dijo Drake, y asintió con la cabeza para darle la razón—. ¿Suele guardarse los artículos que roba?

—Que yo sepa sí —dijo el señor Ashbrook, confundido—. ¿Por qué lo pregunta?

Drake se metió la mano en el bolsillo del pantalón y sacó una ampollita vacía.

—He encontrado esto. Alguien ha debido de deslizarla en mi bolsillo —explicó.

Beatrice supuso que sería eso lo que había notado antes.

—No cabe duda de que es de las mías —dijo el señor Ashbrook de inmediato. Alargó la mano para cogerla.

—¿Sabe qué podía contener? —preguntó Drake.

—Eh... no me acuerdo —contestó el señor Ashbrook—. Le falta la etiqueta. ¿Cree que el señor Grub la hurtó y... se la metió en el bolsillo a usted?

—No lo sé —dijo Drake.

—Qué raro —comentó Beatrice, alternando la mirada entre Drake y el señor Ashbrook—. ¿Por qué iba a hacer algo así?

—No lo sé —repitió el inspector—. Pero, señor Ashbrook, si se percata de que le falta alguna cosa más, por favor, avíseme de inmediato. —El señor Ashbrook intentó quedarse con la ampollita, pero Drake negó con la cabeza—. Debo conservarla. Si recuerda qué contenía y resulta ser venenoso, siento decir que podría ser el arma del crimen.

—Qué terrible es todo esto —dijo el señor Ashbrook, y empezó a tambalearse—. Yo confiaba en que esta velada terminase con el compromiso entre Edmund y mi hija. —Le fallaron las rodillas y Drake alargó un brazo para sujetarlo—. Gracias —dijo el señor Ashbrook—. Temo que los ataques de desmayos han empeorado mucho.

—Según tengo entendido —dijo Drake, con genuina confusión—, el señor Croaksworth solo mostró interés por Louisa.

El señor Ashbrook negó con la cabeza.

—Estoy seguro de que el señor Croaksworth se limitaba a ser educado —dijo con firmeza—. Arabella y Edmund se comprometieron hace años.

—¿Arabella y el señor Croaksworth estaban comprometidos? —repitió Beatrice, estupefacta ante la repentina revelación—. Nunca lo había oído.

—Rompieron el compromiso —aclaró el señor Ashbrook—. Fue decepcionante, pero lo decidimos justo después del fallecimiento de mi esposa. Arabella estaba de luto y todos acordamos que era mejor posponer el enlace. Sin embargo, estoy seguro de que la llama del amor de Edmund por Arabella no se apagó jamás.

La confusión embargó por completo a Beatrice. El señor Croaksworth no había dicho nada relativo a un compromiso con Arabella, y Daniel tampoco. Louisa nunca lo había mencionado, y desde luego ella tendría que haberlo sabido; Arabella y su hermana se habían convertido en uña y carne. ¿Acaso Arabella había tratado de mantenerlo en secreto? ¿O andaba equivocado el señor Ashbrook?

—Interesante —dijo Drake pensativo—. ¿Y está seguro de que se separaron debido a la muerte de su esposa, o podría haber tenido algo que ver con la creencia de los Croaksworth de que la familia de usted tenía un estatus demasiado bajo para emparentarse con la de ellos?

Beatrice lo agarró por el brazo para detenerlo, pero llegó tarde. El señor Ashbrook se puso rojo como un tomate y su rostro apuesto se contrajo por la rabia. Se irguió, levantó la barbilla y miró a Drake por debajo de su nariz.

—Mi familia es de sangre noble, sir. ¿Cómo se atreve a insinuar que alguien podría considerar que no somos «lo bastante buenos»?

Protestó con todas sus ganas, pero Beatrice se dio cuenta de que, aunque el señor Ashbrook parecía furioso, no parecía sorprendido.

—No espero que comprenda nada de lo referente a mi familia —continuó el caballero fulminando a Drake con la mirada—. Es usted un don nadie.

Beatrice se plantó delante de Drake y dijo:

—Sir, no hace falta ser descortés.

El señor Ashbrook se volvió hacia ella. La joven sintió que encogía cuando el anfitrión clavó la mirada en su vestido raído, sus joyas baratas y, por último, sus bailarinas manchadas.

—No le he pedido su opinión, señorita Steele —zanjó al fin el señor Ashbrook.

No hacía falta que añadiera nada más; el desprecio con que la había mirado lo decía todo. Pretendía ponerla en su sitio.

Beatrice cuadró los hombros, con una repentina determinación fraguándose en su interior.

—Su hijo sí me ha pedido mi opinión. Daniel quería que yo velara por el decoro y considero que sus palabras han sido maleducadas. —También alzó la barbilla, acorde con la de él.

—No se apure, Beatrice —dijo Drake—. No es la primera vez que me lo dicen.

—El inspector Drake nos está ayudando; no deberíamos faltarle al respeto —insistió la joven.

—Quizá Daniel se haya equivocado al depositar en ti su confianza —contratacó Ashbrook—. Cree que eres respetable. Yo no estoy tan seguro. Jamás he visto tamaña impertinencia.

Esas palabras hicieron que el pánico inundara el cuerpo de Beatrice. Al señor Ashbrook le costaría poco arruinar su reputación... y con eso, cualquier posibilidad de conseguir un enlace matrimonial con Daniel. Su amenaza era clara.

—Ahora tengo que pedirles que se marchen —continuó el señor Ashbrook—. De lo contrario, provocarán que se me arrugue la frente.

Empujó a la señorita Bolton, al inspector Drake y a Beatrice fuera del abarrotado gabinete de los tónicos. Mientras salía, presa del bochorno y la indignación, Beatrice vio un libro apoyado en uno de los anaqueles.

Puertas de la campiña inglesa. El libro que le había confiscado unas horas antes.

Lo hurtó y se lo metió otra vez en el bolsillo, justo antes de que el señor Ashbrook cerrase de un portazo el cuartito a sus espaldas.

—Teniendo en cuenta los hechos, el señor Ashbrook parece muy sospechoso —dijo pensativo Drake, mirando la puerta cerrada del gabinete de los tónicos—. Su insistencia en que no recuerda nada es poco plausible. Al fin y al cabo, jugó a las cartas durante la pausa, así que tuvo ocasión de cometer el asesinato. Además, se considera frágil; así pues, el veneno sería un arma que podría elegir. A eso se suma que su cuartito de remedios le proporciona acceso a ese veneno.

—Y podría tener un móvil para el crimen —añadió Beatrice—. El señor Ashbrook insiste en que Croaksworth y Arabella cortaron su relación porque acababa de morir su esposa, pero quizá sea solo lo que utilizó como explicación.

—He pensado lo mismo —dijo Drake, asintiendo con la cabeza.

—Tal vez lo que ocurrió de verdad fue que los padres de Croaksworth intervinieron para separar a Edmund y Arabella —concluyó Beatrice.

—Entonces, ¿me está diciendo que el señor Ashbrook habría mantenido el rencor todos estos años y luego habría asesinado a Croaksworth para vengarse?

—Si estaba al corriente de todo esto, es posible —dijo Beatrice—. Es un hombre orgulloso. Y haría cualquier cosa por su familia. Si pensaba que el señor Croaksworth había rechazado a Arabella...

Drake asintió, perdido en sus pensamientos, y luego se acercó más a Beatrice.

—Hace muchos años que conoce al señor Ashbrook, ¿verdad?

—Nuestras familias son amigas —le contó Beatrice—, pero es porque su difunta esposa y mi madre estaban muy unidas.

—La señora Steele y la señora Ashbrook eran de la misma edad —comentó la señorita Bolton, como si eso lo explicara.

—Y compartían muchos intereses comunes —añadió con rotundidad Beatrice.

—Pero el señor Ashbrook no ha vuelto a ser el mismo desde su muerte —continuó la señorita Bolton en un susurro—. Solía ser... Bueno, no es que fuera alegre, pero al menos era respetuoso. No hay que juzgar a todos los habitantes de Swampshire por su comportamiento actual; conforme el señor Ashbrook ha ido envejeciendo, ha aumentado la importancia que da a la buena cuna.

—Y, sin duda, el hecho de que su mujer muriese de tuberculosis le provocó una gran preocupación por la salud física —añadió Beatrice.

El señor Ashbrook nunca había sido como un segundo padre para ella, ni mucho menos, pero lo había visto abrir regalos en Navidad. Lo había visto bailar minuetos con su esposa y celebrar cumpleaños con sus hijos. Tras la muerte de su mujer había cambiado y se había vuelto más prejuicioso, más orgulloso. Se había retraído, hasta que al final pasaba más tiempo con sus tónicos que con sus vecinos. Pero en ese momento Beatrice se preguntó: ¿hasta qué punto habría cambiado?

Siguió al inspector Drake y a la señorita Bolton hasta el salón en penumbra de Stabmort Park y respiró hondo. El cuartito para los tónicos le había resultado claustrofóbico y el ambiente de olor dulzón casi asfixiante.

—A continuación deberíamos hablar con Arabella —estaba diciendo Drake cuando Beatrice se paró en seco.

Drake se dio la vuelta.

—¿Se encuentra bien, señorita Steele?

—El aroma del gabinete —susurró Beatrice—. Olía a rosas. Malva de rosa o *evening rose*, para ser exactos. —Levantó la cabeza para mirar al inspector Drake—. Evening Rose es la fragancia personal de la señorita Caroline Wynn.

FRAGMENTO DE UNA OBRA DE TEATRO
DE LA SEÑORITA HELEN BOLTON

Cuarta escena

Un arpa dorada ocupa el centro de la sala de música de Stabmort Park. A la izquierda del arpa hay un piano.

Sentada entre ambos instrumentos está Caroline Wynn, que toca una hermosa melodía con el arpa con la mano derecha y se acompaña al piano con la izquierda. Empieza a cantar. Tiene un talento prodigioso y su voz asemeja la de un ángel.

Entran Beatrice, la señorita Bolton y el inspector Drake. Beatrice cierra de un portazo y Caroline Wynn deja de tocar.

SEÑORITA CAROLINE WYNN: Ay, queridos míos, deben de estar exhaustos. Vengan y les daré unos bollitos; siempre guardo unos cuantos en el bolso por si veo a alguien que pueda necesitarlos.

16

Mentiras

Beatrice se sentó enfrente de Caroline Wynn, con un bollito en la mano y una expresión ceñuda en el rostro. Por supuesto que Caroline no pensaba en nada más que en la comodidad de los otros cuando era a ella a quien estaban interrogando; se comportaba como si los hubiera invitado a merendar en lugar de estar en un interrogatorio durante una investigación criminal.

—Beatrice, ¿quiere que le deje un pañuelo? —dijo Caroline en voz baja—. Tiene algunas migas en el regazo.

Sacó un pañuelo y Beatrice lo agarró con irritación.

—¿Desean que toque un poco más mientras comen? —propuso entonces Caroline, y señaló tanto el arpa como el piano—. Sé que la música puede ser muy reconfortante en los momentos difíciles. Ojalá hubiera tocado antes, quizá entonces el señor Croaksworth seguiría vivo.

—¿Está insinuando que su música habría podido «curarlo»? —preguntó Beatrice, apretujando el bollito con un puño y el pañuelo de Caroline con el otro.

—Por supuesto que no. No soy tan buena... —dijo Caroline con una risa cantarina—. Solo me refería a que la música suele aplacar la ira. Quien sea que haya hecho esto, tal vez no se habría visto impelido a realizar un acto tan violento y atroz si yo hubiera sido más diligente.

—Por desgracia, quienes deciden cometer tales crímenes rara vez les disuaden una palabra amable o una melodía bonita —dijo Drake, y frunció los labios.

Beatrice se alegró de ver que no parecía abducido por el comportamiento zalamero de Caroline. El inspector se sentó en una silla enfrente del arpa con la espalda erguida y la cara seria.

—Tiene razón —dijo Caroline con dulzura, y los ojos se le llenaron de lágrimas.

Beatrice analizó su aspecto con recelo. Caroline iba tan bien vestida como siempre, con un prístino vestido de muselina. Llevaba el pelo recogido en un elegante moño, la cara despejada y dulce. La única joya que lucía era una cinta con una perla alrededor del cuello.

«Qué raro», pensó Beatrice, y fijó la mirada en la perla. Estaba segura de que Caroline llevaba una gargantilla de esmeraldas durante la velada. Se había percatado porque la pieza favorecía de un modo irritante al pálido cuello de cisne de Caroline. ¿Por qué se habría cambiado de complemento en mitad de la velada?

—Qué joya tan fascinante —comentó Beatrice, y señaló la cinta con la cabeza—. La perla parece tan natural... Como si la hubiese recogido del océano el propio capitán Peña.

A Caroline le cambió la expresión y Beatrice sintió un vuelco triunfal. Parecía que, en efecto, el capitán Peña le había regalado el collar a Caroline. ¿Seguirían enamorados?

Sin embargo, la señorita Wynn no tardó en recuperar la compostura y volver a esbozar una sonrisa inexpresiva.

—Sí, el capitán me regaló este collar como muestra de afecto. Sin embargo, nuestra relación tuvo lugar hace tanto tiempo que me parece otra vida. Eso es lo que le dije.

—Su relación tuvo lugar hace apenas un año —puntualizó Beatrice. Se inclinó hacia delante, cada vez más impaciente—.

Lo que de verdad queremos saber es: ¿qué hacía usted en el gabinete de los tónicos del señor Ashbrook?

—¿El gabinete de los tónicos? —preguntó Caroline, y parpadeó varias veces con aire inocente—. No sé...

—Dejó su aroma, ese que diseñaron especialmente para usted —la interrumpió Beatrice—, con que no trate de disimular. ¿Se coló allí durante la pausa? No fue a la sala con el resto de mujeres; todo el mundo dio por hecho que se había retirado al tocador de señoras para descansar.

—Es cierto que tiene una constitución frágil —reconoció la señorita Bolton.

—Sí que me retiré al tocador de señoras —insistió Caroline.

El inspector Drake se inclinó hacia delante y olfateó. Caroline lo miró confundida.

—¿Acaso le ofende mi fragancia?

—Es un poco fuerte —dijo Drake—, pero no es eso lo que me ha llamado la atención. —Se volvió hacia Beatrice—. Lleva un perfume de gardenias, no de rosas.

—¿Qué? —Beatrice también se inclinó hacia delante e inhaló. Tenía razón. No llevaba su fragancia personal: ese sutil aroma a rosas que había percibido unas horas antes, y en el gabinete del señor Ashbrook. Ahora Caroline olía con intensidad a gardenias.

—Se ha cambiado de perfume —dijo Beatrice—. ¿Por qué?

—He llevado esta fragancia toda la noche —respondió Caroline—. Pero si les molesta, no me importaría lavarme y quitárm...

—Miente —la interrumpió Beatrice. Miró a Caroline a los ojos, pero sus ojazos no delataban nada—. Antes no llevaba ese aroma, lo recuerdo. ¡Lo estuvimos hablando! —continuó Beatrice—. Pero sí hay perfume con olor a gardenia en el tocador de señoras de Stabmort Park —dijo acordándose de pronto—. La señorita Bolton y yo lo olimos.

—¡Es verdad! —coincidió la señorita Bolton, y se llevó la mano al pecho.

—Tal vez fue usted al gabinete de los tónicos del señor Ashbrook y le robó el veneno. Pero entonces se dio cuenta de que el perfume había dejado un fuerte rastro, así que volvió al tocador y se roció con otra colonia, para evitar sospechas. —De repente, Beatrice se inclinó hacia delante, iluminada por otra revelación—. Antes de que el señor Croaksworth muriera, sus últimas palabras fueron: «El ángel no tiene nada de ángel... ¿Es que no lo ven, insensatos?». El asesino es alguien que parece inocente. Angelical. ¿Quién más podría ser... salvo usted?

La señorita Bolton suspiró. Por un instante, Caroline miró a Beatrice y parpadeó varias veces; luego se bamboleó, como mareada. Después dobló las rodillas y se desmayó.

La señorita Bolton corrió a socorrerla y sacó un frasquito de sales aromáticas del sombrero. Se arrodilló junto a Caroline y le pasó las sales por debajo de la nariz.

—Está fingiendo —dijo Beatrice, frustrada—. ¡La he pillado! —Se volvió para mirar al inspector Drake en busca de confirmación, pero este no se había movido de su sitio en el sofá.

—No cuadra, señorita Steele —dijo el detective—. Incluso si Caroline hubiera robado el veneno, en ningún momento ha estado lo bastante cerca del señor Croaksworth durante la fiesta para administrárselo.

—¿Y si tuviera un cómplice? —dijo Beatrice, que pensaba en voz alta—. Alguien que siempre ha estado enamorado de ella. Alguien que haría cualquier cosa por ella.

—¿Se refiere al capitán Peña? —preguntó Drake, y valoró la hipótesis—. Es una teoría interesante.

—¿No querrá decir «una corazonada irrazonable»? —replicó Beatrice sin poder contenerse.

—Sí —dijo Drake, y torció la boca—. Eso es precisamente lo que es.

—Creo que no puedo continuar —dijo Caroline en voz baja desde el suelo. Se sentó, todavía en brazos de la señorita Bolton; había recuperado el conocimiento, pero temblaba—. Lo siento, pero mi corazón no puede asimilar semejante afrenta de boca de mi queridísima amiga.

—No importa —dijo Beatrice—. Encontraremos las respuestas que buscamos en otra parte.

Caroline se incorporó como pudo y Beatrice se dirigió a la señorita Bolton.

—Confío en que deje constancia por escrito de que la señorita Wynn ha soltado una ventosidad al salir —dijo, y la señorita Bolton alzó la mirada, confundida.

—No lo he oído.

—Se lo aseguro —dijo Beatrice—, ha ocurrido.

Metió el pañuelo de Caroline de cualquier manera en el bolsillo de la chaqueta de Drake (todavía la llevaba puesta), pensando que no ocurriría nada por no ser amiga de todo el mundo que tuviese la misma edad que ella.

FRAGMENTO DE UNA OBRA DE TEATRO
DE LA SEÑORITA HELEN BOLTON

Quinta escena

En las profundidades de Stabmort Park, la sala de baños está oscura, apenas iluminada por el brillo luminiscente de un manantial natural que hay en el centro de la estancia de piedra.

El capitán Peña se halla con la espalda erguida en el borde del manantial, observando las aguas teñidas de verde. No sorprende que se encuentre allí, pues parece sentirse increíblemente atraído por el agua, su cuerpo abocado hacia ella, la cara curtida y seria.

Entran Beatrice, Drake y la señorita Bolton. Ninguno de ellos puede evitar fijarse en sus músculos marcados; dista mucho del joven que se marchó a la marina un año antes.

INSPECTOR DRAKE: Capitán, buenas noches. Es un alivio hablar por fin con alguien que tiene un empleo de verdad.

CAPITÁN PEÑA: Mi empleo en la marina era un «deber», sir. No un trabajo.

17

Juramentos

Aunque los miembros más destacados de la sociedad preferían tomar las aguas en Bath, en Swampshire había varios manantiales naturales de los que disfrutaban los lugareños. De hecho, Stabmort Park estaba construida sobre uno de esos manantiales. La antigua fuente de piedra se hallaba en la estancia más vetusta de la mansión y era uno de los grandes motivos de orgullo de Hugh Ashbrook. Pero Beatrice no había vuelto allí desde su infancia; las aguas sanadoras estaban reservadas para los hombres, con el fin de evitar que alguna dama mostrara más piel que los establecidos quince centímetros de escote. Pese a que el capitán Peña, con su cara curtida por el año pasado en alta mar, no encajaría entre los caballeros distinguidos que en otras circunstancias se reunirían allí, Beatrice se percató de que todavía tenía un brillo juvenil y sincero en los ojos.

No obstante, también tenía una mano aferrada a la vaina del alfanje. El arma relucía con el brillo que emanaba del manantial, su tono dorado había adquirido un extraño toque verdoso.

—Por favor, describa la naturaleza de su actual relación con la señorita Caroline Wynn —dijo Drake, y su voz reverberó por la estancia de piedra—. ¿Ha vuelto a Swampshire para verla?

El capitán Peña se inclinó más hacia el agua, como si procurase esquivar la pregunta.

—El año pasado, Caroline cortó la cuerda y me lanzó a la deriva —respondió con sequedad.

—¿Ha pensado en... volver a amarrarla? —preguntó Drake incómodo.

—No tengo ganas de hablar sobre Caroline —dijo el capitán Peña—, porque no quiero tirar por la escotilla antes de tiempo lo que pueda deparar la travesía. Caroline y yo todavía estamos a tiempo de hallar el camino que nos una y llegar a buen puerto...

—Le rechazó porque no era usted un hombre de posibles —lo interrumpió Drake—. El señor Edmund Croaksworth, por el contrario, era rico. ¿Le inspiraba celos?

—No veía a Edmund como un competidor —dijo muy serio el capitán Peña—. Igual que los demás invitados, pensé que se había zambullido en el océano de Louisa.

—¿Se lo confesó el señor Croaksworth durante la partida de cartas, en la pausa? —preguntó el inspector Drake.

—No jugué a las cartas —replicó el capitán Peña—. La señorita Beatrice Steele me tiró la sopa encima, así que me pasé el rato del descanso limpiando la cubierta.

El inspector Drake sacó la hoja de puntuación que habían encontrado en el estudio.

—En esta hoja de tantos pone C, C, A y F. ¿Me está diciendo que no estuvo presente en la partida? ¿No es usted la segunda «C»?

—Estaba a varias brazas de allí —insistió el capitán, y miró la hoja con los ojos entrecerrados.

—Esa «C» debe referirse a otra persona —le dijo entonces Beatrice a Drake, frustrada. ¿Quién habría participado en la fatídica partida de cartas?

El ambiente era cálido en la habitación, un calor natural emanaba de las aguas relucientes del baño, y Beatrice sacó el pañuelo que le había dado Caroline. Se secó la frente con él, con la sensación de estar cociéndose viva. De repente se detuvo y miró el pañuelo, en el que estaban bordadas las iniciales «E. C.».

—¿Por qué iba a tener Caroline el pañuelo del señor Croaksworth? —murmuró—. Tal como ha expuesto el inspector Drake, en ningún momento estuvo tan cerca de él... que nosotros viéramos. A menos que la cuarta persona de la partida... fuese ella.

La señorita Bolton suspiró.

—Una dama nunca jugaría a los naipes, sola, entre hombres —dijo escandalizada.

—Caroline mintió acerca de su perfume. ¿Y si utilizó el aroma de gardenia... para tapar el olor a humo de tabaco de la sala de juegos? —dijo exaltada Beatrice—. O el olor de un exceso de oporto. ¡Ja, sabía que bebía!

—Fui yo —la interrumpió el capitán Peña, y todos lo miraron. Su voz se hizo eco en la reducida estancia oscura, como si estuviera confesando una y otra vez. «Fui yo. Fui yo...». —Carraspeó y continuó—: Sí jugué a las cartas. Me uní tarde, cuando mi barco estuvo listo para zarpar. Caroline no estaba presente. Tal como ha dicho la señorita Bolton, no sería apropiado que una mujer jugara a las cartas con los caballeros, sin una carabina.

—Pero acaba de decirnos que no participó —dijo Drake, irritado.

—Me he expresado mal —respondió el capitán Peña—. Me refería a que no jugué la primera ronda de cartas. Llegué tarde a la cubierta.

—¿Y jugó con el señor Croaksworth, Frank y Hugh Ashbrook? —preguntó el inspector.

—Sí, lo hice.

El capitán Peña se puso la mano en el pecho, como si fuera un juramento.

Beatrice creyó ver la sombra de algo que surcaba el rostro serio del capitán, pero costaba descifrarlo bajo la espesa barba. No le cabía duda de que mentía... pero no tenía modo de demostrarlo. Era exasperante.

—Sí que me fijé en una persona que parecía molesta ante la fijación del señor Croaksworth por Louisa —dijo en voz baja el capitán Peña—. Arabella Ashbrook. Un capitán debe percibir las reacciones de los marineros; advertí que estaba compungida. Alterada. Con las mejillas rojas, y no por el escorbuto.

—Hablaremos con ella a continuación —le aseguró Drake.

El capitán Peña negó con la cabeza y suspiró.

—Jamás esperé encontrarme con semejante peligro en tierra firme. En alta mar nunca conocí el veneno. —Miró a Beatrice y al inspector Drake, como si los evaluara—. Todos confiamos en ustedes para encontrar al responsable de este terrible suceso —dijo serio—. Los invitados están aterrorizados. Por favor, sepan que me tienen a su disposición, cuando llegue el momento de apresar a quien sea que cometiera el crimen. Debemos estar preparados para eliminar al asesino. —Señaló el alfanje—. *Si vis pacem, para bellum*: «Si deseas la paz, prepárate para la guerra».

Drake enarcó una ceja.

—Confiemos en no tener que llegar a esos extremos.

FRAGMENTO DE UNA OBRA DE TEATRO DE LA SEÑORITA HELEN BOLTON

Sexta escena

Los aposentos de Arabella Ashbrook. Una habitación llena de muebles parisinos, bocetos de moda y una silla de brocado en la que se ha desplomado la señorita Ashbrook, quien solloza de forma melodramática.

SEÑORITA ARABELLA ASHBROOK: Perdonen mis lágrimas. Acabo de perder a mi futuro marido.
SEÑORITA BEATRICE STEELE: No te salen lágrimas de los ojos.

Ahora que la señorita Steele lo ha mencionado, todos se fijan en que Arabella tiene la cara seca. Se sienta erguida de inmediato y se atusa el pelo, azorada.

SEÑORITA ARABELLA ASHBROOK: ¿Cómo te atreves...? No estoy llorando «todavía». Solo pensando en lo doloroso que será cuando empiece a hacerlo.

18

Rumores

La suite de Arabella estaba decorada a la última moda y de manera refinada, con una cama con dosel y colcha de encaje en un rincón y un tocador en el otro. Tenía un armario de cedro abarrotado de trajes, todos hechos a medida, y una pared llena de bocetos de ella vestida con esos modelos. Beatrice se vio abrumada por el exceso de colores, aromas y texturas. En el centro de la habitación había un vestido vaporoso sobre un maniquí, con el tejido rojo casi reflectante. Saltaba a la vista que estaba confeccionado en el Color del Año, y Arabella debía de tener pensado ponérselo en la parte del baile que tradicionalmente denominaban «el anuncio del Color». Era la primera vez, que Beatrice recordara, que se habían saltado ese importante evento.

Beatrice alargó el brazo para tocar el vestido. Era de un tejido sedoso, suave y con caída, y tenía un corte innovador. Ella jamás habría podido coserse sola algo tan complejo. Quienquiera que hubiese diseñado la prenda se había tomado la molestia de crearlo con mimo para Arabella. Caía con unas deliciosas ondas encarnadas hasta el suelo y evocaba una imagen hermosa (aunque había que admitir que algo macabra, a juzgar por los acontecimientos de la noche).

—Alguien tiene la impresión de haberla visto antes de la fiesta con sangre en las manos —dijo Drake midiendo las palabras, a la par que miraba de soslayo a la señorita Bolton—. ¿Puede darnos una explicación?

—¿Sangre en las manos? —repitió Arabella confundida—. Estoy segura de que no era yo.

—Quizá la persona en cuestión la viera a usted con este vestido y lo confundiera con una herida —comentó Drake, señalando la prenda roja.

La señorita Bolton negó despacio con la cabeza, pero mantuvo silencio.

—Tal vez —dijo Arabella, sin perder la expresión de perplejidad.

—Es hermoso —dijo Beatrice—. ¿Es de París?

Intercambió una mirada con Drake, quien se inclinó levemente hacia delante para calibrar la respuesta de Arabella.

—Sí —dijo esta. Y añadió con orgullo—: Lo diseñaron especialmente para mí. —Tenía el ceño fruncido y se movía de forma cautelosa y controlada.

—¿Ha comprado algo más en París últimamente? —preguntó Drake.

Beatrice sabía que el inspector estaba pensando en la baraja con la flor de lis que había en el estudio, la que tenía el dibujo dorado y violeta. En ese momento, también ella se inclinó hacia delante, interesada y con la emoción creciente de saberse a punto de encontrar una pista... Hasta que Arabella negó con la cabeza.

—Hace años que no viajo a París. Solíamos ir todos los años. Yo era la musa de... varios modistos de allí. Pero mi padre no lo aprobaba. Cuando mi madre falleció, cesaron los viajes por completo. Muchos diseñadores guardan todavía mis medidas y me envían prendas. Pero no he pisado tierra francesa desde hace mucho tiempo. Lo único que tengo son los vestidos. —Se le quebró la voz y, por un instante, Beatrice advirtió lo que era la emoción auténtica en alguien como Arabella.

—Hábleme de su relación con el difunto —dijo Drake, que no quitaba ojo de encima a Arabella.

Esta zarandeó la cabeza, como si quisiera despertarse de un trance.

—Edmund y yo nos conocíamos desde hacía años —contestó en cuanto recuperó la compostura.

Parecía extrañamente tranquila para ser alguien a quien estaban interrogando después de un asesinato. Beatrice se fijó en que Arabella se fundía con la silla, relajada, mientras que los demás invitados se habían sentado tensos en el borde de los asientos.

—Nos presentaron una vez que fui a ver a Daniel al internado —continuó Arabella—. En cuanto puse los ojos en Edmund, supe que estábamos hechos el uno para el otro. En pocas palabras: adoraba a ese hombre.

—Tengo entendido que ustedes dos se comprometieron cuando eran muy jóvenes —respondió Drake—. ¿Estuvo prometida al señor Croaksworth?

—¿Quién se lo ha contado? —preguntó Arabella, y Beatrice notó que la pregunta parecía haberla pillado desprevenida.

—Su padre. Nos contó que confiaba en que esta noche pudieran reavivar el afecto —dijo el inspector.

—Sí que mantuvimos una relación, años atrás —dijo Arabella. —Tragó saliva.

—Entonces ¿por qué no te casaste con él? —saltó Beatrice—. Habría sido un enlace excelente. Y acabas de decir que estabais «hechos el uno para el otro».

—Mi madre murió, así que decidimos romper el compromiso —zanjó Arabella—. Nadie puede esperar que una muchacha se case con un vestido de novia negro. —Se estremeció—. Tienen que disculparme. Todavía estoy demasiado afectada por toda esta odisea. Lo más probable es que no pueda cortejar a ningún hombre durante mucho tiempo, ya que, en esencia, soy viuda.

—El señor Croaksworth apenas habló contigo en toda la fiesta —presionó Beatrice—. Solo habló con mi hermana. No parecía estar enamorado de ti... Parecía enamorado de Louisa.

Arabella fulminó con la mirada a Beatrice, que cerró la boca de golpe. La ansiedad fluía por sus extremidades.

¿Se había sobrepasado? Arabella tenía más rango que ella, por no mencionar que era la hermana de Daniel. Sería contraproducente ofenderla.

—Di lo que quieras, Beatrice —dijo Arabella con voz peligrosamente aguda—. ¿Crees que maté al señor Croaksworth porque tenía celos de Louisa?

—Nadie la ha acusado de nada —intervino Drake con intención de poner paz—. Nos limitamos a recopilar información...

—Edmund y yo compartimos una historia —interrumpió Arabella, sin despegar los ojos de Beatrice—. Es imposible que lo entiendas. Además, Louisa no es una niña indefensa —añadió, y negó con la cabeza—. Le gusta competir. Incluso hablamos de eso antes de que Edmund se presentase. Llegamos a un acuerdo.

«Un acuerdo —pensó Beatrice—. ¿Qué puede significar eso?». Algo le vino a la cabeza. Un papel convertido en cenizas. Los secretos de Arabella y de Louisa, perdidos entre las ascuas. ¿Qué habría escrito cada una?

—Louisa puede tomar sus propias decisiones —continuó Arabella—. Lo que haga no es asunto tuyo. —Se alisó la falda—. Si el señor Croaksworth hubiera querido estar con Louisa, yo lo habría apoyado. No lo habría asesinado...

—¿De verdad cancelasteis el enlace matrimonial a causa de la muerte de tu madre o hubo alguna otra razón? —preguntó Beatrice, con la mirada fija en Arabella.

—¿Qué otro motivo podía haber? —preguntó a su vez Arabella, con la expresión congelada.

—Los Croaksworth eran orgullosos —respondió Beatrice—. Quizá lo que ocurrió en realidad es que cancelaron el compromiso porque pensaban que su hijo podía aspirar a algo mejor. Tu familia lo presentó como si fuera una decisión mutua para salvar las apariencias.

—¡Qué ridiculez! Los Croaksworth no son el epítome de la perfección que digamos. Jamás podrían serlo después de que aquel desafortunado escándalo mancillara su reputación —se mofó Arabella.

—¿Se refiere al reciente fallecimiento de los padres del señor Croaksworth? —preguntó Drake.

—No... A la hermana de Edmund —dijo Arabella—. Alice Croaksworth.

Beatrice sintió un hormigueo al oír el nombre.

—¿Sabe algo sobre la desaparición de Alice? —preguntó despacio Drake.

—Bah, Alice no desapareció —dijo Arabella con una sonrisa irónica—. La mandaron a otra parte.

Drake y Beatrice intercambiaron una mirada y luego volvieron a dirigirse a Arabella.

—Se refiere a... —empezó a decir Drake, y Arabella lo miró con malicia mientras se señalaba el estómago.

—Estaba en un aprieto —dijo, y gesticuló para emular un vientre redondo—. No puedo añadir nada más sin resultar grosera. Ya me entienden.

—El señor Croaksworth jamás me contó nada semejante —dijo Drake negando con la cabeza.

—Por supuesto que no —respondió Arabella—. Aunque lo hubiera sabido, nunca lo habría mencionado. ¡Imagínese la vergüenza para la familia! Esas cosas se mantienen en secreto, por el bien de todos.

Beatrice respiró hondo. Si Alice Croaksworth hubiera engendrado un hijo fuera del matrimonio, habría provocado una tremenda controversia.

—Pero han pasado dos años —susurró, casi para sí misma—. Si hubiera estado... encinta... ¿no habría vuelto ya a estas alturas?

—Los padres de Alice y Edmund eran tremendamente estrictos —dijo Arabella—. No puedo imaginar que le hubiesen permitido volver. Un desliz y destierran a una para siempre.

Se echó a reír, pero Beatrice notó que la risa sonaba hueca. Forzada.

Luego desvió la mirada hacia la pared y Beatrice miró en la misma dirección. Arabella contemplaba una hilera de figurines de moda, con su propia cara aguantándole la mirada, esbozada sobre los trajes hechos a carboncillo. Había dicho que había sido musa de varios modistos, en plural... pero todos los bocetos parecían dibujados por la misma mano.

—Estos diseños... —comentó Beatrice, y señaló uno de los vestidos—. ¿Quién los ha hecho?

—Sophie Beaumont —dijo de inmediato Arabella—. Es la modista más respetada de París. Aunque claro, una vez más, no espero que sepas esas cosas.

—Creo que ya hemos terminado aquí —dijo Drake mientras se levantaba del asiento.

—¿Sophie los ha dibujado todos? —preguntó Beatrice, haciendo caso omiso a Drake. Le daba la impresión de estar a punto de averiguar algo... y cuando Arabella la miró a los ojos, el corazón se le aceleró.

—Sí. La inspiro mucho.

Beatrice sintió que las piezas de un rompecabezas empezaban a encajar, pero antes de que pudiera hacerle más preguntas, Arabella se incorporó.

—Si tantas ganas tienen de hablar de Francia, vayan a ver a Frank. Acaba de volver de allí. Yo ya les he contado todo lo que sé —dijo dirigiéndose a ambos, con unas palabras que eran puro hielo.

Indicó la puerta para invitarles a salir. Su vestido rosado siseó cuando cerró de golpe tras ellos.

Mientras se alejaba de la habitación de Arabella, Beatrice oyó un crujido a lo lejos. Parecían pasos.

—¿Hay alguien ahí? —preguntó en voz alta.

La señorita Bolton contuvo el aire y Drake miró a Beatrice muy serio.

—¿Ha oído algo? —preguntó, alerta.

Pero Beatrice negó con la cabeza.

—Supongo que no era nada —murmuró.

Sin embargo, mientras bajaban por la oscura escalera, le pareció oír de nuevo —aunque de forma casi inapreciable— el mismo crujido.

FRAGMENTO DE UNA OBRA DE TEATRO DE LA SEÑORITA HELEN BOLTON

Séptima escena

La sala de billar de Stabmort Park cuenta con una mesa de billar cubierta por un tapete verde, empapelado gris en las paredes y varios bustos de mármol de los ancestros de la familia Ashbrook. El señor Frank Fàn tiene un taco de billar en la mano y está inclinado sobre la mesa. Tantea por dónde golpear la bola. Como siempre, su atractivo es arrebatador.

Entran el inspector Drake, Beatrice y la señorita Bolton. Frank los saluda a todos con su característico guiño canalla.

SEÑOR FRANK FÀN: Señorita Steele, señorita Bolton... ¿Cómo logran mantener el cutis tan radiante, incluso en una velada tan abrumadora como esta?

SEÑORITA BEATRICE STEELE: Es el sudor.

SEÑOR FRANK FÀN: Ah, claro. Es el rocío sobre la flor abierta de su feminidad...

INSPECTOR DRAKE: Sir, por favor, no me obligue a arrestarlo.

SEÑOR FRANK FÀN: ¡No soy el asesino!

INSPECTOR DRAKE: Esa frase era un crimen.

19

Implicaciones

—Alice no estaba encinta. Ese es un rumor infundado —dijo Frank mientras rodeaba la mesa de billar, inspeccionando la bola, como si decidiera dónde era mejor dar el golpe—. Los cotilleos pueden ser muy despiadados.

Se inclinó y se colocó en posición para el tiro.

—¿Se mencionó ese rumor durante su partida de cartas con el señor Croaksworth? —preguntó Drake apartándose del recorrido del largo taco de billar justo a tiempo. Frank lo movió con una floritura para coger el ángulo preciso.

—No, los chismorreos llegaron a los círculos sociales de Londres, donde tengo varias... acompañantes femeninas. Me mantienen al día de los rumores; a las mujeres les gusta confiar en mí —explicó Frank—. Y se equivoca al hablar de «mi» partida de cartas... No participé.

—La inicial de su nombre está en la hoja de puntos —dijo Drake.

Frank se movió sin querer y golpeó la bola con un ángulo raro, haciéndola rebotar en una esquina de la mesa. Carraspeó y se enderezó.

—Creo que se equivoca —dijo—. Quizá haya alguien con un apodo que empiece por «F». —Primero miró a Drake, luego a Beatrice y, por último, a la señorita Bolton—. ¿A alguien le apetece jugar una partida?

Beatrice cogió un taco de billar.

—Me gustaría que nos centrásemos en la investigación que llevamos entre manos —dijo Drake, y enarcó la ceja por encima del parche del ojo—. ¿El billar se considera un juego apropiado para las damas de Swampshire?

—Página 304 de *La guía para damas* —respondió Beatrice—. «Las damas tienen permitido manejar bolas mientras juegan al billar».

Drake resopló y Frank asintió con la cabeza en señal de respeto hacia Beatrice.

—De alguna manera hay que mantener el ánimo, y la señorita Steele es una contrincante en condiciones. Ya veremos si su tiro es tan certero como su ingenio —añadió Frank con un guiño, y Beatrice se aclaró la garganta.

Mientras se inclinaba para preparar el golpe, la joven observó a Frank por el rabillo del ojo.

¿Podía ser un asesino ese hombre al que conocía desde hacía tantos años? Sí, era un embaucador empedernido, pero no tenía ni un ápice de siniestro. No podía imaginárselo aniquilando algo que no fueran las esperanzas de casarse de una dama.

Se inclinó aún más y golpeó la bola. Esta avanzó rápido y chocó contra la de Frank, la cual acabó entrando por un agujero.

—Me he arriesgado mucho —dijo Beatrice, y se incorporó—. Sigo pensando que era usted quien jugaba a las cartas, Frank, porque a la «F» que jugó le dieron una buena tunda... Y va a ocurrirle lo mismo dentro de nada.

Mientras Frank pasaba por detrás de Beatrice para preparar el siguiente tiro, colocó la mano en la espalda de ella. Era uno de sus movimientos característicos, pero en ese momento a Beatrice le dio la impresión de que transmitía una advertencia.

—Si la «F» perdió, es la prueba irrefutable de que no era yo —dijo Frank con aire de despreocupación—. Nunca pierdo una partida, señorita Steele. Ya sea a las cartas, al billar... o la batalla por ganar el corazón de una mujer. Es todo una cuestión de estrategia.

Sacó la bola de la tronera y la colocó en el tapete para dar otro golpe, pero movió el taco con demasiada fuerza y ni siquiera le dio a la bola.

—Ya veo. ¿Su estrategia es hacer trampas? —preguntó el inspector Drake con sangre fría.

—Los caballeros nunca hacen trampas —respondió Frank—. Sus palabras son sinceras... en el momento.

—Encontramos una baraja trucada en el estudio —dijo a su vez Drake—. ¿Consideraría que eso es sincero?

Frank aferró con tanta fuerza el taco que se le pusieron los nudillos blancos.

—No sé por qué me lo pregunta a mí —dijo entre risas—. No me hacen falta los trucos baratos.

—Tengo una curiosidad —intervino Beatrice—. ¿A quién tenía previsto declararse esta noche?

—¿Por qué? ¿Tiene en mente conseguir un enlace matrimonial?

Frank dio un paso hacia la joven, quien percibió el fuerte aroma de su colonia, mezclado con el sudor.

Beatrice pensó que estaba nervioso. ¿Por qué?

—Quítese los guantes —le indicó.

Sabía que el anillo que llevaba quedaría a la vista y entonces Frank se vería obligado a confesar sus secretos.

—No era consciente de que estábamos jugando a «esa» clase de billar. ¿Luego me pedirá que me quite la corbata? —bromeó Frank mientras se despojaba de los guantes despacio, dedo por dedo.

—¡Ajá! —dijo Beatrice, pero se precipitó con su petulancia.

Frank no llevaba absolutamente nada en ninguna de las dos manos. El anillo, cuyo bulto había visto ella apenas unas horas antes, había desaparecido.

—¿Dónde está? —exigió saber.

Frank se encogió de hombros, pero el gesto pareció exageradamente despreocupado. Tembló un poco cuando volvió a ponerse los guantes, como si se moviera con prisa.

—No sé de qué me habla —dijo cruzándose de brazos—. Ya sabe cuánto la adoro, Beatrice, pero sencillamente no puedo atarme a una sola mujer. Seguro que lo entiende.

—Por supuesto —asintió la señorita Bolton.

—Soy joven —continuó Frank, y dirigió una sonrisa pícara a la señorita Bolton—. Tengo que ser libre para poder ir y venir a mi antojo. Pero nunca me olvido de usted, señorita Bolton. Ni de usted, señorita Steele...

—¿Mantienen alguna relación ustedes dos? —interrumpió Drake, mirando a Frank y luego a Beatrice.

—Sí —dijo Frank.

—Por supuesto que no —protestó Beatrice—. Frank piensa que tiene una «relación» con todas las mujeres del pueblo —puntualizó, irritada—. Está acostumbrado a poder elegir entre nosotras en todos los bailes. —Se inclinó hacia delante—. ¿Le frustró que el señor Croaksworth provocara tal revuelo? Normalmente, en quien ponen los ojos las damas es en usted.

—El señor Croaksworth no me suponía ningún problema —dijo Frank, pero su voz sonó tensa—. Tanto alboroto por él, por supuesto, era ridículo. Todos lo consideraban un perfecto caballero, pero en realidad era bastante atrevido. ¿Es que no lo vieron con Louisa?

—Discúlpeme —dijo Beatrice, exasperada por ese giro repentino de la conversación—. El señor Croaksworth trató a mi hermana con el mayor respeto. Es una dama.

—Bailaron muy pegados. Escandalosamente pegados —dijo Frank—. Aunque, claro, tengo entendido que ya... se conocían de antes.

—¡¿Qué?! —Beatrice dio un golpe seco con el taco de billar—. A Louisa le han presentado al señor Croaksworth hoy mismo durante la fiesta.

—Eso es lo que usted cree —respondió Frank—. Las damas suelen mantener encuentros furtivos que guardan en secreto. Esta noche era la comidilla de todo el mundo.

—Yo no he oído nada semejante —insistió Beatrice—. ¡Y le aseguro que no quiero ni saber qué insinúa con esas palabras!

—Mejor que no lo sepa, porque es algo desagradable —dijo Frank. Sus ojos, que solían brillar con zalamería, parecían de pronto inexpresivos. Continuó—: Croaksworth era un hombre apuesto y encantador. No le habría costado embaucar a Louisa para que hiciera algo... indecente. Pero bueno, como decíamos antes, los cotilleos pueden ser muy despiadados.

Guiñó un ojo. No era el típico guiño coqueto que solía hacer; su gesto solo contenía malicia.

Sin pararse a pensar bien sus actos, Beatrice se abalanzó sobre la mesa de billar con intención de agarrar a Frank. Antes de que pudiera decidir siquiera qué se disponía a hacer, un brazo la rodeó por la cintura y la arrastró hacia atrás. De pronto, se quedó sin resuello al verse en brazos del inspector Drake. La señorita Bolton los miraba anonadada, con la pluma suspendida en el aire y la boca abierta. Beatrice se quedó congelada y luego hizo ademán de apartarse, pero Drake la sujetó con fuerza un instante más. Su respiración agitada iba al compás de la de ella.

—Le pido disculpas —dijo Drake, luego carraspeó y por fin la soltó—. He pensado que era mejor detenerla antes de que hiciera algo de lo que pudiera arrepentirse.

—Una dama delicada solo podría herirme el alma, no el cuerpo —dijo Frank en voz baja.

Se había agachado detrás de la mesa de billar, con los brazos y el taco levantados en una lamentable defensa contra la rabia de Beatrice que había estado a punto de caer sobre él.

—Yo no llamaría delicada a la señorita Steele —dijo el inspector Drake volviéndose hacia él—. Creo que es más que capaz de magullarlo.

—Bah, solo es una disputa entre enamorados —insistió Frank—. Como bien saben las mujeres de la familia Steele, en el amor y en la guerra todo está permitido.

Beatrice apretó los puños con tanta fuerza que se clavó las uñas en las palmas. Se moría de ganas de estrangular a Frank. Estaba tan enfadada que apenas reparó en lo embarazoso que era que Drake la hubiera detenido físicamente para impedir que atacase a un hombre. Más bien, si era sincera consigo misma, había notado un cosquilleo por el cuerpo cuando las manos de Drake le habían cogido de la cintura.

—Si alguien se ha portado de forma indecorosa con las damas esta noche, ha sido usted, Frank —dijo Beatrice, y alzó la mirada hacia él, con asco—. Ha mentido sobre la partida de cartas, salta a la vista que aborrecía que el señor Croaksworth tuviera tanto éxito entre las mujeres, y probablemente elegiría el veneno como arma asesina para no mancharse el traje perfecto... Las pruebas se acumulan. —Lo miró a los ojos—. Más le vale andarse con cuidado.

Frank se levantó tembloroso.

—Señorita Steele —respondió tras recuperar la compostura y cuadrar los hombros—, creo que es usted la que debería andarse con cuidado.

Empezó a caminar hacia la puerta, dejando su amenaza suspendida en el aire igual que el humo.

Drake metió la mano en el bolsillo y sacó las cartas con el escudo de la flor de lis.

—¡No se olvide de su baraja trucada! —exclamó.

—Gracias —dijo Frank cortante, se dio la vuelta y extendió una mano para recoger los naipes. Entonces se quedó de piedra, al darse cuenta del error—. Yo... o sea... yo...

No tenía excusa posible, así que en lugar de hablar salió despavorido de la sala de billar con las manos vacías.

Beatrice separó por fin las uñas de las palmas y fue abriendo poco a poco las manos.

—Gracias a Dios que ha mantenido usted la compostura —dijo Drake.

La joven se dio la vuelta para mirarlo a la cara, pero no parecía enfadado; en realidad, casi se le veía divertido con la situación.

—Tenía que defender el honor de mi hermana —dijo Beatrice. Se alisó el vestido, azorada—. Pero no se lo diga a mi madre.

—Ya veremos si el tema sale o no —dijo Drake—. A continuación me gustaría hablar con la señora Steele.

Mientras lo seguía de nuevo hasta el salón y desde allí avanzaba por un oscuro pasillo, con el corazón todavía acelerado, Beatrice tuvo la súbita y escalofriante sensación de que alguien la observaba. Se volvió de repente, lista para otra confrontación. Pero al darse la vuelta, no había nadie.

FRAGMENTO DE UNA OBRA DE TEATRO DE LA SEÑORITA HELEN BOLTON

Octava escena

Una habitación de invitados de Stabmort Park. Las cortinas están recogidas y permiten ver una tremenda granizada en el exterior. Louisa está sentada junto a las últimas llamas de la chimenea. Tiene la cara compungida, y la sangre del señor Croaksworth le ha manchado el vestido.

La pobre Louisa parece encogerse en su sillita. No había sentido tanta aflicción desde que perdió un partido de bádminton durante la fiesta de su séptimo cumpleaños. La señora Steele frota la mancha de sangre con un pañuelo. El señor Steele pasea por la sala. A Mary se le ven los pies por debajo de la cortina de terciopelo tras la cual se ha escondido. Beatrice, Drake y la señorita Bolton se sientan junto a la chimenea en un mismo sofá.

SEÑORA SUSAN STEELE: Por supuesto que el señor Croaksworth se enamoró de Louisa al instante. Tenía ojos en la cara.

Mira el parche que cubre el ojo de Drake.

SEÑORA SUSAN STEELE: No se ofenda.

20

Explicaciones

Beatrice observó a sus padres, que estaban sentados enfrente del inspector Drake y se comportaban tal como habría esperado de ellos: con expresión traviesa, su padre se negaba a creer que hubiese ocurrido una tragedia y su madre estaba hecha un manojo de nervios. La señora Steele se sacó un abanico del escote y lo abrió con decisión. Empezó a abanicarse vigorosamente, compungida, como si el aire fresco pudiera aliviar la situación en la que se hallaba.

Louisa, sin embargo, estaba petrificada. Tenía la mirada perdida en las llamas de la chimenea. Se le notaban bolsas debajo de los ojos, y los rizos, que antes estaban peinados con mimo, ahora eran un desastre. La mancha de sangre en medio del vestido creaba el efecto de que le habían dado una puñalada en el corazón. Y en cierto modo, pensó Beatrice, así había sido.

—¿Cómo estás? ¿Necesitas agua, algo de comer? ¿Una copita de jerez para los nervios? —le preguntó Beatrice en voz baja mientras Drake comenzaba a interrogar al matrimonio Steele.

Alargó el brazo para acariciarle la mano a Louisa, pero esta la apartó antes de que Beatrice pudiera tocarla.

—Es devastador, no hay otra forma de describirlo —dijo la señora Steele a Drake—. Pensar que el señor Croaksworth estaba a punto de casarse con mi hija y ahora está muerto... Nadie tiene tan mala suerte como yo.

—Aparte del señor Croaksworth —puntualizó Drake.

—¿Estamos seguros de que no es una actuación cómica muy elaborada? —preguntó el señor Steele, y miró a todos los presentes en la sala uno por uno, como si esperase que alguno de ellos esbozara una sonrisa y admitiera por fin que él tenía razón—. Estos bailes pueden ser aburridísimos. Hugh Ashbrook opina lo mismo... se ha pasado la noche echando cabezadas.

—Son los desmayos —dijo Beatrice, que dejó de mirar a Louisa para dirigirse a sus padres.

—¿Dónde estuvo durante la pausa, señor Steele? Solo cuatro personas jugaron la partida de cartas y todavía no sé qué hizo usted —continuó el inspector Drake.

—Supongo que lo averiguará —dijo el señor Steele con una sonrisa maliciosa. La señora Steele sacudió las manos en el aire, exasperada.

—Cuéntale la verdad; no es momento para bromas, Stephen. ¡Un hombre ha muerto!

—Exacto. Necesitamos reírnos más que nunca —insistió el señor Steele. Pero cambió de actitud y miró al inspector Drake—. Cuando llegué al estudio, la sala de juegos estaba cerrada y supuse que ya habían empezado la partida. Aproveché la oportunidad para buscarle un escondite idóneo a mi rata de goma. Como mi esposa insiste en que estropee todas las bromas, le diré que la encontrará debajo de la alfombrilla del estudio.

Drake asintió con la cabeza.

—Luego lo comprobaré. De momento, entiendo que usted aprobaba el virtual enlace, señora Steele. Pero ¿qué opinaba usted, sir?

El señor Steele parecía sorprendido y confuso por la pregunta.

—No opino nada sobre el tema —dijo, abriendo mucho los ojos.

—No se lo permito —aclaró la señora Steele.

—Estoy seguro de que un padre por lo menos «piensa» algo acerca del hombre con el que podría casarse su hija —dijo Drake para presionarlo.

—¿Me caía bien? —Sonó como si el señor Steele estuviera planteándoselo en lugar de respondiendo.

—¿Y lo consideraba adecuado para su hija? —preguntó Drake—. Los padres pueden ser muy protectores. Bueno. —Se interrumpió y frunciendo el ceño añadió—: Algunos padres.

—Me parecía inofensivo. Si hubiera creído otra cosa, lo habría dicho... Por supuesto, no querría que nadie hiciera daño a Louisa —reconoció el señor Steele—. Es un ángel precioso.

—Interesante que haya elegido esa palabra. Un ángel... —dijo el inspector Drake pensativo—. Las últimas palabras del señor Croaksworth fueron «El ángel no tiene nada de ángel». —Se volvió hacia Louisa, que continuaba mirando el fuego en silencio—. Louisa, soy consciente de que está afectada, pero necesitaré que responda a unas cuantas preguntas para aclarar qué ha ocurrido exactamente esta noche. Para empezar, alguien ha insinuado que Edmund y usted habían pasado tiempo a solas. Que... se conocían de antes.

La señora Steele suspiró y el señor Steele se contrajo como si le hubieran dado un bofetón.

—¡Olvide esa falsa acusación de Frank! —dijo con rotundidad Beatrice, irritada por que el detective se hubiera atrevido a sacar el tema siquiera. Se dirigió a Louisa—: Tranquila, le paré los pies de inmediato.

—Gracias —susurró Louisa, pero siguió evitando la mirada de su hermana.

Beatrice se fijó en que había clavado las uñas en el suave tejido del sillón y había dejado marcas en forma de media luna.

—¿Podría relatarnos cómo ha sido la velada para usted? —insistió Drake—. Dado que pasó tanto tiempo con el señor Croaksworth, cualquier cosa que viera, cualquier detalle u observación, podría resultar útil.

—Es casi una nebulosa —dijo Louisa—, pero lo intentaré. Como sabe, acudí puntual, y Arabella y yo esperamos ansiosas la llegada de Croaksworth. Cuando por fin apareció, nos presentaron y bailé con él.

—¿De qué hablaron mientras bailaban? —preguntó Drake—. ¿Le dijo algo que pudiera indicar que tenía un enemigo, o alguna inquietud? ¿Mencionó si había bebido algo fuera de lo normal?

—No, sobre todo se dedicó a hablarme de su color favorito, que en esencia eran todos los colores —dijo Louisa apenada—. Era muy educado.

Al ver que le temblaba la voz, el señor Steele sacó una petaquita plateada del bolsillo de la chaqueta y se la ofreció.

—¿Limonada, hija mía? —preguntó con cariño.

Louisa aceptó la petaca pero no bebió.

—Es horrible pensar que toda la familia Croaksworth se ha perdido para siempre —murmuró. Miró a Drake con los ojos muy abiertos—. ¿Qué ocurrirá con su cuerpo?

—No te preocupes por los detalles, Louisa —dijo Beatrice, y se inclinó hacia delante—. No debes afligirte con esos pensamientos tan tétricos.

—Imagino que lo trasladarán a Londres con el fin de enterrarlo en un terreno familiar —le dijo Drake a Louisa, con una voz inesperadamente afectuosa—. Pero podemos intentar arreglarlo todo para que recupere el camafeo con su retrato antes de que lo hagan.

—¿Mi retrato? —preguntó Louisa, confusa.

—El señor Croaksworth lo llevaba en el bolsillo cuando falleció —aclaró Drake, que la miró con más intensidad—. ¿No se lo regaló usted?

—Ah —dijo Louisa despacio. Se lamió los labios y luego asintió—. Sí, claro. Nos estábamos cogiendo confianza. Pensé... —Se le quebró de nuevo la voz.

—Eres demasiado buena, Louisa —dijo Beatrice, con un repentino arrebato de tristeza por su hermana—. ¿Por qué no te tumbas? ¿Necesitas una manta? Si quieres voy a buscarte una...

—Puedo hacer las cosas por mí misma, Beatrice —dijo Louisa, con súbita tensión en la voz.

—No me refería a eso —dijo Beatrice disgustada. ¿Por qué se cerraba en banda ante ella, en un momento así?

—Salta a la vista que las atenciones del señor Croaksworth se centraron en Louisa durante la velada —comentó Drake—, lo que me lleva a plantearme: ¿acaso eso lo puso en peligro? ¿Podría haber alguien que quisiera verlo muerto... debido a ella?

Louisa tomó una gran bocanada de aire.

—Es ridículo —espetó la señora Steele. Puso de pie a Louisa y la protegió con el brazo—. Ya le hemos dicho todo lo que sabíamos. Ahora mi hija necesita descansar.

—Sí —añadió Beatrice—. Arabella puede dejarte otro vestido, Lou. Y puedes despejarte con un poco de belladona, te vendrá bien para las pupilas, como a ti te gusta.

Louisa tensó los hombros. Para evitar mirar a Beatrice, desvió la vista hacia el suelo.

—La belladona es una planta, ¿verdad? —preguntó Drake.

—El jugo de sus frutos se utiliza como producto de belleza para las damas —respondió Beatrice, girándose un poco para mirarlo. Él, sin embargo, observaba a Louisa con mayor interés—. Es para los ojos —continuó Beatrice—. Agranda las pupilas.

—Edmund tenía las pupilas dilatadas en el momento de la muerte —dijo lentamente Drake—. La belladona puede utilizarse para cosmética, pero si el jugo de esos frutos se ingiere...

—Es un veneno letal —susurró Beatrice terminando la frase. Un escalofrío le recorrió la espalda.

—Perdón —dijo Louisa en voz baja, y Beatrice se alarmó al ver que el rostro de su hermana había pasado del blanco pálido a un enfermizo tono verde—. Me estoy mareando.

—Tengo unas cuantas preguntas más... —empezó a decir Drake, pero de pronto Louisa se llevó una mano a la boca.

—¡Voy a vomitar! —Y salió corriendo de la habitación.

—¿Cómo se atreve...? —dijo la señora Steele, señalando al inspector. Entonces se volvió hacia Beatrice—: ¿No se supone que debes asegurarte de que él mantenga las formas?

Siguió a Louisa dando grandes zancadas. El inspector Drake se removió en el asiento y de pronto se oyó una ventosidad. Miró alrededor, confundido, y a continuación sacó un cojín de goma de debajo de su cuerpo.

—Discúlpeme —dijo el señor Steele, y tomó con delicadeza el cojín ventoso de las manos del detective—. Suelo ser más oportuno con las bromas, pero esta noche es... todo un reto.

Se guardó el cojín deshinchado dentro de la chaqueta y salió disparado detrás de su esposa y su hija.

—Louisa es un espíritu sensible —dijo Beatrice. Se quedó mirando hacia la puerta, como si pensara en su familia, después de que su padre saliera y la cerrara—. Nunca se había enfrentado a tales escollos; no puede esperarse que...

—¿Ha traído belladona al baile esta noche? —la interrumpió Drake.

—Muchas damas lo hacen. Es normal llevar una ampollita de belladona en el bolso de fiesta —balbució Beatrice.

—Pero quizá solo haya una ampolla vacía —dijo Drake en voz baja—. Solo un frasco se utilizó para matar. Louisa se ha sorprendido cuando he mencionado el camafeo que llevaba encima Edmund, como si no fuera consciente de que él lo tenía —continuó—. Eso indica que se lo regaló a otra persona y, de algún modo, acabó en manos de Edmund.

Beatrice se puso en pie, llena de indignación, pero Drake levantó una mano.

—Solo analizo los hechos, señorita Steele.

—Entonces debería analizar estos. Hugh Ashbrook asegura que no recuerda la partida de cartas ni el champán cancelado, dos elementos que podrían relacionarse con el asesinato —contratacó Beatrice—. El señor Grub tiene un sospechoso número de herencias y desea otra: he ahí un móvil del crimen. Por no hablar de Caroline Wynn, a quien pillamos en múltiples mentiras. ¿Por qué no están esas personas las primeras de su lista?

—Yo no he dicho que no lo estén —respondió Drake.

—Ay, Dios. —La señorita Bolton, que hasta ese momento había estado transcribiendo lo ocurrido sin abrir la boca, dejó un momento la pluma para mirar a Beatrice y después a Drake—. Esto pinta fatal, ¿verdad? —susurró—. Cualquiera podría ser el asesino.

—Me temo que sí —dijo Drake, y se volvió hacia ella—. Y ahora, señorita Bolton, si no le importa, me gustaría hacerle unas preguntas.

FRAGMENTO DE UNA OBRA DE TEATRO DE LA SEÑORITA HELEN BOLTON

Novena escena

Con la debida diligencia, la señorita Bolton toma asiento en un sillón próximo a los rescoldos del fuego y mira a Beatrice y a Drake, quien se ha sentado enfrente de ella, como si fuesen contrincantes en una partida de naipes. La mujer apoya los codos en la mesa de juego y continúa tomando notas mientras Drake empieza a interrogarla.

En el exterior, la tormenta es atronadora, el granizo golpea las ventanas como un recordatorio constante de que están atrapados sin escapatoria.

Inspector Drake: Señorita Bolton, ¿qué opinión tiene del señor Edmund Croaksworth? Es usted soltera. ¿Albergaba alguna esperanza de que le prestara atención esta noche?

Señorita Helen Bolton: ¡Ni por asomo! Soy muy feliz soltera. Tengo mascotas de sobra para hacerme compañía; un marido no encajaría en mi casa, así de sencillo.

Inspector Drake: ¿Alguna vez ha sentido resquemor por el hecho de que la gente se mofe de usted? ¿Quizá el rencor podría haberla llevado a... cometer un asesinato?

A la señorita Bolton le asalta un recuerdo fugaz: su cariñosa madre, que murió joven; su austero padre, que despreciaba a la pequeña Helen por vivir cuando su amada esposa había muerto. Recordó que los gatos salvajes que había en los límites de su finca eran su única compañía, que preparaba espectáculos para ellos, imaginándose que estaba en otra parte. También recordó que su padre se quejaba de los incesantes maullidos de los gatitos y que un día se enfureció tanto que descolgó la pistola de la pared con mirada resoluta. Y, por último, recordó que ella cogió la segunda pistola de su padre, que también estaba colgada en la pared, decidida a que nadie le arrebatara a los únicos amigos que tenía en este mundo.

Inspector Drake: Señorita Bolton, ¿ha oído lo que le he dicho? Puede dejar de tomar notas.

FIN DE LA OBRA

21

Análisis

La señorita Bolton parecía haber menguado, allí sentada junto al fuego, prácticamente tragada por su enorme sombrero. El inspector Drake se levantó y deambuló por la habitación, mientras Beatrice permanecía sentada.

—Solo hay una cosa que quizá pueda resultar interesante —susurró la señorita Bolton.

Drake dejó de caminar y esperó a que continuara.

—No sé si servirá de algo —dijo la mujer, casi como si pidiera perdón—, pero después de la pausa me quedé un poco más en esta sala para ajustarme el sombrero. —Con la cabeza señaló el espejo que había encima de la chimenea, con un marco dorado—. Era el único espejo que no estaba cubierto de una capa de polvo. Los Ashbrook deberían buscar otra criada; la que tienen ahora no les ayuda a mantener la mansión lo bastante limpia... Aunque, por supuesto, mi propiedad está llena de bolas de pelo, es difícil llevar estas casas tan grandes...

—Señorita Bolton —la interrumpió Drake—, ¿cuál es el dato que podría sernos útil?

—Ay, sí —respondió la señorita Bolton a la vez que dos manchas rojas aparecían en sus mejillas—. Mientras me arreglaba el sombrero, oí al señor Croaksworth en el pasillo. Discutía con alguien.

—¿Con quién discutía? —preguntó Drake, y se inclinó hacia delante.

—La otra persona no decía nada —contestó la señorita Bolton mordiéndose el labio—. Pero el señor Croaksworth sonaba enfadado. Me pareció oír: «Todavía no puedo demostrar nada, pero lo haré» y «Aprecio a la gente buena, y siento decir que en usted detecto más bien maldad». Me asusté tanto que no me atreví a asomarme, así que me escondí hasta que se marcharon.

—Y ¿no la vio nadie? —le preguntó Drake.

—No, las mujeres de mi edad tendemos a pasar inadvertidas —respondió como si tal cosa la señorita Bolton.

—Entiendo. Y ¿está segura de lo que oyó?

—Bueno... «creía» estar segura —dijo dubitativa la señorita Bolton.

—Se lo pregunto porque también vio a Arabella Ashbrook con sangre en las manos. Pero ella no recordaba ningún incidente semejante —dijo Drake—. ¿Hay algo más que haya observado esta noche y considere que debamos saber, madame?

—Sí —contestó la señorita Bolton con cara seria—. Creo que hay fuerzas sobrenaturales en juego, inspector. Tal vez sean las responsables de los actos malignos que han sucedido esta noche. ¿Conoce los poemas que tratan de las apariciones que salen de los hoyos cenagosos? ¿Y los lobos nocturnos? —Se inclinó hacia delante y le susurró, poniéndose las manos a los lados de la boca—: Una vez vi uno en la entrada de mi casa.

—Espere —dijo el inspector Drake, negando con la cabeza—. Deténgase un momento. ¿Fuerzas sobrenaturales?

La señorita Bolton abrió mucho los ojos.

—Fantasmas —susurró.

—Ajá. Y... ¿qué es un «hoyo cenagoso»?

—Una anomalía de esta región —explicó la señorita Bolton.

—Profundos abismos de lodo —añadió Beatrice.

—No tengo más preguntas que hacerle sobre... los lobos nocturnos —dijo Drake—, pero sí me gustaría saber por qué no ha mencionado nada de todo esto antes. En especial, la discusión que oyó por casualidad en el pasillo.

—Se me olvidó —respondió la señorita Bolton, y se encogió ante la mirada severa del detective.

—Se le olvidó una discusión entre alguien desconocido y el hombre que ha sido asesinado. Da la impresión de que uno se acordaría de algo así —dijo Drake, y volvió a negar con la cabeza—. Tengo que seguir haciéndole preguntas... ¿Tiene antecedentes de histeria?

—¿Cree que... estoy loca? —La señorita Bolton dejó caer los brazos, abatida. Incluso la pluma del sombrero pareció marchitarse.

Beatrice fulminó con la mirada al inspector Drake.

—La señorita Bolton no está histérica. Usted quería pruebas... Ella le ha dado una pista que seguir.

—¿Los lobos nocturnos? —preguntó con sarcasmo Drake.

—La discusión entre el señor Croaksworth y una persona no identificada —contratacó Beatrice—. Quizá supiera algo y por eso lo mataron.

—Podría ser... Pero debo tener en cuenta todas las pruebas —dijo Drake—. Señorita Bolton, ha descrito diversas situaciones en las que ha visto u oído cosas que nadie más ha mencionado. Las pruebas remiten a que sus «visiones» son ficticias.

—Si la señorita Bolton asegura que algo ocurrió, yo la creo —insistió Beatrice, pero la mujer levantó una frágil mano.

—Tranquila, Beatrice. No es la primera vez que me dicen algo así. Al fin y al cabo, no soy más que una boba solterona. No podemos rebatir los hechos. Si me disculpan... —dijo la señorita Bolton casi en un susurro. Al notar que se le llenaban los ojos de lágrimas, bajó la mirada al suelo—. Parece que mis servicios ya no son necesarios... ni útiles para nada.

Se levantó de repente y corrió hacia la puerta.

—¡Espere, señorita Bolton! —dijo Beatrice mientras salía disparada tras ella. Agarró a la mujer del brazo, pero esta se zafó.

—Él tiene razón, Beatrice —comentó, con voz ronca—. ¿Por qué confiar en una dama a quien nadie quiere?

Se retiró de la sala y cerró la puerta al salir.

—¿Ya está contento? —Beatrice canalizó toda la potencia de su rabia hacia Drake—. Ha ofendido a una pobre mujer que jamás ha mostrado la menor conducta violenta. No haría daño ni a una mosca... ¡Es más, las atrapa en frascos y luego las suelta en el jardín!

—No dudo de que la señorita Bolton que usted conoce sea una persona excepcional —dijo Drake—. Pero el hecho es que no todas las personas presentes pueden ser así, pues una de ellas es una asesina.

—Entonces, ¿quién es? —preguntó Beatrice, y Drake parpadeó varias veces.

—¿Disculpe?

—Hemos interrogado a todos los invitados, así que ha llegado el momento de que me diga... quién cree que ha sido.

Drake frunció los labios. Cruzó y descruzó los brazos y luego carraspeó dos veces.

—¿Qué le sucede? —preguntó impaciente Beatrice.

—Nunca me habían hecho esa pregunta —dijo Drake al fin.

—Pero trabajó varios años con sir Huxley.

Beatrice no podía creerse lo que oía.

—No me pedía mi opinión —respondió Drake.

—Supongo que como ayudante... —se aventuró a decir Beatrice.

—¡Yo no era su ayudante! —la interrumpió Drake—. Era su socio. O por lo menos, creía que lo era. —Negó con la cabeza, frustrado—. Pero eso es irrelevante. No puedo hacer una predicción, aún queda una persona por interrogar. —Se detuvo y recogió el cuaderno que había dejado atrás la señorita Bolton—. La señorita Beatrice Steele.

—¿Yo? —Beatrice soltó una risita, pero Drake mantuvo el semblante tranquilo—. De acuerdo, muy bien —dijo desafiante—. Pregúnteme lo que desee. No tengo nada que ocultar. Yo no he matado a Edmund Croaksworth.

De repente, tomó plena conciencia de que el inspector Drake y ella estaban completamente solos por primera vez en toda la velada.

—¿Le caía mal Croaksworth porque podía apartarla de Louisa si la relación prosperaba? —preguntó Drake, y empezó a caminar en círculos alrededor de ella.

—Claro que no. Mi único deseo era una persona que pudiera cuidar de mi hermana y tratarla bien —dijo Beatrice, y se cruzó de brazos.

—Sus observaciones acerca de lo que había ingerido Croaksworth esta noche me llevan a pensar que sabe usted cómo administrar un veneno —continuó Drake.

—¿Y quién no? Basta con verterlo en algo. No es un modo de matar muy interesante.

—Me resulta extraño que emplee la palabra «interesante» para describir un asesinato —dijo el inspector Drake enarcando una ceja.

—Ha sido un lapsus —dijo Beatrice, tensa.

—Se notaba que el baile no la entusiasmaba en absoluto hasta que murió Croaksworth. En ese momento su mirada adquirió un brillo nuevo y su expresión fue mucho más apasionada —dijo él.

—¡Fue por el shock! —protestó Beatrice.

—Se apresuró a intervenir en la situación...

—Fue Daniel quien «sugirió» que le ayudase.

—Lo que hizo él fue insistir. Yo podría haberme negado si hubiera sido una mera sugerencia —soltó Drake—. Hasta el momento no ha hecho usted más que interferir.

—Ya basta —dijo Beatrice—. He tenido más que suficiente. Se niega a seguir las normas de etiqueta, se comporta de un modo vergonzosamente ofensivo y pasa por alto las aportaciones que le he ofrecido a propósito del caso que tenemos entre manos. Ahora se atreve a acusarnos tanto a mi hermana como a mí. No tengo por qué tolerarlo.

Beatrice caminó a grandes zancadas hacia la puerta.

—¿Adónde va? —balbució Drake.

—Voy a buscar a la señorita Bolton. Quiero atrapar al asesino tanto como usted, pero no tengo intención de ir insultando a cada persona que se cruce en mi camino durante el proceso.

—Era una pregunta, no un insulto... —se defendió Drake.

—Eran las dos cosas, y lo sabe. Tal vez se despidiera de sir Huxley de malos modos, pero no le vendría mal aplicarse su lema —lo cortó Beatrice—. «Decoro ante todo». No es solo una forma de comportarse en sociedad; se trata de tratar a los demás con respeto. —Negó con la cabeza—. Estoy segura de que se las apañará sin mí.

Salió a toda prisa de la sala y cerró de un portazo.

Nadie lo sabe. Estamos a salvo, al menos de momento. No hablemos del tema en el baile; es más, no hablemos apenas el uno con el otro para no desvelar nada. Todavía nos queda tiempo para decidir cuál es el mejor modo de actuar.

Pero mientras escribo esto, también sé otra cosa: no disponemos de un tiempo infinito. El reloj sigue marcando las horas. Debemos tomar una decisión.

Hasta que volvamos a vernos...

Penelope Burt

22

Amenazas

Beatrice corrió por el pasillo, abrumada por la frustración... y la confusión.

Siempre había pensado que sería capaz de resolver cualquier tipo de crimen si le ofrecían la oportunidad. Pero se percataba de que a Drake no le faltaba razón en una cosa: las emociones afectaban el punto de vista ante un caso. Todos los sospechosos del asesinato del señor Croaksworth eran personas que Beatrice conocía, y en algunos casos concretos personas a las que apreciaba, como la señorita Bolton. ¿Cómo iba a ser capaz de dejar todo eso a un lado?

Y ¿cómo podía dejar a un lado también sus antipatías?, pensó mientras pasaba por delante de los retratos familiares, las velas titilantes y los espejos de cuerpo entero. El señor Grub era una amenaza para su familia; por supuesto que le parecía sospechoso. El señor Ashbrook siempre había tenido prejuicios contra Beatrice e incluso era posible que se interpusiera entre Daniel y ella. También lo consideraba sospechoso. Por no hablar de Caroline. ¿Eran esas personas auténticas sospechosas o Beatrice simplemente confiaba en que alguna de ellas fuera la culpable?

—¿Señorita Bolton? —llamó dirigiéndose al pasillo que se extendía delante de ella.

Stabmort Park era enorme y no tenía ni idea de dónde podría haberse metido su excéntrica compañera. El laberinto de su mente tampoco le facilitaba el pensar con claridad.

Necesitaba aclarar las ideas. Necesitaba hablar de todo el asunto con alguien que la comprendiera.

Decidida, Beatrice torció en un cruce de pasillos y se encaminó a los aposentos de Daniel. No estaba bien ir a verlo sin carabina. Pero tenía la certeza de que era la única persona que de veras sería capaz de ayudarla.

Se detuvo y pestañeó en dirección a uno de los espejos.

Había visto algo reflejado. Por extraño que pareciera, le recordó al ondular de una capa negra. Dio un paso hacia delante para cerciorarse.

—Señorita Bolton, ¿es usted?

Y entonces una mano le tapó la boca. Beatrice se retorció como una loca, intentando ver la cara de su atacante, pero apenas vislumbró una silueta oscura envuelta en una capa. La figura le agarró la garganta con las manos enguantadas y ella se resistió cuando empezó a apretar.

Se oyó el murmullo de alguien más en el pasillo y la silueta oscura aflojó las garras, distraída por el ruido. Beatrice notó una oleada de alivio cuando el inspector Drake dobló la esquina. Se aproximaba hacia donde estaba ella. Si alzara la mirada, la vería... pero tenía la mirada fija en el suelo. La joven forcejeó para zafarse del agresor, intentó gritar para pedir socorro... pero la silueta volvió a hundir los dedos en su garganta. Lo único que salió de la boca de Beatrice fue un áspero silencio. El atacante la arrastró con brusquedad hasta detrás de una armadura y le puso una mano en la boca, justo cuando Drake pasaba por delante de ellos.

Beatrice empezó a verlo todo negro y notó que se le entumecían las extremidades. ¿Así era como iba a morir? ¿Estrangulada en Stabmort, sin ser capaz siquiera de ver la cara de su asesino?

«No», se dijo. No sería así como acabaran sus días. Levantó una mano. Lo único a lo que tenía acceso eran sus pendientes... pero con eso serviría. Se arrancó uno de los largos pendientes del lóbulo y lo clavó con todas sus fuerzas en el guante de su agresor, hasta llegar a la suave carne de la muñeca. La silueta siseó y soltó la garganta de Beatrice.

—¡Socorro! —gritó Beatrice casi atragantándose, derribando la armadura con gran estrépito.

Ante el ruido, la misteriosa figura se apartó y desapareció entre las sombras del pasillo.

Beatrice cayó al suelo, luchando por recuperar el aliento. Notaba punzadas de dolor en la garganta, pero poco a poco volvió a enfocar la mirada y aspiró el olor rancio de Stabmort. Ningún perfume le había parecido más dulce que ese.

—¿Qué ocurre? —El inspector Drake apareció de nuevo, sin resuello.

Al ver a Beatrice desplomada en el suelo, se postró de rodillas de inmediato.

—Señorita Steele, ¿qué ha pasado?

Beatrice señaló el pasillo con un dedo tembloroso.

—Alguien... me ha... atacado —dijo medio ahogada.

Drake se incorporó al instante y echó a correr en la dirección que señalaba la joven. Beatrice se levantó como pudo y se agarró a la armadura para no perder el equilibrio.

Oía el tictac de un reloj de péndulo en algún lugar del pasillo; por lo demás, todo estaba en silencio. Y entonces, unos pasos suaves reverberaron, cada vez más próximos.

Drake dobló una esquina y se acercó a ella, con la cara desencajada por una extraña expresión.

—No hay nadie —dijo.

Beatrice miró el fondo del pasillo, desconcertada.

—¿Cómo puede haber desaparecido tan rápido?

—No tengo la menor idea —dijo Drake, y le brilló el ojo—. Pero deberíamos marcharnos por si vuelve...

—Por aquí —dijo Beatrice, y tiró de él para que la siguiera.

Luego apartó un enorme tapiz y dejó al descubierto una puerta, que abrió de un tirón. Drake se asomó y ella lo siguió, antes de cerrarla con el pestillo a su espalda.

Habían entrado en una estancia pequeña, que solo tenía una ventana y un escritorio. Beatrice encendió unas velas medio gastadas y después se sentó junto al escritorio, todavía falta de aliento.

—Aquí era donde escribía la señora Ashbrook —explicó.

Las telarañas cubrían todas las superficies de la habitación; saltaba a la vista que nadie había vuelto a usarla desde su muerte. Era comprensible que resultase ahora muy doloroso para los Ashbrook el aventurarse a entrar.

Drake asintió con la cabeza, pero solo tenía ojos para Beatrice. La miraba con el ceño fruncido por la preocupación.

—Tiene marcas de dedos en la garganta. —El detective alargó un brazo. Beatrice se estremeció y él retiró la mano con torpeza. Señaló su propia chaqueta, que la joven todavía llevaba puesta—. Le ofrecería un pañuelo, pero está en ese bolsillo.

Beatrice metió la mano y sus dedos se toparon no con el pañuelo, sino con la cucharilla de plata. La sacó.

—Ojalá hubiera blandido esto durante el ataque —comentó.

—Y ¿qué habría hecho con ella, sacarle los ojos a su asaltante? —se mofó Drake. Le quitó la cucharilla de las manos y se la metió en el bolsillo del pantalón. Beatrice no pudo evitar mirar el parche del ojo del inspector—. No es lo que me pasó a mí —añadió Drake, que sin duda se había percatado de hacia dónde miraba ella.

—¡No es lo que he pensado! —exclamó Beatrice a toda prisa—. Y, en cualquier caso, el pendiente me sirvió de arma.

La joya de bisutería ya no parecía tan mala opción, pensó con un escalofrío. Cayó en la cuenta de que todavía tenía el pendiente puntiagudo apretado en la palma e intentó volver a ponérselo en el lóbulo. Le temblaban las manos, así que el inspector lo cogió y se lo pasó con cuidado por el agujero. Al hacerlo, sus manos ásperas le rozaron la mejilla.

—¿Necesita algo? —preguntó Drake a la par que se retiraba, incómodo de pronto. Carraspeó—. ¿Un poco de... agua?

—No diría que no a un trago de whisky, pero por desgracia dudo de que la señora Ashbrook guardara alcohol aquí.

Drake torció el labio. Se metió la mano en el bolsillo del pantalón y sacó una petaca pequeña.

—A diferencia de su padre, yo tengo licor de verdad en la mía —dijo, y se la ofreció a Beatrice. Ella la aceptó y la observó. Lo cierto era que nunca había bebido de una petaca, y mucho menos de la de un hombre. Resultaba un tanto íntimo imaginar la boca del inspector rozando la botellita.

—Beba usted primero —dijo Beatrice, y se la devolvió—. Al fin y al cabo, esta noche han envenenado a un hombre.

—Muy astuta —respondió Drake con una sonrisa.

Dio un trago rápido y el líquido hizo que le brillaran los labios a la tenue luz de las velas. Se la ofreció otra vez a Beatrice y sus manos se rozaron. Esta vez ninguno de los dos se apartó, sino que se miraron a los ojos. Beatrice levantó la petaca, se la acercó a la boca y dio un sorbito. La bebida amarga le quemó la garganta al pasar, pero el pecho se le calentó al instante.

—Gracias —dijo mientras se la devolvía.

—Quédesela. Nunca se sabe cuándo va a ser necesaria una bebida impoluta.

Beatrice bajó la mirada hacia el frasco y pasó los dedos por la imagen grabada encima.

—¿Un pato? —Enarcó una ceja.

—Es una especie de emblema —dijo Drake, que de pronto parecía azorado.

—¿Por qué? ¿Acaso le gusta ese animal? —preguntó Beatrice. Y Drake asintió.

—Tengo cariño a los patos. De niño, mi madre me llamaba así, porque decía que la seguía a todas partes como un patito... —Carraspeó, algo apurado.

—¿Cómo se llamaba? —Beatrice miró de nuevo el pato grabado en la petaca, para fingir que no había advertido la emoción de Drake—. Me refiero a su madre.

—Nitara —contestó él enseguida—. Nitara Varma. —De pronto sacudió la cabeza, como si saliera de un trance—. Debería ir usted al dormitorio de sus padres. Quien sea que la atacado esta noche podría volver. Es peligroso.

—También es peligroso para usted —protestó Beatrice—. Y para todo el mundo.

—Daré la instrucción de que todos cierren la puerta de las habitaciones —dijo entonces Drake—. Y después... —Soltó un suspiro de frustración—. Y después no sé muy bien qué haré. Seguimos sin tener ninguna pista sobre quién es el asesino y ahora este podría volver a matar. ¿Qué se nos escapa? ¿Qué evidencia hemos pasado por alto?

Beatrice sabía que el inspector estaba frustrado, pero no pudo evitar sentir cierta emoción al oír que hablaba en plural. Ella formaba parte de la investigación: no era una mera espectadora, sino una auténtica... algo.

—Qué tonta me siento —admitió mientras se frotaba la piel hinchada de la garganta. Le ardía, como si todavía pudiese notar los dedos del agresor en la carne—. No sé cómo se me ocurrió quedarme sola. Si hubiera leído en el periódico que alguien lo hacía, lo habría criticado, y aquí estoy yo, haciendo lo mismo...

—No ha sido culpa suya... —empezó a decir Drake. Se inclinó hacia delante y le acarició la piel—. El cuello... lo tiene inflamado. —Le pasó un dedo por la garganta con suavidad y Beatrice tembló sin poder evitarlo.

—Es como si me hubiera pinchado con una ortiga —admitió, y luego soltó un suspiro—. Ortiga, belladona... Las dos son plantas. Y mi asaltante llevaba guantes gruesos... ¡cómo no me he dado cuenta antes!

Se puso de pie y corrió hasta la puerta, olvidándose de la escocedura, olvidándose de todo salvo de la pista que tenía delante.

—¿Adónde va? —preguntó Drake, confundido.

—Tanto las ortigas como la belladona pueden encontrarse en el invernadero de Arabella. Para la jardinería se usan guantes recios —expuso—. Me refiero a que tal vez en el invernadero hallemos el arma homicida... y también al asesino.

Querida Arabella:

Mis estudios progresan adecuadamente. Ya sé hablar latín con fluidez; estoy seguro de que en algún momento me será útil. ¿Has conseguido que salga alguna rosa del rosal en miniatura?

Edmund me ha contado que ha hablado con padre acerca de su interés en entablar una relación contigo. ¡Qué noticia tan maravillosa! Sin embargo, también mencionó que todavía no le has respondido. Sé que sin duda querrás casarte con él; es un hombre ejemplar y de buena familia que podría cuidarte de un modo espléndido. Dentro de su finca de Londres cabría un invernadero precioso. Si tus reservas nacen del hecho de no conocerlo lo suficiente, yo doy fe de su buen carácter. Por supuesto, podemos comentarlo con más calma cuando vuelva a casa. Tengo intención de regresar a Swampshire dentro de una semana. Confío en que para entonces madre se haya recuperado.

Con cariño,

Daniel

P. D. ¿Cómo está la familia Steele? ¿Se encuentra bien Beatrice? Si puedes, dile que tengo un baúl lleno de libros para ella. Lo llevaré cuando vaya a casa.

23

Descubrimiento

Como Arabella Ashbrook era una gran apasionada de las plantas, el señor Hugh Ashbrook le había permitido construir un invernadero con el techo de cristal en Stabmort Park. Estaba unido al resto de la mansión a través de un pasillo, que se abría a una estancia llena de plantas trepadoras, flores y varios limoneros. Las rosas se parecían mucho a Arabella: caprichosas, necesitadas de suma atención, pero hermosas a pesar de todo... En ese momento, su fragancia perfumaba el ambiente del invernadero. La lluvia repicaba contra el tejado de cristal y las ventanas estaban empañadas. Al colarse dentro, Beatrice notó una atmósfera húmeda y asfixiante.

Estaba con los nervios a flor de piel, cualquier sonido la hacía saltar y llevarse la mano a la garganta. Respiró hondo para tratar de calmar su corazón desbocado. Aunque solía apreciar el olor fresco de la vegetación, un grupo de gardenias se superponía a todo. Arrugó la nariz, abrumada por el aroma.

—La *Atropa belladonna* pertenece a la familia de las solanáceas —informó mientras caminaba decidida por un pasillo de plantas.

El inspector Drake la seguía de cerca. El zumbido de los insectos llenaba la estancia y se mezclaba con el restallido de los truenos en el exterior.

—Perdone, ¿qué ha dicho? —preguntó, a todas luces aturdido por el laberinto floral que los rodeaba.

—Las damas deberían tener amplios conocimientos de botánica. *La guía para damas de Swampshire*, capítulo 62 —respondió Beatrice.

—¿Cuántos capítulos tiene esa guía? —preguntó Drake.

—Doscientos quince. En el primer volumen.

El jardín estaba exuberante; sin duda, Arabella prefería el estilo inglés silvestre en lugar del ordenado jardín francés.

—Si hay belladona en este invernadero, debería estar con los tomates y las patatas. Y la berenjena, si es que Arabella la cultiva —comentó Beatrice mientras zigzagueaban por el laberinto verde—. Todos son miembros de la familia de las solanáceas.* —Se detuvo junto a una mata de tomates y echó un vistazo a las plantas circundantes—. Vaya. No hay belladona.

—¿Y si el asesino la arrancó de raíz? —propuso el inspector Drake cuando llegó a su lado y se arrodilló para mirar los tomates.

—Para elaborar el veneno solo se necesitan los frutos —dijo Beatrice, recordando la «Guía sobre venenos» de sir Huxley (un artículo muy útil que apareció cuando estaba entre un caso y otro). Observó con más detenimiento el terreno—. Además, no parece que hayan revuelto la tierra. Pero sé que tiene que estar por aquí. Louisa me dijo que Arabella cultivaba belladona en el invernadero. Le regaló un poco a mi hermana de su propio jardín. —Alzó la mirada hacia Drake—. No es «tan» raro que Arabella y el señor Croaksworth cortaran la relación después de que muriera la madre de ella, pero sí me resulta extraño que esperasen tanto para reavivar la llama, si es que estaban enamorados de verdad.

* Las solanáceas eran muy abundantes en Swampshire, en oposición al género *Aconitum* (matalobos), que curiosamente era incapaz de crecer bien en la región.

—¿Acaso cree que el interés de ella no era sincero? —preguntó Drake.

—Sí —dijo Beatrice con rotundidad—, eso quedó patente con sus lágrimas falsas. Y no puedo evitar hacer conjeturas... Tal vez Arabella no haya querido nunca casarse con el señor Croaksworth, tal vez se vio presionada a aceptar por el señor Ashbrook, quien por supuesto deseaba el enlace entre ambos.

—¿Opina que ella podría haberlo matado para evitar un matrimonio forzoso? —preguntó Drake, siguiendo el hilo de su razonamiento—. Tenía medios para llevarlo a cabo: su conocimiento de la belladona y de sus propiedades venenosas, junto con este jardín, en el que podría haber cultivado la planta.

—Me parece tan descabellado... —murmuró Beatrice.

—Deberíamos seguir buscando las plantas —dijo Drake, y se puso de pie—. No sirve de nada especular sin pruebas tangibles.

Se volvió dispuesto a recorrer otro pasillo frondoso, pero en ese momento se abrió la puerta del invernadero con un crujido.

—¡Rápido! —susurró Beatrice al inspector Drake agarrándolo por el brazo—. ¡Escóndase!

Beatrice y Drake se agazaparon detrás de un árbol para ver quién había entrado. Beatrice sintió un escalofrío. El capitán Peña y Caroline Wynn caminaban de puntillas, enfrascados en un apasionado debate. Caroline se dio la vuelta cuando el capitán Peña cerró la puerta con cuidado tras de sí.

—Philip —dijo Caroline—, es de lo más inapropiado que los dos estemos aquí solos, sin carabina. ¿Qué diría la gente?

Beatrice tuvo que aguzar el oído para oír la conversación por encima del repiqueteo de la lluvia contra el techo acristalado; hizo una trompetilla con la mano sobre la oreja. Al verla, el inspector Drake la imitó.

Estaban más cerca de lo que marcaba el decoro, pero Beatrice no podía apartarse sin arriesgarse a que los descubrieran. Era plenamente consciente del calor corporal del detective, de la punta del pie con la que rozaba su suave zapatito de baile.

—Sé que ha pasado mucho tiempo desde que estuvimos a punto de tal vez llegar a plantearnos quizá comenzar a crear un vínculo, algo similar a lo que ciertas personas llaman «amor» —empezó el capitán Peña—, pero aunque haya pasado muchos atardeceres a bordo, debo decirle que mis sentimientos siempre se han quedado en tierra. Tengo que llamar a todos a cubierta y confesar que he empezado a sentir una atracción en cierto modo similar a pensar que quizá... la ame.

—¡Se lo dije! —siseó Beatrice mirando a Drake, y él frunció el entrecejo.

—Cállese —la reprendió en voz baja.

La joven prácticamente notaba la tensión que emanaba el cuerpo de él, que seguía quieto como una estatua.

—Podrían haberse compinchado, impelidos al asesinato por alguna especie de maquinación amorosa... —susurró Beatrice.

Drake agarró un limón y se lo metió en la boca para que el cítrico parase la verborrea. Beatrice lo escupió y fulminó con la mirada al inspector, pero luego se volvió hacia Caroline y el capitán Peña y no dijo más.

—Philip —dijo Caroline con voz melosa—, es todo tan repentino... Debe comprender que verlo después de tanto tiempo ha sido algo inesperado. Inquietante, incluso. Oírle confesar su posible amor por mí... es difícil de asimilar.

—Por supuesto —reconoció el capitán Peña—. Y aun así, estoy seguro de que piensa lo mismo que yo. Incluso después de este año tan larguísimo, sé que... somos un ancla el uno para el otro.

—Por favor, Philip —dijo Caroline, y murmuró algo más que resultó ininteligible bajo la tormenta. Tanto Beatrice como el inspector Drake se esforzaban por oírla, ahora con las dos manos junto a las orejas para amplificar el sonido.

—Hace mucho me dijo que no podía casarse conmigo, y comprendí que se debía a que yo no era alguien importante ni tenía dinero —dijo el capitán Peña—. Pero he ganado una pequeña suma en la marina... De una forma totalmente honrada y no mediante nada que tenga que ver con la piratería ni con descubrir un tesoro escondido en una isla extraña y olvidada. Creo que me he convertido en alguien digno.

—Desde luego —dijo Caroline sin resuello—. Desde luego que lo es. Pero Philip... Es que yo... —Se le quebró la voz—. No puedo estar con usted. No lo merezco.

—Más bien cree que él no la merece a ella —murmuró Beatrice.

—Hay tantas otras damas solteras en Swampshire que serían mejores candidatas... —continuó Caroline—. Cuatro, para ser exactos.

—Son todas babosas de mar en comparación con usted —dijo el capitán Peña en un arrebato.

—Qué maleducado —dijo Beatrice.

—No puedo —respondió Caroline llevándose una mano a la frente. El flequillo se le movió de un modo extraño y Beatrice se inclinó hacia delante con intención de ver mejor, pero luego se contuvo y se apartó hacia atrás. No podía dejar que la pillaran, aunque le habría encantado ver en directo cómo el peinado (y la reputación) de Caroline se iban al garete.

—Croaksworth está muerto —dijo el capitán Peña de sopetón—, así que sería inútil suspirar por él.

—Nunca he suspirado por él —protestó Caroline.

—Charló con usted aparte —dijo el capitán Peña, en voz cada vez más baja—. Lo he visto durante la fiesta. Dijo que quería hablar a solas con usted. Que tenía que preguntarle algo. ¿Pretende decirme que no le estaba haciendo una propuesta?

—No —balbució Caroline—. Me preguntó si mi vestido se consideraría de color cáscara de huevo o marfil. Dijo que le fascinaba la sutil diferencia de matices del beis.

—Nunca he amado a nadie salvo a usted, y por supuesto a mi amante, la mar —interrumpió el capitán Peña—, pero debo reconocer que he estado ausente una buena temporada. Si se ha dejado llevar por la corriente de otro hombre...

—Le digo que no lo he hecho... —insistió Caroline, pero el capitán Peña la agarró por los hombros.

—Puedo demostrarle mi amor, Caroline. No solo soy rico e influyente, sino incondicionalmente leal. Sé que fue usted quien jugó a las cartas con Ashbrook, Fàn y Croaksworth. Seguro que Croaksworth le sonsacó algún secreto.

Beatrice se inclinó hacia delante, concentrada en cada palabra que oía.

Caroline volvió a llevarse la mano a la frente, aturdida.

—Se equivoca, Philip.

—La vi salir del estudio —continuó el capitán Peña—. Todavía percibo el olor a puro que desprende, aun a pesar de esa encantadora fragancia a gardenia. —Le acarició la mejilla y la joven puso una mano sobre la de él—. Le aseguro —continuó— que no hay nada de qué preocuparse. He recorrido la pasarela por usted y me he arrojado a las profundidades: le he dicho al inspector que fui yo quien jugó a las cartas. Cree que yo soy la otra «C».

Beatrice cogió del brazo a Drake, como si quisiera decir «¡Lo sabía! Sabía que esa mujer ocultaba algo».

El inspector Drake respiró hondo al notar su tacto y Beatrice retiró la mano de inmediato. Él la miró a los ojos como si dijera: «Sí, sé que tenía usted razón... pero cállese para que podamos llegar al meollo del asunto. Con hechos y pruebas».

—¡Philip! —Caroline apartó la mano de la del capitán y retrocedió un paso—. No le pedí que mintiera por mí. No debería haberlo hecho.

—Lo hice porque quise. ¿No lo entiende? ¡No me importa lo que haya hecho usted! Podría arrojar a mil hombres a los tiburones y yo seguiría amándola.

—¿Qué le dijo el inspector Drake sobre mí? —preguntó Caroline—. Sé que viajaba con el señor Croaksworth. ¿Diría que Croaksworth... confiaba en él?

—Drake no sospecha nada —dijo el capitán, y avanzó hacia Caroline—. Se lo repito, aquí me tiene. La protegeré.

—Ya lo sé —susurró Caroline. De repente, aferró las manos del capitán Peña una vez más—. ¿De verdad estaría dispuesto a hacer cualquier cosa por mí? ¿Incluso si le revelara algo oscuro sobre mi persona?

—No hay nada que pueda decirme que haga menguar mis sentimientos hacia usted —dijo, y le besó las manos—. Mi amor no cambia con la marea.

—¡Le dije que era malvada! —susurró Beatrice con los ojos como platos—. ¿«Algo oscuro» sobre ella? ¿Qué puede ser más oscuro que asesinar a Edmund Croaksworth a sangre fría?

De pronto, Caroline levantó la mirada hacia el rincón en el que el inspector Drake y Beatrice estaban escondidos tras los arbustos.

—¿Ha oído algo? —le preguntó al capitán Peña, entrecerrando los ojos—. ¿Casi como si un hada del bosque hablara en susurros?

—Ay, me he quedado medio sordo por los cañonazos —dijo apenado el capitán Peña—. Lo único que oigo es su bella voz, que resuena en mis oídos, y el rumor del mar que dejé atrás.

—Quizá Stabmort Park esté embrujado de verdad. —Caroline se estremeció—. Tenemos que irnos. No deberíamos estar aquí solos, no está bien. Si alguien nos ve...

—Por favor, Caroline, no me abandone.

—Me reuniré con usted de nuevo en el salón, después de refrescarme un poco. —Se tocó la cara con delicadeza—. Ay, Philip. Ojalá... Pero no. No puede ser. Los mares de nuestro amor son demasiado bravos.

Se dio la vuelta y salió huyendo del invernadero. El capitán Peña se quedó un instante más, contemplando la lluvia que repicaba en el tejado de cristal.

—Poseidón, ¿por qué me has lanzado esta maldición? —se lamentó antes de salir también.

En cuanto se marchó, Beatrice surgió de un brinco de detrás del limonero.

—¡Se lo dije! —exclamó, casi saltando en el aire de la emoción—. ¿Acaso no le dije que Caroline Wynn no era trigo limpio? Esto explica por qué solo había tres puros; ella solo se apuntó a la copa de oporto. Y después debió de bañarse prácticamente en perfume para camuflar el olor del tabaco que habían fumado los hombres. Cuando la interrogó, no nos dijo en ningún momento que el señor Croaskworth le hubiera confiado algo, ¡otra mentira más! Por no hablar de que ese encuentro furtivo a solas podría haberle dado la oportunidad de administrarle el veneno.

Se cumplían todas sus expectativas. Conforme aparecían las lagunas en sus argumentos, Caroline cada vez demostraba ser más culpable. La adrenalina inundó el cuerpo de Beatrice. Seguro que Louisa era inocente... La impostora tenía que ser Caroline.

—Hay tantas cosas sobre ella que desconocemos... Tantas cosas que no tienen sentido... —continuó Beatrice—. Solo lleva dos años viviendo aquí. —Se calló y soltó un suspiro—. Drake. Alice Croaksworth desapareció hace dos años, justo antes de que Caroline Wynn llegase a Swampshire. ¿Y si Caroline también tiene que ver con la desaparición de Alice? ¿Y si la asesinó?

—No hay que precipitarse —dijo Drake—. Hay lagunas en la historia de Caroline, sí...

—Lo ha encandilado a usted igual que encandila a todos los demás —lo interrumpió Beatrice, presa de la frustración—. Incluso cuando enseña las cartas, la gente no sabe verlas.

—Jamás en la vida me he sentido encandilado —respondió Drake, que pareció ofenderse solo de imaginárselo.

—Entonces, si no es Caroline, ¿qué me dice del capitán Peña? —planteó Beatrice—. Resulta evidente que pensaba que Caroline tenía interés en Croaksworth. Podría haberlo matado debido a los celos.

—Es plausible —reconoció Drake—, pero no podemos saberlo a ciencia cierta hasta que encontremos el arma homicida.

Se dio la vuelta y empezó a recorrer el serpenteante laberinto de plantas. Fue examinando todos los racimos de bayas y los capullos de flor.

Beatrice, todavía indignada, tomó otra dirección y empezó a escudriñar las plantas. Estaba a punto de rendirse, de salir corriendo del invernadero para encararse con Caroline en persona, cuando atisbó algo blanco en la tierra. Se arrodilló para recogerlo. Era un lirio: el que Louisa había llevado en el pelo.

—Qué raro —murmuró, y tocó uno de sus pétalos aplastados. ¿También su hermana había ido al invernadero? ¿Quizá Arabella la había llevado allí en algún momento de la velada para ver las flores?

Otra cosa enterrada en el suelo llamó su atención, medio oculta junto a un arbusto de ortigas. Beatrice se encorvó y, evitando con cuidado los pinchos de las ortigas, sacó un frasquito. En un lateral de la ampollita había una etiqueta en la que se leía: «Belladona. Propiedad de Louisa Steele. Si se pierde, devuélvamelo a mí, Louisa Steele».

Estaba vacía.

El terror la embargó. Ya podía oír la conclusión del inspector Drake si la veía. «La prueba inculpa a Louisa».

Algo fallaba. Louisa era su hermana y un alma buena. No sabría siquiera cómo matar a alguien.

Y sin embargo... Louisa tenía veintiún años. Era una mujer... y quizá una mujer con secretos. ¿No ocultaba un secreto también la propia Beatrice, escondido bajo cojines y tapices en su torrecilla? Si una de las mujeres de la familia Steele escondía su verdadero ser, quizá hubiera otra que también lo hiciese. Tal vez Beatrice no conociera a su hermana tan bien como creía.

—No he encontrado nada —dijo Drake, frustrado.

Empezó a avanzar hacia Beatrice, y antes de que esta tuviera tiempo de pensárselo dos veces, se escondió la ampollita dentro del corpiño para ocultársela al detective.

—Yo tampoco he encontrado nada —dijo ella sin resuello—. El veneno debía de proceder de otra fuente. O, al menos, ya no queda ni rastro.

—En efecto. Podríamos seguir buscando en otra parte. —El inspector Drake llegó hasta donde estaba Beatrice y la miró con expresión rara—. ¿Se encuentra bien? Está sudando mucho.

—Aquí dentro hace calor.

Antes de que Drake pudiera responder, se oyó un fuerte relincho, seguido del eco de unos cascos y un carruaje que se abría paso bajo la lluvia torrencial. Alguien intentaba escapar.

Querida Susan:

He pasado a verte, pero tu marido me ha dicho que habías salido a comprarle un vestido a la pequeña Mary. ¡Qué rápido crece! Y tiene muchísimo vello, si me permites que te lo diga. ¿No crees que deberías consultarle al doctor Anderson si es normal?

En cualquier caso, supongo que no es una de las típicas bromas de Stephen y de veras estás de compras, así que he pensado en escribirte una breve carta. ¿Qué podemos hacer esta vez para el cumpleaños de Beatrice? Me encantaría montar una fiesta en Stabmort Park.

Tal vez podríamos pensar un tema para la fiesta. Arabella se entretendría mucho ayudándome a prepararla; se le da muy bien la organización. Mañana la mandaré a Marsh House para que pueda hablarlo con tranquilidad con Beatrice y Louisa.

¿A que es maravilloso que nuestros hijos se lleven tan bien? Debo confesar que albergo la esperanza de que Daniel y Beatrice terminen juntos. También podríamos esperar a que él vuelva del internado en vacaciones para dar la fiesta. Nada alimenta el amor como una velada festiva...

Hay otra cosa que me gustaría comentarte, pero es de naturaleza más seria. Así pues, volveré a pasar a verte, porque es un tema que prefiero tratar en persona. Creo que eres la única que podría comprenderme y aconsejarme en consonancia.

Por desgracia, no puedo esperar hasta que vuelvas hoy; tengo que ir a ver al doctor Anderson otra vez, a causa de esa dichosa enfermedad que no me quito de encima. Aprovecharé cuando lo vea para preguntarle por el asunto del vello de Mary. ¿Tal vez él tenga una solución?

Con todo mi cariño,

Samantha Ashbrook

24

Persecución

El inspector Drake siguió a Beatrice mientras esta corría como un rayo hacia los establos de Stabmort Park. Se los conocía igual que la palma de la mano, pues los Ashbrook solían invitar a los Steele a montar a caballo algunas tardes. Para no perder tiempo, agarró una capa, saltó al caballo más cercano y echó a cabalgar a pelo bajo la granizada. Quienquiera que estuviera intentando escapar no lo conseguiría... no si de ella dependía.

—¡Beatrice! —gritó el inspector Drake.

La joven no respondió. Galopó pegada al lomo del caballo, sin notar apenas las bolas de hielo que le laceraban la piel, ya que estaba persiguiendo a un asesino. Esa carrera era todavía más emocionante que las anteriores salidas a caballo, durante las que solo «fingía» que perseguía a un asesino. La exaltación de la realidad resultaba embriagadora.

El inspector Drake se montó en el siguiente caballo y salió a toda prisa detrás de ella.

La joven se había convertido ya en una pequeña mota oscura, solo visible por la capa que había tomado prestada, que ondeaba al viento como una bandera. El traqueteante carruaje era una mota todavía más minúscula a lo lejos. Ambos volaban en dirección contraria al camino de tierra, a través del barro y los hierbajos altos. El inspector Drake acortó la distancia, azuzando a su caballo para que galopara, hasta que estuvo casi a la altura de Beatrice.

La joven apretó el paso y se acercó al carruaje, con el corazón a punto de salírsele del pecho por la expectación. El vehículo se metió en el bosque que bordeaba Stabmort Park.

Beatrice nunca había ido más allá de la puerta este de la propiedad de los Ashbrook. Nadie pasaba de ese punto, pues la marisma que había detrás estaba descuidada y repleta de socavones.* Era la zona de Adler's End. A juzgar por la trayectoria del carruaje a la fuga, ahí era justo adonde se dirigía el cochero furtivo. Beatrice no se dejó amedrentar por la ruta, sino que siguió al carruaje y desapareció detrás de una arboleda que bordeaba un arroyo de corriente caudalosa.

—¡Beatrice! —gritó el inspector Drake—. ¡Espere!

Pero ella no lo oyó, o, si lo hizo, no le prestó atención. Se vio obligado a azuzar al caballo. Rodeó la arboleda y por fin alcanzó a la intrépida joven.

Ambos observaron con horror cómo el carruaje avanzaba directo hacia la agitada corriente, sin dar muestras de aminorar. Una rueda se atascó en una zanja profunda que había en la orilla y se partió por la mitad. Los ponis se liberaron de las riendas y se alejaron galopando con júbilo. Dejaron el carruaje hundido en el arroyo en medio de un cúmulo de piedras.

No podían hacer nada: ya no era más que un amasijo de radios de rueda astillados y maderos rotos.

—¡Sooo, Nellie! —exclamó el inspector Drake cuando su caballo se alzó de repente sobre las patas traseras, asustado por el

---

* Por allí aparecían muchas carcasas de animales que habían sido roídas hasta los huesos por algo con unos colmillos tan grandes que resultaban inhumanos.

fuerte estampido del carruaje al romperse. (Por pura coincidencia, el caballo sí se llamaba Nellie, como tantos otros). Volvió a encabritarse y el inspector Drake salió disparado. Beatrice dio un grito al ver que el detective se caía al suelo. Nellie huyó despavorida y se perdió en el campo.

Beatrice desmontó a toda prisa y corrió a socorrer a Drake, pero en cuanto saltó de su caballo, este echó a galopar y siguió a Nellie.

—¡No! —chilló Drake mirando en dirección a los caballos, pero fue en vano: desaparecieron en la tormenta entre salpicaduras de barro y relinchos.

—¿Se encuentra bien? —preguntó Beatrice, tendiéndole una mano.

Drake pasó por alto el gesto y se incorporó por sí mismo.

—Estoy bien.

Pero, al darse él la vuelta, Beatrice vio que apoyaba mal un tobillo al caminar.

—Se ha hecho daño... —empezó a decir, pero Drake la interrumpió.

—Hay asuntos más urgentes en juego, señorita Steele.

Beatrice se quedó mirándolo un instante, pero se lo pensó dos veces y no replicó. Al fin y al cabo, tenía razón. Señaló una zanja profunda a la orilla del río, junto a un arbusto grande de madreselva.

—La rueda se ha atascado ahí.

Drake se acercó al carruaje, aunque la lluvia recia oscurecía el camino.

—Espere, no pise ahí... —le advirtió Beatrice cuando vio que vadeaba entre el barro hacia el carruaje, pero ya era demasiado tarde: el inspector Drake trastabilló con el tobillo herido y se cayó de bruces en uno de los infames hoyos cenagosos de Swampshire.

El fango se lo tragó entero de inmediato y solo dejó a la vista su mano.

Por un instante, Beatrice se quedó mirando el suelo oscuro, con el cuerpo paralizado por el terror. Era el destino sobre el que siempre la habían advertido, el peligro que había temido desde niña. Pero ahora ya no estaba en las páginas de un cuento ni escuchaba una parábola contada por una institutriz estricta. Estaba sucediendo. Y pese a todas las advertencias que le habían hecho acerca de los peligros de los hoyos cenagosos, en realidad nadie le había explicado qué hacer si se veía confrontada con la realidad de uno de ellos. Se daba por hecho que las damas quedarían indefensas ante esos agujeros. ¿Por qué luchar contra el destino?

Porque estaba decidida a ganar esa batalla, pensó. Se le desentumecieron las extremidades y dio un salto hacia delante. Se abalanzó sobre Drake y lo agarró por los dedos, sujetándolo a duras penas en medio de la tormenta, que no amainaba.

Con urgencia, miró alrededor en busca de algo con lo que sacar a Drake de las profundidades. Un objeto plateado y robusto le llamó la atención: una pala que había junto a la enorme zanja. La cogió y cavó en el barro, y empujó la mano del inspector Drake hasta acercarla a la pala.

—¡Agárrese! —chilló, y para su alivio, los dedos del detective se doblaron alrededor del mango. Con toda su fuerza, Beatrice tiró hacia arriba, hasta que cayó al suelo por el esfuerzo.

Mientras tiraba, notó una punzada de miedo al pensar que podría perderlo para siempre. Por alguna razón, el mero pensamiento de perder al inspector le provocó un dolor incomparable con cualquier emoción que hubiera experimentado hasta el momento.

Cayó en la cuenta de que, hasta que había conocido a Drake, siempre había estado sola. Solo él conocía a la verdadera Beatrice.

Solo él veía la verdad. La necesitaba... y ella lo necesitaba a él. Ninguno de los dos podría atrapar al asesino en solitario. (Bueno, quizá ella sí pudiera, pensó por un instante, pero sin duda dos mentes eran mejor que una). Se habían embarcado en aquel extraño viaje juntos y, de forma instintiva, sabía que también debían acabarlo juntos.

Con ese pensamiento en mente, dio un último tirón y sus esfuerzos tuvieron recompensa: el inspector Drake emergió del hoyo cenagoso, cubierto de lodo y jadeando, pero vivo.

Reptó hasta llegar a tierra firme y escupió barro, junto con una ranita que se marchó saltando con aire despreocupado.

—¿Quién en su sano juicio decidiría vivir en este lodazal? —gritó cuando por fin recuperó el aliento.

—En verano es muy bonito —dijo Beatrice, y se rio aliviada.

—Creo que está loca, señorita Steele —comentó Drake negando con la cabeza.

—Beatrice —le corrigió ella.

—Creo que está loca... Beatrice. —Frunció los labios y bajó la mirada a toda prisa. Todavía tenía aferrada la pala y se puso a examinarla—. ¿De dónde ha sacado esto?

—Estaba ahí —dijo Beatrice señalando la zanja.

—Alguien ha cavado este hoyo. —El inspector Drake se incorporó—. ¿Por qué? —Blandió la pala y la utilizó para señalar la zanja—. Tiene el tamaño...

—De una tumba —concluyó Beatrice. Tragó saliva—. ¿No pensará...?

—¿Que el asesino planease enterrar aquí al señor Croaksworth? De ser así, habría sido un plan muy insensato. La lluvia habría dejado el cuerpo a la vista —musitó Drake.

—Solo una persona tiene las respuestas a nuestras preguntas —dijo Beatrice, y se volvió hacia los restos del carruaje.

—Tal vez sea mejor que no mire —le advirtió Drake mientras ambos se aproximaban—. Déjeme a mí.

—No soy una dama sensiblera incapaz de mantener la compostura —soltó Beatrice.

—Créame, jamás la confundiría con una —contratacó Drake—. Pero, por favor, déjeme a mí.

Ella retrocedió y el detective se acercó al carruaje. Beatrice notó un terror creciente al pensar en cómo podía estar el ocupante. ¿Habría sobrevivido a semejante accidente?

Drake abrió de golpe la portezuela del vehículo. Beatrice se armó de valor y luego se esforzó por ver qué había dentro... Pero Drake se volvió hacia ella. No tenía el rostro contraído por el horror, sino petrificado por el desconcierto.

—No lo entiendo. Está vacío —anunció.

Beatrice corrió a su lado, chapoteando en el arroyo para mirar dentro. El detective tenía razón. El carruaje era un amasijo de madera astillada y metal retorcido, pero no había nadie de carne y hueso. Habían estado persiguiendo un carro vacío.

—¿Cree que el asesino ha saltado? —preguntó la joven, y acto seguido se volvió para observar el páramo, como si esperase ver una silueta que se alejaba corriendo.

—No —dijo el inspector Drake muy serio—. Creo que nos han engañado.

—Nos han engañado... —repitió Beatrice—. ¿Por qué? Alguien quería que siguiéramos este carruaje —dijo en cuanto cayó en la cuenta—. Lo que significa...

El inspector siguió el hilo del pensamiento de la joven y volvió la mirada hacia Stabmort, consternado.

—Debemos regresar a la mansión —dijo.

Arabella:

Sé que lo sabe. Al final la verdad saldrá a la luz, pero a su debido tiempo. La decisión no depende de usted... Más vale que no lo olvide.

Estoy deseando verla en el baile de esta noche. ¡No me cabe duda de que estará tan despampanante como siempre!

Frank

25

Pelea a puñetazos

Beatrice y Drake irrumpieron por la puerta principal de Stabmort Park. Drake iba renqueando, todavía medio cubierto de barro. Dejaron en su carrera un rastro de fango y lluvia.

De repente, Beatrice extendió una mano para detener a Drake.

—Espere. Escuche —siseó.

Él dejó de moverse y se quedó callado. Se oyeron unos chillidos amortiguados en las profundidades de Stabmort Park.

—Proviene de la sala de estar —susurró Beatrice.

Drake y ella intercambiaron una mirada... y echaron a andar.

Los ruidos subían de volumen conforme se acercaban, unas voces airadas que se increpaban con insultos. Beatrice oía el latido de la sangre golpeándole en los oídos mientras corría; el vestido empapado le pesaba, frío, contra la piel. Se acercó a las puertas de la sala y las abrió de par en par. Tomó una gran bocanada de aire.

Los restos de un fuego crepitaban en la chimenea de mármol y las velas del candelabro que había encima todavía parpadeaban, iluminando la estancia con un suave resplandor que hacía que los colores pastel parecieran aún más suaves. Los muebles estaban apartados para dejar espacio a la acción que se desarrollaba en el centro de la estancia.

El señor Grub y el capitán Peña se hallaban uno frente a otro, con las manos levantadas y sin parar de vociferar. El resto de los invitados los rodeaban, pegados a la pared en busca de seguridad: Arabella y Louisa se habían acurrucado junto a la chimenea, Frank estaba de pie delante de ellas y Mary en cuclillas. El señor Steele protegía con el brazo a su esposa, y la señorita Bolton agarraba a Caroline, que se había desmayado. Con la cara pálida, Daniel iba de acá para allá por la estancia, como si intentase apaciguar la disputa. Todos estaban tan concentrados en la acción que ni siquiera oyeron entrar a Beatrice y a Drake.

—¡Escúchenme todos! —gritó el señor Grub. En una mano llevaba un ejemplar gastado de *Sermones adicionales de Fordyce* (un apéndice poco conocido a la edición clásica, que contenía sermones considerados «demasiado aburridos» para ser incluidos en el libro principal)—. Los he reunido aquí para que podamos recuperar nuestros «derechos». ¡Para que podamos reconducir la velada!

—Solo estamos aquí porque nos ha «amenazado» —sollozó la señora Steele con voz temblorosa.

En ese momento, Beatrice se dio cuenta de por qué se habían aplastado todos contra la pared: en la otra mano, Grub llevaba una pistola.

—Alguien tenía que tomar las riendas. ¿Es que nadie más está cansado de que ese inspector como se llame vaya por ahí dándonos órdenes? —continuó Grub. Blandió la pistola en el aire—. Y ¿dónde está? Salta a la vista que le falta constancia para llevar a cabo la labor.

Beatrice miró en dirección a Drake, pero este negó con la cabeza de un modo casi imperceptible. La joven tenía la sensación de ver cómo giraban los engranajes de la mente del detective mientras calculaba el siguiente movimiento.

—Lo contrató mi padre —dijo Daniel a Grub con tono firme—. Si él ha depositado su confianza en el inspector Drake, entonces todos debemos confiar en él.

Beatrice miró al grupo de personas que tenía delante y, con un escalofrío de terror, se percató de que el señor Ashbrook no se encontraba en la sala.

¿Dónde estaba?

—Nada nos impide pensar que el tal «inspector Drake» sea el asesino —continuó Grub.

—Controle esa lengua —dijo el capitán Peña. Se llevó una mano a la vaina del alfanje que portaba al cinto—. Es un representante de la ley. Más le valdría respetarlo. Y respetar a los demás oficiales presentes. Y no ponerse nunca de espaldas al mar.

—Bueno, pues yo soy un caballero —dijo el señor Grub con petulancia—. Por lo tanto, debería estar eximido de toda sospecha y tener permitido marcharme.

—¿Por qué iba a querer marcharse, a menos que fuese usted el asesino tratando de huir? —chilló la señora Steele.

—No puede abandonar el barco, sir —insistió el capitán Peña—. Ha empuñado su arma en presencia de unas damas; no permitiré tamaña agresión. Sus acciones demuestran su culpabilidad. —El capitán Peña se dispuso a desenvainar, pero luego se detuvo. Miró a la cara a Grub con expresión feroz—. ¿Qué ha hecho con mi alfanje?

—¡Por favor, podemos buscar una solución! —suplicó Caroline—. Nadie más tiene por qué resultar herido. Busquen la compasión dentro de sus corazones...

—Es evidente que Grub es quien lo mató —chilló la señora Steele—. ¡Nuestro propio primo, un asesino! —Se volvió hacia su marido—. Rápido, ¿cuáles son las normas referentes a las herencias en esta situación?

—Creo que, a pesar de todo, heredaría nuestra propiedad —dijo el señor Steele—, pero no estoy seguro. ¿Alguien lo sabe? ¿Alguien tiene conocimientos sobre la ley de sucesiones?

—Nosotros sabemos todo lo que hay que saber sobre la ley de sucesiones —dijo Daniel—. Aquí nadie ha trabajado ni un solo día de su vida.

—No soy un asesino —insistió Grub—. Louisa fue quien le sirvió el ponche envenenado al señor Croaksworth. Todos lo vimos. ¿Qué tienes que decir a eso, Louisa?

—No hace falta que respondas —dijo la señora Steele. Y se colocó delante de su hija y de Arabella para apartar a ambas muchachas de la vista de Grub.

—Cree que sus hijas pueden hacer lo que se les antoje. Incluso rechazar a un pretendiente perfectamente apropiado —le dijo Grub, con la voz tensa y cargada de desdén—. Su familia al completo ha roto el código de etiqueta que sustenta nuestra aldea y ahora, mírenos. Hemos caído en el caos. —Apuntó con la pistola a la señora Steele—. ¡Yo impondré el orden!

Varias cosas ocurrieron a la vez. Drake se abalanzó hacia delante, el señor Steele se colocó enfrente de su esposa, Frank se lanzó hacia Louisa y la apartó, Daniel agarró a Caroline Wynn mientras esta se desmayaba, la señorita Bolton gritó y el capitán Peña saltó sobre Grub. Drake lo agarró primero; lo redujo y lo tiró al suelo justo cuando el larguirucho dedo de Grub apretaba el gatillo. Beatrice se preparó para el estruendo de la explosión.

Pero, en lugar de eso, se oyó un tímido crac y una banderita salió de la pistola. Se desenrolló y dejó a la vista una palabra impresa en el lateral: «Bang».

—¡Mi pistola de broma! —exclamó el señor Steele—. ¡Creía que la había perdido!

—La había robado él —gimió la señora Steele.

Grub se retorció en el suelo, un bulto de extremidades y tela. Se afanó por recoger varios objetos que se habían desparramado al caer de su chaqueta: unos anteojos, un anillo reluciente, un billete de transporte arrugado.

—Mis anteojos —dijo Daniel, y los cogió para que Grub no pudiera atraparlos.

—¡El anillo! —exclamó Louisa sobresaltada.

—Mi... —dijo Frank, y entonces se quedó callado.

—¡Es todo mío! —chilló Grub, que intentaba recuperar los artículos.

Drake dio un paso adelante y agarró el billete arrugado.

—«Gretna Green» —dijo, leyendo las palabras impresas en él.

—¿Beatrice? ¿Dónde te habías metido? —preguntó de repente la señora Steele, quien por fin se había percatado de la presencia de su hija mayor—. Y ¿por qué vas tan mojada? ¡Daniel! Aparta la vista —añadió en un arrebato—. No debes verla en semejante estado.

—Inspector —dijo Caroline en voz baja, tras recuperarse del desmayo—, ¿por qué está tan embarrado?

—¿Han estado los dos juntos a solas? —preguntó Daniel con aire acusador, y miró alternativamente a Drake y a Beatrice—. ¿Dónde estaba la carabina?

Beatrice se quedó de piedra cuando todos la miraron a ella y después a la señorita Bolton.

—Yo... creía que Beatrice estaba descansando —murmuró la señorita Bolton.

—¿Cómo se atreve a robarme a mi amada? —preguntó Grub desde el suelo. Soltó un gruñido y se incorporó con dificultad.

Daniel atravesó la sala y cogió a Beatrice por los hombros.

—¿Te encuentras bien? ¿Drake te ha hecho daño? —le dijo en voz baja mirándola a los ojos. Beatrice nunca lo había visto así, y sintió a la vez sorpresa y emoción al advertir cuánto se preocupaba.

—Estoy bien, Daniel —respondió al instante.

—No le he hecho nada a Beatrice —intervino Drake con voz irritada.

Daniel observó a la joven un instante más, repasándola con la mirada como si buscara algún daño en potencia. Entonces se dio la vuelta y señaló a Drake con el dedo.

—Si le toca un pelo a la señorita Steele...

—Daniel, el inspector no ha hecho nada malo —insistió Beatrice. Pero Daniel fulminó a Drake con la mirada, sin bajar el dedo.

—«Un inspector sin honor siempre será un perdedor» —le advirtió.

—Fue usted quien sugirió que me acompañara —dijo Drake, exasperado.

—¡Con una carabina! —rugió Daniel.

—Jamás volveré a desatender mis obligaciones —dijo la señorita Bolton con los ojos anegados en lágrimas.

—Y yo jamás seré tan ingenuo de poner mi confianza en un hombre que no sea un caballero —contratacó Daniel. Volvió a dirigirse a Beatrice, recuperando los formalismos—: ¿Me promete, señorita Steele, que está ilesa?

—Sí —respondió ella. Miró a Drake y luego a Daniel.

El inspector la observaba con una extraña expresión que ella no supo descifrar. Daniel le tendió una mano y la joven sintió un arrebato de gratitud. Pese a todo, continuaba siendo su amigo. Pese a todo, todavía se ponía de su parte en medio de un eventual escándalo. Aceptó su mano.

Por el rabillo del ojo, vio que Drake se estremecía.

—El inspector Drake es un honorable... —empezó a decir Beatrice, volviendo la cabeza hacia Drake, pero se interrumpió cuando las puertas traseras de la sala se abrieron de sopetón. Una criada con cofia de puntillas y un delantal blanco entró e hizo una reverencia.

—Ruego que me disculpen —dijo con educación—, pero la cena está servida.

—Maldita sea —perjuró Frank—. ¿Nadie ha informado a los sirvientes?

—Por favor, vayan al comedor —indicó Drake—. Es hora de poner fin a todo esto. Conozco la identidad del asesino.

Se oyeron susurros de consternación y confusión. Beatrice soltó la mano a Daniel y se acercó enseguida a Drake.

—¿Quién es? —susurró, pero el detective no la miró.

—Por favor, salgan todos. Dentro de poco tendrán respuesta a sus incógnitas.

—Drake... —dijo Beatrice.

—Señorita Steele —la interrumpió Drake con un tono gélido—, diríjase al comedor con el resto de los invitados. Ya no necesito su ayuda. Usted es una dama y yo no soy un caballero. No debemos olvidarlo. Su «amigo» Daniel lo ha dejado bien claro.

—Pero... —empezó de nuevo Beatrice, pero Drake se abrió paso por delante de ella y entró a grandes zancadas en el comedor. Se vio obligada a seguirlo, con el cuerpo hormigueándole de vehemencia y turbación.

—Esperen... ¿Han matado a alguien? —preguntó la criada al ver que todos la empujaban en un barullo enloquecido.

BAILE DE OTOÑO DE LOS ASHBROOK

MENÚ DE LA CENA

Se servirá a la una de la madrugada

Fiambre de faisán
Nabos hervidos
Lengua de cerdo cruda
Palomos
Criadillas de cerdo
Fricandó
Ubre de ternera

Y de postre

Helado de limón y frambuesa

26

Cena

El comedor de Stabmort Park tenía un empapelado rojo sangre, el techo alto y una gran lámpara de cristal. Varios tapices adornaban las paredes, en los que a partir de escenas de la vida cotidiana se mostraban ejemplos del código de conducta de Swampshire.

En una de las escenas aparecía una mujer haciendo una reverencia y un hombre haciendo otra, con las palabras «Buena educación» tejidas debajo. En otra ponía «Alegría»: representaba a un caballero y una dama sentados en una sala, mirándose a los ojos con una discreta sonrisa.

Pero el tapiz que llamó la atención de Beatrice fue el tercero. Siempre la había asustado de niña, y esa noche su presencia le resultó todavía más intensa.

Contenía una serie de escenas tituladas «Cuidado con la vida disoluta» y su propósito era demostrar los peligros de alejarse de la conducta recta. En una secuencia de imágenes, un caballero se ponía a trabajar, una dama iba a la escuela, una pareja joven viajaba por el mundo en lugar de establecerse en Swampshire y un grupo de mujeres contemplaban las horripilantes vistas de París. En todas y cada una de las escenas, las personas disolutas acababan en el fondo de un hoyo cenagoso.

Debajo de los tapices había una mesa larga, rodeada de sillas de madera de respaldos altos. Habían dispuesto la vajilla de porcelana, bandejas con tapa de plata y unas velas que titilaban en candelabros dorados. En conjunto, era una habitación sombría, acorde con una conversación acerca de un asesinato.

Cuando Beatrice entró, vio que el asiento que había en la cabecera de la mesa ya estaba ocupado. Hugh Ashbrook se había sentado, envuelto en una manta, y dormía profundamente. Daniel tomó asiento junto a su padre y dijo en voz baja a Arabella:

—Habrá tenido otro ataque de desmayos.

—La conmoción agrava su enfermedad —susurró a su vez Arabella—. Será mejor que lo dejemos descansar de momento.

Incluso en medio de todo aquello, pensó Beatrice, el señor Ashbrook había previsto que la cena tardía que solían ofrecer en las fiestas se llevara a cabo. Miró la frente lisa del apacible patriarca y sintió un repentino arrebato de empatía. Después de lidiar con la tremenda pérdida de su amada esposa, se había aferrado todavía más a su fe en el orden. Debía de ser un pequeño consuelo para él, supuso la joven, que ciertas cosas se desarrollaran tal y como se esperaba.

Tenía razón, pensó mientras el inspector Drake tomaba asiento en la otra punta de la mesa. Ahí estaban, dispuestos a cenar... a la hora en punto. Se sentó a la derecha de Drake.

Quería estar enfadada con él, pero resultaba que solo estaba frustrada consigo misma. Él había visto algo que a ella le había pasado inadvertido. ¿Sería alguno de los objetos que Grub llevaba en los bolsillos? El billete de transporte, el anillo, los anteojos de Daniel.... Después de considerarse tan hábil en el arte de la observación a lo largo de la velada, la enfurecía y la desconcertaba saber que se le había escapado algo. Y pensar que solía imaginarse que ayudaba a Huxley, cuando le escribía para contarle sus teorías, sus predicciones acerca de los casos. No sabía nada... qué boba era.

Beatrice se reclinó en el asiento, ensimismada, mientras los demás invitados iban ocupando las sillas que quedaban libres. Hubo un pequeño rifirrafe cuando el señor Grub y el señor Steele se pelearon por ver quién se sentaba más cerca de la bandeja de criadillas de cerdo, hasta que la señora Steele siseó a su marido:

—Siéntate de una vez. Quiero saber quién es el asesino.

El señor Steele se desplomó, derrotado, en una silla alejada del preciado tesoro, junto a una bandeja de fiambre de faisán.

No había rastro de la cháchara que solía acompañar el inicio de la cena; solo se apreciaba un silencio tenso y receloso.

Un sirviente llenó las copas de vino de los comensales y el inspector Drake levantó la suya para brindar.

—Por la verdad, que ya he averiguado —dijo, y bebió un trago.

Todos los demás lo observaron en un silencio aterrorizado, demasiado nerviosos para moverse. La luz de las velas resplandecía en sus caras, sus facciones cambiaban dependiendo de las sombras. Un instante eran caras familiares, al siguiente, desconocidas.

—Esta noche ha sido la primera vez que el señor Edmund Croaksworth ha visitado Swampshire. Llegó a la fiesta tarde, como se lleva ahora, hizo las presentaciones de rigor, jugó una partida de cartas y bailó un último minueto antes de caer muerto, envenenado con belladona —dijo Drake.

—Todo eso ya lo sabemos —comentó el señor Steele—. Vaya al grano.

—Debido a la gravedad y a la rápida manifestación de los síntomas, lo más probable es que el señor Croaksworth recibiera una dosis alta de veneno en algún momento durante o justo después de la ominosa partida de cartas —continuó Drake. Se metió la mano en el bolsillo del pantalón y sacó la hoja de puntuación que había encontrado en el estudio—. En esa partida participaron el señor Hugh Ashbrook, Caroline, el señor Croaksworth y Frank.

—¿Caroline? —preguntó escandalizada la señorita Bolton—. Pero una dama no debería...

—La hoja de puntos indica sus iniciales con claridad —la interrumpió Drake—, aunque nadie admite haber jugado esa partida. El señor Ashbrook alega que no se acuerda. —Señaló al anfitrión, que continuaba profundamente dormido—. Caroline dice que estaba descansando, aunque empleó perfume para camuflar el olor a tabaco. Y el capitán Peña mintió y dijo que fue él quien jugó a las cartas —prosiguió el detective.

Caroline palideció. El capitán Peña apoyó una mano en su hombro para tranquilizarla. Beatrice barrió la habitación con la mirada, para captar las reacciones de todos los invitados.

—Probablemente nadie quiera reconocerlo porque no apostaron dinero. Era una vieja tradición de la época estudiantil de Daniel y el señor Croaksworth... jugar a cambio de secretos. —Drake colocó el as de corazones encima de la mesa y le dio la vuelta para dejar a la vista el lirio morado—. Frank decidió jugar con una baraja trucada que había comprado en París. Quizá pensase que eso le garantizaría la victoria. Pero un as extra no fue suficiente para vencer a Croaksworth; Frank perdió.

Junto a la carta, puso el camafeo con la miniatura de Louisa en la mesa.

—Este es el artículo que apostó usted y es lo que tuvo que entregarle a Edmund Croaksworth. Revela su secreto: Louisa no estaba interesada en el fallecido. Porque Frank y Louisa Steele están comprometidos.

La señora Steele soltó un suspiro.

—¡Eso no es verdad!

—Frank ha enviado cartas de amor a todas las mujeres de la localidad —añadió Beatrice—. Guiña el ojo más veces de las que parpadea; Louisa sabe que no va en serio.

Se volvió hacia su hermana, confiando en que le diera la razón.

Pero Louisa había vuelto la cabeza hacia Frank. A través de la mesa, ambos se miraron a los ojos. Fue un gesto rápido y los dos apartaron la vista casi de inmediato, pero esa mirada fugaz y desesperada fue más reveladora que cualquier prueba que pudiera haber proporcionado Drake.

Y, además, había encontrado indicios, pensó horrorizada Beatrice al ver que Drake ponía dos elementos más sobre la mesa.

Uno era el billete a Gretna Green. El otro, un anillo en forma de orbe. Justo del tamaño del que Beatrice había vislumbrado en el dedo de Frank, bajo el guante, en la primera parte de la velada. Un anillo que Louisa acababa de identificar —cuando había caído al suelo—, aunque no había bailado con Frank en aquella fiesta... ¿Cómo podía sonarle?

—Hay pocos motivos para ir a Gretna Green salvo para casarse de forma rápida —dijo Drake, y señaló el billete—. Los dos planeaban fugarse.

—Pero si Frank es de Francia... —dijo confundido el señor Steele.

—Y apenas tiene fortuna que lo avale —añadió la señora Steele—. Louisa está destinada a casarse con un hombre rico, no con un pobre desarrapado. Le corresponde un hombre como el señor Croaksworth, un hombre que...

—¿Me ha preguntado alguien alguna vez qué clase de hombre me gusta a mí? —intervino de repente Louisa.

—¡Apenas has estado en sociedad! —le recriminó la señora Steele—. ¡Cómo vas a saberlo!

—Tengo edad suficiente para casarme, así que tengo edad suficiente para saberlo —respondió Louisa. Hablaba con voz muy segura, con aplomo. Era como si las palabras llevasen fraguándose dentro de ella una buena temporada... y ahora se hubieran visto obligadas a salir a la superficie.

—Louisa —dijo Beatrice, y su hermana la miró con ojos grandes y desesperados—. Solo intentamos protegerte. Las promesas de Frank tal vez parezcan dulces, pero es todo palabrería.

—Perdonen, pero estoy aquí sentado —dijo Frank.

—Soy consciente —dijo con sequedad Beatrice—. Louisa, sé que es fácil dejarse llevar por la pasión del romance...

—No —cortó Louisa, y negó con la cabeza—. No tienes la menor idea.

Beatrice tragó saliva y se quedó callada. Aunque le había dolido, Louisa tenía razón. Cuando se trataba de temas del corazón, Beatrice no sabía nada.

—Croaksworth le ganó a Frank el camafeo de Louisa durante la partida de cartas, de modo que descubrió su secreto —continuó Drake.

—Por muy interesante que sea enterarnos de los entresijos de la vida personal de Louisa y Frank, ¿qué tiene eso que ver con el asesinato de Edmund? —intervino Arabella.

—No veo que te sorprendan estas revelaciones —dijo Beatrice mirando a Arabella al caer en la cuenta del motivo—. Ya lo sabías, ¿verdad?

Arabella frunció los labios, pero no lo rebatió.

—¿De qué hablaste tan seriamente con el señor Croaksworth cuando los dos estuvisteis bailando? —insistió Beatrice.

—Me pidió perdón por lo que había acontecido entre nosotros años atrás —murmuró Arabella—. Ya no tiene sentido seguir ocultándolo: entonces me propuso el matrimonio, pero sus padres nos separaron. —Bajó la voz y miró de soslayo al señor Ashbrook, que aún dormía—. Si he de ser sincera, no es que yo estuviera ansiosa por celebrar el enlace en aquel momento, así que fue un alivio para mí. Pero mi padre... —Suspiró—. Le contó a todo el mundo que habíamos decidido romper la relación de mutuo acuerdo, para evitar el bochorno a nuestra familia. Creo que, pese a lo enfadado que estaba con el señor y la señora Croaksworth, todavía albergaba la esperanza de que Edmund y yo acabásemos juntos algún día. Edmund era el único hombre que mi padre consideraba lo bastante bueno para mí.

—Y ¿el señor Croaksworth intentó reavivar el amor esta noche, dado que sus padres ya no estaban y no podían oponerse? —preguntó Beatrice, con la mente activada.

—Desconozco su propósito inicial —respondió Arabella—, aunque mi padre estaba convencido de que era así. Esa fue la única razón por la que permitió que Edmund cruzara el umbral de Stabmort Park después de ofendernos de semejante manera hace años. Pero entonces Edmund conoció a Louisa. Me pidió mi bendición para cortejarla. Puede que sus padres fuesen duros, pero Edmund tenía un buen corazón. Le aseguré que no sentía nada por él.

—¿Y su padre estaba conforme con que usted renunciara a cualquier oportunidad de casarse con el señor Croaksworth? —presionó Beatrice.

Arabella dirigió la mirada a Hugh Ashbrook una vez más.

—Una dama no puede renunciar sin más a un hombre como Edmund —susurró en voz tan baja que Beatrice tuvo que inclinarse hacia delante para oírla—. Así pues, le dije a mi padre que Edmund me había rechazado de nuevo. Una simple mentira piadosa.

—¿Por qué propusiste jugar al whist apostando secretos, cuando salta a la vista que Louisa y tú teníais tanto que ocultar? —preguntó Beatrice con auténtica amargura.

—Estaba aburrida —dijo sin tapujos Arabella—. Así que le gasté una broma. Qué fastidiosa puedes ser a veces, Beatrice...

—Estoy seguro de que todos pueden discutir estos asuntos familiares más tarde —las interrumpió Drake antes de que Beatrice pudiera preguntar nada más—. Pero ahora, tenemos un asesinato que resolver.

—Sí, pero trato de determinar... —Beatrice lo intentó de nuevo.

—Les diré la verdad. —Drake le pisó las palabras—. Louisa y Frank asesinaron a Edmund Croaksworth.

El silencio se extendió mientras sus palabras calaban en los asistentes como una neblina, modificando el ambiente del comedor. Todo se detuvo.

—Imposible. No han hecho semejante atrocidad —dijo Beatrice. Su voz rotunda cortó el silencio como un cuchillo.

—Por supuesto que no —corroboró la señora Steele—. Quizá Louisa cayera prendada ante la zalamería de Frank... Debería haberla vigilado con más atención. Es tan buena, tan inocente...

—Él es muy persuasivo —intervino la señorita Bolton—. Nadie puede culparla, querida Louisa.

—Solo porque una persona tenga un amante no significa que sea una asesina —añadió Arabella.

—Creo que tiene sentido —dijo Grub, con la boca llena. Era el único que estaba comiendo; tenía el plato rebosante de criadillas de cerdo—. Todos han quedado cegados por los encantos de Frank; no reparan en su naturaleza vil.

—El vil no es él, percebe —gruñó el capitán Peña.

—No lo entiendo —dijo Daniel—. Frank es mi amigo. —Miró a Frank confundido—. Si apenas conocía a Croaksworth...

—No le puse ni un dedo encima —protestó Frank de inmediato.

—Más le vale jurar que tampoco le ha puesto un dedo encima a mi hija, jovencito —gruñó la señora Steele.

—Estoy segura de que todos hemos mantenido relaciones que, por una razón u otra, no han llegado a dar frutos —intervino Caroline Wynn con voz melosa—. Louisa sabe que no puede estar con Frank; saldrá de este embrollo con elegancia.

—No creo que Louisa y Frank estén dispuestos a concluir su relación con tanta facilidad —dijo Drake, y todos se volvieron para mirarlo—, porque guardan otro secreto. Louisa evita beber alcohol, ha manifestado cambios en el gusto y se ha excusado hace un rato porque sentía náuseas. Si mi teoría, basada en la observación, es correcta...

Beatrice tomó aliento y lo retuvo.

—Louisa —le preguntó a su hermana—, ¿esperas... un bebé?

Louisa por fin miró a los ojos a Beatrice. Tenía la cara surcada por el miedo, la esperanza y un tozudo orgullo... Beatrice supo que era cierto.

Y tenía sentido, pensó de pronto: el vestido que no le cabía, el resplandor especial de Louisa... Beatrice había sido tan obtusa que no se había percatado de lo que tenía delante de las narices. O quizá, a propósito, no había querido indagar más.

—¿Por qué no me lo contaste? —susurró.

La señora Steele se abanicó.

—¡Louisa, di que no es verdad!

—¡Granuja! —gritó el señor Steele a Frank.

—¡Basta, déjenlo ya! —Louisa se puso de pie—. Lo amo. ¡No lo entienden!

—¡No la mandaré a ninguna parte! —exclamó la señora Steele inmediatamente, mirando con ojos desencajados a sus vecinos—. ¡Destiérrenme a mí en su lugar! Mi error como madre ha sido el que ha llevado a esta situación. Louisa no debe ser castigada.

—A quien habría que desterrar sería a Frank, no a Louisa ni a usted, madre —dijo Beatrice, y fulminó con la mirada a Frank.

Este se encogió, sin rastro de su habitual arrogancia.

—Frank aseguró que Louisa había pasado tiempo a solas con Croaksworth, que se habían visto antes y habían compartido... actos lascivos. Ella no negó esa acusación, que claramente no era un rumor que Frank hubiera oído, sino uno que tenía previsto propagar —dijo Drake, levantando la voz por encima de los murmullos—. Su plan ha quedado al descubierto: asesinar a Croaksworth, decirle a todo el mundo que el hijo era de él y quedarse el dinero de la herencia.

La señora Steele se desmayó, Arabella y Daniel suspiraron y Frank dio un puñetazo en la mesa.

—¡Es ridículo! —gritó—. Yo no he hecho nada malo salvo seducir a una mujer hermosa.

—De todos modos, no habrían visto ustedes ni una libra —añadió Drake—. Jamás se permitiría que la fortuna de Croaksworth pasase a un heredero ilegítimo. El error fue no esperar a matar al hombre hasta después de la boda.

—Puede que pensásemos en obtener algún provecho —reconoció Frank, que miraba desesperado a Louisa—, pero no hemos asesinado a nadie... Simplemente pensamos en proporcionar un medio de subsistencia a nuestro hijo con algunas mentiras y apuestas arriesgadas...

—¡Menudo imbécil! —chilló la señora Steele—. ¿Cómo ha podido arrastrar a mi hija a un mundo de apuestas?

—Él no me ha arrastrado a nada —dijo Louisa con lágrimas en los ojos—. Yo haría cualquier cosa por mi hijo. —Se abrazó el vientre en actitud protectora.

—Si cree que algo de todo esto es gracioso, se equivoca de medio a medio —le dijo el señor Steele a Frank.

—¡Por supuesto que no me parece divertido! —insistió Frank.

—¡Peor aún! ¡No tiene usted sentido del humor! —El señor Steele levantó las manos en señal de exasperación.

—Mis padres son artistas. No tengo dinero. ¿De qué otro modo iba a mantener a mi esposa y nuestros futuros hijos? —preguntó Frank desesperado.

—No tenía por qué estafar al señor Croaksworth —dijo Beatrice—. Se ha puesto a usted (y ha puesto a mi hermana) en grave peligro. ¿Por qué no buscó empleo?

—¿Empleo? —repitió Frank—. ¡Cómo se atreve!

—Bueno, ahora ya no importa —dijo Drake con voz firme—. Porque la ley será la que dicte el destino de los dos.

—No —dijo Beatrice, con la sensación de que todo el cuerpo le quemaba—. ¡No! Es irrelevante lo que ocurra entre Frank y Louisa. No tiene pruebas que los involucren en el asesinato.

La ampollita vacía de belladona con el nombre de Louisa era como un clavo ardiendo que horadase un agujero a través del corpiño de Beatrice. Se llevó una mano al pecho para que no se moviera del sitio.

—Señorita Steele —le dijo Drake mirándola con pena—. Tras la partida de cartas vieron a su hermana dándole ponche al señor Croaksworth, y esa bebida, obviamente, teniendo en cuenta la inmediatez de su muerte, contenía veneno. He proporcionado pruebas más que suficientes para condenarlos a ella y a Frank. Ahora es el momento de que se aparte usted y deje que Louisa se enfrente a las consecuencias de sus actos. —Señaló con la cabeza a Frank—. ¿Alguien puede detener a ese hombre?

El capitán Peña se levantó al sentirse interpelado y se dirigió a Frank.

—Por favor —suplicó este, intentando zafarse del agarre del capitán—, ¡se equivocan por completo! Sí, jugué a las cartas contra Edmund Croaskworth y utilicé una baraja trucada para intentar ganarle. Sí, me ganó el camafeo con el retrato que me había regalado Louisa, pero no se dio cuenta del alcance de nuestra relación. Ya saben que no era el hombre más astuto del mundo. Y sí, incluso ha acertado en que Louisa y yo esperamos un hijo. ¡Arabella lo sabía! Puede ser testigo de nuestro amor; nos ayudó a mantenerlo en secreto.

—¿Se lo contaste a Arabella antes de contármelo a mí? —Beatrice interpeló a Louisa, pero sus palabras quedaron ahogadas por las de Drake.

—Ahora todo tiene sentido —dijo el inspector en voz alta—. Arabella encubrió su relación y, a cambio, Louisa mantuvo al señor Croaksworth ocupado durante la velada. De ese modo, no centraría toda su atención en Arabella, quien podría fingir que él la había rechazado y no tendría que contarle la verdad al señor Ashbrook.

—Como es natural, Croaksworth se enamoró de Louisa a primera vista —apostilló la señorita Bolton.

—¿Y quién podría resistirse? —intervino Frank, asintiendo con la cabeza—. Es la mujer más hermosa que he conocido. Y he conocido a muchas, muchas mujeres. —Se le llenaron los ojos de lágrimas y adoración al contemplar a Louisa—. Pero cuando Croaksworth falleció, nos entró el pánico —continuó, con tono desesperado—. Teníamos la esperanza de que, en el transcurso de la velada, Louisa lo convenciera para enamorarse de Beatrice, y de que esa relación permitiera que Louisa se casase con quien ella deseara. Al fin y al cabo, Beatrice tiene mucho ingenio; es una mujer preciosa con numerosos encantos para cautivar a un hombre...

—De verdad, no es el momento, Frank —dijo Beatrice.

—Lo reconozco —admitió él, y tragó saliva con afectación—. Ahora que Croaksworth no está y el embarazo de Louisa avanza, el reloj no perdona. Se me ocurrió una idea: sacar tajada de la situación. Darle a entender a usted, inspector Drake, que cabía la posibilidad de que Louisa estuviese embarazada de Croaksworth. Así nuestro bebé recibiría la herencia. Nadie más podía reclamarla. Era un delito sin víctimas.

—Tiene razón —corroboró Louisa—. Era un plan ridículo (y, por supuesto, Frank no me lo consultó antes de ponerlo en práctica), pero no sabía qué otra cosa podía hacer en mi situación.

—Amo a esta mujer —anunció Frank—. Deseo casarme con ella. No me importa si nos destierran; el destierro con la mujer que amo seguirá siendo el paraíso.

—¡Y mi paraíso es cuando estoy contigo! —exclamó Louisa.

Trataron de besarse a pesar de estar separados, sus labios rozaron el aire. De todas las escenas horripilantes que Beatrice había visto aquella noche, esa fue una de las peores.

—¡Ya basta! —chilló el inspector Drake, pero la habitación se había sumido en el caos. La señora Steele soltó un grito y se desmayó de nuevo. El señor Steele empezó a hiperventilar, sacó su cojín ventoso y se puso a soplar en él, como si fuese una bolsa para el mareo.

—«¡Mantener la calma es la mejor arma!» —gritó Daniel cuando el capitán Peña blandió la vaina vacía de su alfanje hacia Frank y le impidió que escapara.

En medio de aquel barullo, Beatrice no podía hacer nada. Era como si estuviese pegada con cola en el sitio, obligada a observar en calidad de espectadora mientras todo su mundo se desplomaba.

—¡No! —gritó al final. Todos la miraron—. Fue otra persona. —Sus palabras reverberaron en sus propios oídos.

—No es Caroline —dijo Drake exasperado—. No vaya por ahí.

—¡¿Yo?! —gimoteó Caroline.

—Caroline no —dijo Beatrice, y se le secó la boca al ver que los demás seguían mirándola. Louisa tenía los ojos como platos, vidriosos a la luz de las velas—. Esta noche alguien me ha atacado. Louisa jamás habría hecho algo así. Y pese a todos sus errores, sé que Frank tampoco me haría daño. Por no hablar de que habría olido su colonia si se me hubiera acercado —añadió.

—¿Alguien te ha atacado? —repitió la señora Steele apabullada.

—Supongo que estaba aproximándome a la verdad —dijo Beatrice, con la mente activada—. ¿Por qué otro motivo iba a intentar hacerme daño el asesino?

Tragó saliva con dificultad y notó un pinchazo en la garganta dolorida.

Fue pasando la mirada por toda la mesa, hasta que la posó en la copa aflautada de champán, vacía, que tenía delante. Vacía porque alguien había ordenado que se cancelara el pedido de champán.

Una persona había sido especialmente antipática con ella aquella noche. Dirigió la mirada hacia el señor Ashbrook, dormido en su silla en la cabecera de la mesa. Bajó la vista hacia las manos del hombre y sintió que un escalofrío le recorría la columna.

Por debajo de la manta asomaban los dedos y Beatrice vio que llevaba puestos unos guantes. Guantes oscuros y bastos... como los que se usarían para las tareas de jardinería.

—Alguien anuló una caja de botellas de champán —dijo Beatrice. Sintió que se le helaba la sangre—. ¿Cómo sabía que no habría nada que celebrar? Además, ese hombre tiene un cuartito lleno de ungüentos y tónicos. Sabe cómo sanar el cuerpo; también sabría cómo matarlo.

Arabella soltó un gemido, pero Daniel le puso una mano en el brazo para hacerla callar mientras Beatrice continuaba.

—No era un secreto que los Croaksworth consideraban que la familia Ashbrook era inferior a ellos. Ese fue el motivo por el que se rompió el compromiso matrimonial entre Arabella y el señor Croaksworth. Ahora nos hemos enterado de que Arabella le dijo a su padre que Croaksworth la había rechazado una segunda vez esta noche. Y si el asesino pensó que alguien había mancillado el nombre de su familia de nuevo, que su propia hija había sido insultada, rechazada como esposa no solo una sino dos veces... —Entonces miró a Louisa—. Todos sabemos que un padre haría lo que fuera por su hijo.

—Si piensas acusar a alguien, hazlo ya —espetó Arabella.

—Seguro que... no estarás diciendo... —titubeó Daniel.

Beatrice lo miró a la cara, deseando con todas sus fuerzas no tener que decir la verdad... Pero había que hacerlo.

—Lo siento, Daniel. Ahora lo veo claro. El asesino es vuestro padre. El señor Hugh Ashbrook.

—¡No! —gritó Arabella, y se levantó de un brinco—. ¡Padre! ¡Defiéndase!

—No está bien —dijo Daniel inmediatamente—. Al menos, desde la muerte de madre. Sufre de desmayos, no está en su sano juicio...

—Eso es, Daniel —dijo Beatrice—, no está en su sano juicio. Eso explica que haya podido hacer algo tan terrible.

—¡Sir, alce la voz! ¡Haga frente a las acusaciones! —exclamó el capitán Peña. Se puso de pie, se aproximó a la mesa y retiró de golpe la manta del todavía durmiente señor Ashbrook.

Cuando apartó el tejido, de inmediato quedó patente que el hombre no dormía, sino más bien que no volvería a despertarse jamás.

Tenía la garganta cortada con un tajo limpio, la sangre le empapaba el traje ajustado. En la mano enguantada sujetaba un cuchillo con el filo dentado cubierto de sangre; en la otra sostenía una nota arrugada. Beatrice se puso de pie y se dirigió a él. Con manos temblorosas, le quitó la nota de los dedos apretados. La letra era pulcra pero temblorosa.

—«No merezco conservar la salud, ni siquiera la vida, porque yo maté a Edmund Croaksworth» —leyó en voz alta—. «Perdónenme».

27

Amantes

Sin parar de sollozar, Arabella se arrojó sobre el cuerpo del señor Ashbrook. Beatrice vio cómo la nota arrugada volaba hasta la mesa y aterrizaba en una salsera con *gravy*. El líquido empapó los bordes y emborronó la tinta roja con la que estaba escrita.

«Yo maté a Edmund Croaksworth. Perdónenme».

—Hugh Ashbrook —susurró la señora Steele—. Un asesino. Y ahora muerto. ¿Quién habría pensado...?

—Beatrice lo ha hecho —dijo Daniel, y apartó la mirada del cuerpo de su padre para dirigirla a Beatrice—. Ella es la única que ha visto la verdad.

Beatrice aguantó la mirada a Daniel. No sintió ni un ápice de la satisfacción que solía notar cuando acertaba a predecir el asesino en uno de los casos de sir Huxley. ¿Cómo iba a hacerlo, cuando el asesino era un hombre al que conocía de toda la vida? ¿Cómo iban a asimilar algo así Daniel y Arabella? Y ¿qué implicarían los actos del señor Ashbrook para el futuro de su comunidad?, pensó.

—Es que no lo entiendo... —murmuró el inspector Drake—. ¿Cómo pude equivocarme tanto?

—No se ha equivocado en todo —dijo Beatrice.

Se fijó en que Louisa apartaba con delicadeza a Arabella del señor Ashbrook y la abrazaba.

El señor Grub se aproximó al cuerpo del señor Ashbrook para agenciarse una bandeja de bollitos. El capitán Peña le apartó las manos de un empujón.

—Tenga un poco de respeto, sir. ¿Cómo puede comer en un momento así?

—Estamos en una cena —dijo el señor Grub con aire irritado—. No se puede malgastar la comida que ya está pagada.

—La cena se ha terminado. —El señor Steele se levantó y las patas de la silla chirriaron cuando las arrastró por el suelo—. Creo que todos hemos tenido más que suficiente para una sola noche.

Beatrice jamás había percibido tal seriedad en la voz de su padre. Los demás invitados parecían tan sorprendidos como ella; todos se quedaron callados. El señor Steele continuó:

—El señor Ashbrook se hallaba enfermo. Su mente estaba perturbada. Pensaba que habían faltado al respeto a su hija, que el nombre de su familia había sido mancillado... Y cometió una atrocidad tremenda. —El señor Steele negó con la cabeza—. Y luego intentó expiar la culpa. Es una tragedia.

Recorrió la sala hasta donde el señor Ashbrook continuaba desplomado en la silla, con el cuerpo terriblemente inmóvil. Colocó la manta por encima del fallecido y le cubrió la cara en muestra de respeto. Arabella sollozó y Louisa la abrazó con más fuerza.

—El inspector Drake rellenará un informe detallando lo ocurrido —prosiguió el señor Steele. Le dijo a Drake—: ¿Podría al menos ocuparse de eso, sir?

El inspector Drake asintió, con cara compungida.

—En cuanto a Louisa y Frank —dijo el señor Steele, y se volvió a mirar a su hija con cara larga—, ya hablaremos de ese tema mañana —añadió medio atragantado por la emoción—. Confiemos en que el nuevo día nos proporcione algo de humor y luz.

—Las habitaciones de invitados están listas —dijo Daniel con voz ronca. Beatrice se volvió hacia él y sintió que se le rompía el corazón por lo que le pareció la décima vez en la misma noche. Saltaba a la vista que estaba afectado, con los ojos azules vidriosos por las lágrimas y los hombros anchos caídos, derrotados—. «Un hombre preparado...» —empezó a decir, pero se le quebró la voz.

—«... es lo mejor del condado» —concluyó Beatrice en voz baja. Daniel la miró a los ojos y asintió agradecido—. Yo puedo acompañarlos a las habitaciones —continuó la joven.

Daniel intentaba hacerse el fuerte, pero ella se percató de lo frágil que era su amigo. Estaría allí para apoyarlo, cuando más la necesitaba.

—Gracias —dijo Daniel, y se volvió hacia Arabella. La apartó con cariño de los brazos de Louisa, y Arabella se abrazó a él.

—¿Cómo ha podido hacer algo así nuestro padre? —gimoteó la joven—. A nuestro amigo... a sí mismo... —Se le quebró la voz y las lágrimas le corrieron por la cara. Daniel le tendió un pañuelo. También a él le caían las lágrimas, como dos ríos corriendo por sus mejillas.

—Nunca lo sabremos —dijo en voz baja—. Ahora ven conmigo. Tienes que descansar. —Acompañó a Arabella hasta la puerta del comedor, donde se detuvo—. Gracias por todo, Beatrice —susurró—. Tus actos de esta noche no serán olvidados.

Ayudó a Arabella a salir y los sollozos se fueron apagando conforme se alejaban.

Caroline se desmayó de nuevo y el capitán Peña le pasó un brazo por la cintura.

—Vamos. La llevaré a su habitación...

—No —dijo Caroline en voz baja—. Lléveme a la cocina. Tengo que preparar una bandeja de panecillos; nos harán falta a todos por la mañana, para recuperar fuerzas.

—Yo la ayudaré —se ofreció de inmediato la señorita Bolton—. Qué considerada es usted.

Corrió hasta la puerta y la abrió a toda prisa, y luego se apartó con deferencia para permitir que Caroline y el capitán Peña pasasen antes.

Mientras Caroline salía tambaleándose, cogida del brazo del capitán Peña para mantener el equilibrio, Beatrice se fijó en que el inspector Drake los observaba. El detective frunció el entrecejo a la vez que bajaba la mirada al suelo, pero luego negó con la cabeza y miró hacia otro lado.

Él se había equivocado, pero Beatrice había estado a punto de pasar por alto la verdad... En realidad, había encajado las piezas demasiado tarde. Sentía en la conciencia el peso de la culpabilidad por ambas muertes. «Tendría que haberlo visto antes».

—Yo también haré un informe sobre los actos de Louisa —dijo el señor Grub, lamiéndose los dedos. Agarró una fuente de ubre de ternera y se la puso debajo del brazo. Luego se dirigió a Beatrice, que se estremeció al oírle susurrar—: Amor mío, te conviene reconsiderar el ofrecimiento que te he hecho. Dudo de que encuentres a alguien más que desee mezclarse con tu familia después de semejante escándalo. —Salió con andares muy afectados, dejando un rastro de jugo de ubre que iba goteando sobre la alfombra.

—Cómo se atreve —siseó la señora Steele.

Hizo ademán de seguir a Grub, pero su marido se lo impidió.

—Déjalo correr, Susan. Tiene algo de razón. —Alzó la mirada hacia Louisa y después hacia Frank, que se había quedado rezagado de forma extraña—. Desde luego no es el enlace matrimonial que esperábamos, pero no podemos preocuparnos de eso ahora mismo.

La señora Steele miró a Beatrice y luego el cuerpo inerte del señor Ashbrook. Beatrice supo qué pensaba su madre.

«Daniel. Todavía queda Daniel». Se había convertido en el patriarca de Stabmort Park; su padre, que nunca había visto a Beatrice con buenos ojos, ya no se interpondría. Y después del escándalo que había mancillado a la familia Ashbrook esa noche, Beatrice podía ser un partido mucho más ventajoso de lo que había sido.

De todos modos, el señor Steele tenía razón. No era el momento de pensar en esos temas. Beatrice notaba el peso del agotamiento, se le caían los párpados, le fallaban las piernas. Se volvió hacia Louisa, que se había quedado sola y parecía haber menguado dentro de su vestido blanco manchado de sangre.

—Louisa... —empezó a decir, insegura de cómo continuar.

Louisa miró a su hermana con cara seria.

—¿Ya estás contenta, Beatrice?

—¿Qué? —Beatrice dio un paso atrás; las palabras de su hermana habían sido como una bofetada—. Pero ¿a qué te refieres?

—Esto es lo que siempre habías deseado, ¿verdad? Conocer los secretos de todo el mundo. —Louisa la miraba con frialdad, no había rastro de su habitual tono afectuoso—. Y menudo triunfo que esos secretos te hayan dejado a ti como la única persona decente de la sala.

—¡Desde luego que no es lo que quería! —respondió Beatrice al instante—. ¡Y mucho menos que eligieras a Arabella para contarle todo en vez de confiar en mí, tu propia hermana! Es ordinaria, arrogante, vanidosa...

—Pero no me juzga —la interrumpió Louisa—. ¡No me trata como a una niña! Me respeta. Respeta mis «decisiones». Y comprende que todos tenemos secretos.

—¿Por qué crees que yo no lo habría comprendido? —presionó Beatrice—. ¿Por qué...?

—¡Porque te tengo rencor! —exclamó Louisa. Sus palabras salieron en torrente, como si un dique se hubiese abierto dentro de ella—. Si te hubieras casado con un hombre rico, como se supone que tiene que hacer la hija mayor, yo habría sido libre de casarme con Frank pese a que no tenga un penique. Pero en lugar de eso te pasas el día en tu torrecilla, pensando solo en ti misma. Quizá yo haya traído el escándalo a nuestra familia... pero ha sido culpa tuya.

—¡No estaba pensando en mí misma! —dijo Beatrice con la cara roja. ¿Cuánto tiempo hacía que Louisa pensaba esas cosas? ¿Cuánto tiempo había albergado ese resentimiento, sin que Beatrice tuviera la menor idea de lo que en verdad sentía su hermana?—. En lo que pensaba era... planeaba... —balbució, intentando defenderse.

—¿En serio esperas que me crea que te encierras ahí porque suspiras por un hombre? —continuó Louisa—. Si fuera cierto, ya estarías comprometida. En lugar de eso, estás sola. Y puede que siempre lo estés.

La señora Steele tomó una gran bocanada de aire y el señor Steele dio un paso adelante. Miraba a Louisa y luego a Beatrice, impotente.

—Por lo menos, tengo mi dignidad —masculló Beatrice en voz baja. Le ardían las mejillas del bochorno, del sentimiento de traición... de la frustración, tanto por Louisa, por decirle esas cosas, como por sí misma, por haber demostrado que eran ciertas.

—Beatrice, no —intercedió el señor Steele.

Louisa se rio con amargura.

—No tienes dignidad —le dijo cortante—. Solo ves las cosas desde tu punto de vista. ¿Por qué crees que ningún hombre se te ha declarado? Eres demasiado descarada, demasiado tozuda. Crees que eres mejor que los demás. Pero ¡en realidad eres el hazmerreír!

Beatrice miró a sus padres, quienes se encogieron levemente pero no refutaron las palabras de Louisa. Entonces miró al inspector Drake, congelado en un rincón del comedor, observando la disputa familiar. Le ardieron las mejillas al mirarlo a los ojos, y él no tardó en apartar la vista.

Era cierto; por fin se percató. Se consideraba tan astuta, tan observadora... Pero le faltaba la conciencia de sí misma para darse cuenta de que todos los demás pensaban que era ridícula.

—Tal vez yo sea descarada —dijo al final—, pero tú eres la que se ha visto inmersa en un escándalo. Si hay alguien que haya avergonzado a esta familia, eres tú.

La señora Steele suspiró.

—Beatrice —dijo Frank en voz baja.

Louisa miró a su hermana a la cara un instante y enseguida le cambió la expresión.

—Te odio —susurró.

Entonces se dio la vuelta y salió huyendo de la sala.

Beatrice se dispuso a seguirla, pero Frank le cortó el paso.

—Ya es suficiente, querida.

—No me llame así, después de todo lo que ha sucedido —contestó Beatrice con un arrebato de rabia hacia él—. Y no me diga lo que tengo que hacer. ¿Qué sabe usted?

—Amo a Louisa —dijo Frank sin más—. Puede que no me crea, Beatrice, y quizá su familia no lo apruebe, pero lo único que me importa es que estemos juntos. Al diablo la etiqueta.

Se dio la vuelta e intentó seguir a Louisa, pero la señora Steele se le puso delante.

—Ay, no, ni se le ocurra. Esta noche Louisa se quedará en mi habitación. Y cerraremos la puerta con llave, para que todo el mundo mantenga la castidad.

Salió del comedor dando grandes zancadas y empujó a Frank sin miramientos.

—Un poco tarde para eso —murmuró el señor Steele, y siguió a su mujer.

Una vez más, Beatrice se encontró a solas con el inspector Drake. Estaba de pie junto a la mesa, observándola, con expresión impenetrable. Cualquier resquicio de orgullo que hubiera podido sentir al haber averiguado la verdad antes que él se desvaneció. Ahora solo sentía vergüenza y arrepentimiento.

—Adelante —lo animó la joven, y se tragó el nudo que tenía en la garganta—, dígame lo tonta que he sido. Tal vez usted se diera cuenta desde el principio.

—Señorita Steele —dijo el inspector Drake con tono sorprendentemente afectuoso—, nunca la he considerado tonta. Ambos nos hemos equivocado esta noche. —Negó con la cabeza—. Pero ya no importa. Debo escribir el informe, tal como me ha pedido su padre.

Tomó aire, como si se dispusiera a decir otra cosa, pero luego pareció pensarlo mejor. En lugar de eso se limitó a asentir con respeto y salió del comedor.

Beatrice permaneció allí un instante más, con las mejillas encendidas, en la sala dolorosamente silenciosa. Y entonces se oyó el roce de una tela y Mary salió gateando de debajo de la mesa.

—Mary —dijo Beatrice, aturdida—, ¿cuánto tiempo llevas aquí?

—Yo siempre estoy aquí —respondió Mary—, pero los demás no os dais cuenta, eso es todo, porque estáis demasiado ocupados comportándoos de un modo indignante.

—Sí, es evidente que los buenos modales se han ido por la ventana junto con las ranas... —empezó a decir Beatrice, pero Mary la interrumpió.

—No me refiero a las normas de etiqueta. Me refiero a la familia. ¿De verdad vas a permitir que todo esto estropee tu relación con Louisa?

—Cree que soy un hazmerreír. Me guarda rencor... —Beatrice comenzó a enumerar los agravios, pero Mary volvió a interrumpirla.

—Es que eres bochornosa, Beatrice. Y es cierto que le pasaste a Louisa la responsabilidad de asegurarse una fortuna. Y también es cierto que ella ha traído el escándalo a esta familia.

—¿Crees que con eso ayudas en algo, Mary? —preguntó Beatrice, exasperada.

—Louisa siempre ha sido apasionada —respondió su hermana pequeña—. Tú siempre has sido curiosa. ¿Y si esos rasgos fueran puntos fuertes, en lugar de debilidades? Louisa ha encontrado marido y se aman el uno al otro; su vínculo será mucho más valioso para su retoño que cualquier fortuna. Tú ves cosas que los demás no ven y esta noche has demostrado que ese don puede utilizarse para hacer justicia.

—Pero no supe apreciar la verdadera naturaleza de Louisa —dijo Beatrice, con la garganta casi cerrada.

—Lo habrías hecho de no haber estado cegada por las expectativas —dijo Mary con sensatez—. Olvídate de lo que se «supone» que deben ser todos y verás quiénes son en realidad. Deja que la gente sea como es en realidad y alcanzará su mayor potencial.

—Mary —dijo Beatrice mientras veía de verdad a su hermana por primera vez—, creo que es el consejo más sabio que he oído nunca.

—Cuando una se queda despierta toda la noche mirando la luna, tiene muchas horas para reflexionar sobre los misterios del universo —dijo Mary con semblante sombrío—. Ve a ver a Louisa y haced las paces de inmediato. La vida es demasiado corta para que la rabia se interponga en vuestra relación.

Beatrice sintió cómo se fundía su frustración. Mary tenía razón. ¿Cómo podía haber dejado que las cosas llegasen a tal extremo?

Nada podría romper su vínculo con Louisa... y mucho menos una lista de normas creadas por algún hombre, muchos años antes. No dejaría pasar ni un segundo más antes de ir a reconciliarse con Louisa. ¡Tenía que solucionarlo! Le tendió una mano a su hermana.

—Gracias, Mary.

—Solo confío en que muestres la misma comprensión cuando conozcas mi verdadera naturaleza —murmuró Mary mientras Beatrice salía apresurada del comedor.

Querido Vivek:

Mi patito. Hoy cumples once años. Pareces tan adulto... y al mismo tiempo me sigues a todas partes como un patito. Eres la luz de mi vida y nunca sabrás cuánto te quiero, cariño mío.

Esta mañana me has preguntado: «¿Vendrá mi padre a la celebración de mi cumpleaños?».

Nunca hablamos de él. No sabría qué decirte. Eres tan indagador, tan serio... Debería haberme imaginado que empezarías a hacerme esas preguntas. Ojalá pudiera darte las respuestas que deseas.

Tu padre era un caballero, o eso creía yo. Lo conocí cuando acababa de llegar a Londres. Aquí todo era muy distinto de cómo era en la India. Echaba de menos el sol ardiente, la vitalidad de mi hogar. Pero tu padre me hizo sentir como si pudiera pertenecer a este lugar. Estábamos enamorados.

Pero como digo siempre, a veces un hombre soltero con una gran fortuna en realidad no está soltero. A menudo es un mentiroso redomado. Por desgracia, ese fue el caso de tu padre. En cuanto me enteré de tu existencia, tu padre me reveló la verdad: estaba casado. Ya tenía una familia. Yo no era más que una cara bonita para él. Un jueguecito, un trofeo que ganar.

Todavía no estás preparado para saber todo esto. Cerraré esta carta y te la daré cuando cumplas dieciocho años. Pero también le mandaré una copia a tu padre. Así sabrá que, a pesar de que te repudió, a pesar de que es una persona despreciable, nada de todo eso impedirá que tú te conviertas en un joven inteligente y destacado.

Estoy orgullosa de ser tu madre.

Nitara Varma

28

Reconciliación

Beatrice corría como un rayo por el pasillo, con las palabras que quería decir reverberando en su mente.

«Lo siento, Louisa. Lo siento en el alma».

Bajó a toda prisa una escalera de madera chirriante. Apoyó la mano contra la pared de terciopelo para mantener el equilibrio. Tenía las palmas húmedas por el sudor provocado por la ansiedad.

Louisa no se habría retirado a una habitación de invitados con su madre, pensó Beatrice. Su hermana estaba disgustada, y eso significaba una cosa: estaría en las cocinas, ahogando las penas en azúcar. Aunque la parte más profunda de la casa se hallaba mal iluminada, sabía cuántos peldaños había en la escalera y los fue contando mientras descendía a la carrera.

«Once, doce, trece...».

Oyó un repentino clonc y todo se fundió en negro. Tuvo el tiempo justo de comprender que el ruido era algo duro que había colisionado contra su cráneo antes de que ella se desplomara y bajara rodando otro tramo de escaleras.

Aterrizó hecha un ovillo en la planta inferior de Stabmort. Le dolía muchísimo la cabeza. Se obligó a incorporarse, aunque cada movimiento era doloroso, y como pudo, se puso en pie. Mientras tanto, tomó conciencia de lo que acababa de suceder.

Alguien la había atacado. Otra vez. «Absolutamente ridículo». Pero en esta ocasión no sintió miedo, solo ira.

Se dio la vuelta a tiempo de ver una silueta negra, cubierta por una capa para montar, que seguía bajando a toda prisa la escalera. En las manos, la sombra llevaba una palmatoria de plata en la que relucía un hilo rojo, así que Beatrice se llevó la mano a la cabeza. Al retirarla, vio una mancha de sangre.

Avanzó a trompicones, tratando de correr, pero la silueta arrojó la palmatoria y corrió hacia ella, para después agarrarla de la garganta con una mano enguantada. Los dos cuerpos cayeron enzarzados en el suelo de la sala de baños, iluminada por el resplandor verde del agua. Beatrice intentó alcanzar la cara de su atacante, descubrir la identidad del agresor, pero la figura era demasiado fuerte. Notó que la empujaba hacia atrás con una energía descomunal y de pronto la sumergía en el agua.

Beatrice intentó salir a la superficie, pero la silueta siguió ahogándola. Le ardían los ojos por el agua caliente del manantial y se le nubló la vista.

«Es el fin. Y ni siquiera he podido reconciliarme con Louisa».

Entonces, de pronto, la presión de la mano que la ahogaba cedió. Beatrice emergió del chorro caliente, jadeando para tomar aire, a tiempo de ver a Louisa con la palmatoria en la mano. La dejó caer haciendo ruido y cerró la puerta de la sala de baños, echando el pestillo. Se dio la vuelta para mirar a Beatrice con los ojos llenos de terror.

—Acababa de darle un bocado a un pastel de semillas cuando oí un golpetazo. Vine corriendo y vi a... no sé quién era... —Jadeó y señaló la puerta con mano temblorosa. Beatrice oyó unos pasos pesados cada vez más lejanos conforme su atacante huía—. Ha escapado —añadió Louisa, y se postró de rodillas para ayudar a Beatrice a salir del agua.

Beatrice se desplomó en el borde de la pila y tosió el agua luminiscente. Se atragantó con el sabor sulfuroso. Luisa la agarró de las manos y tiró de ella para incorporarla, y al instante, Beatrice estrechó en brazos a su hermana.

—Lo siento —sollozó sin dudarlo—. Me he portado fatal. Estaba tan absorta en mis propias preocupaciones que no me di cuenta... Has crecido. Ahora eres una mujer. Una mujer que merece tomar sus propias decisiones.

Louisa irguió la espalda y luego abrazó a Beatrice con tanta fuerza que esta temió que se le rompieran las costillas.

—¡Lo siento mucho! —sollozó—. No te odio. Nunca te he odiado. Me sentí herida al ver que últimamente estabas tan distante y lo solté sin más. En cuanto salí de la habitación me sentí avergonzada... Tenías razón. Debería habértelo contado todo.

—Ojalá mi distancia no hubiera hecho que perdieras la confianza en mí —dijo Beatrice—. Puedes contarme lo que sea. Lo sabes, ¿verdad? No tienes por qué recurrir a Arabella.

—También ella esconde más de lo que se ve a simple vista, Beatrice —dijo con cariño Louisa—. Y ¿de verdad me lo reprochas? Creía que, si te enterabas del escándalo que iba a provocar en la familia, no volverías a hablarme jamás.

—Louisa —dijo Beatrice—, estaba equivocada. Jamás podrías provocar un escándalo. Eres la mejor persona que conozco.

—¿Todavía lo piensas, aun sabiendo que me he enamorado de un seductor? ¿Sabiendo que espero un hijo? ¿Que conspiramos para mentir y heredar la fortuna de Croaksworth? —preguntó Louisa, mirando a Beatrice y parpadeando deprisa—. ¿Y que probablemente haya incumplido incluso algunas normas de *La guía para damas* que ni siquiera conozco?

—Sí —dijo con rotundidad Beatrice—. En todo caso, yo tampoco las conocería. No he llegado a leer el segundo volumen.

—¡Gracias a Dios! —exclamó Louisa aliviada—, yo tampoco. —Volvió a abrazar a Beatrice—. No te mentiré nunca más. A partir de ahora no tendremos secretos la una para la otra.

Beatrice tomó aire, temblorosa, mientras se apartaba poco a poco del abrazo de su hermana mediana.

—Louisa —empezó a decirle—, has dicho que todos tenemos secretos. Y el mío me está destrozando. —Volvió a respirar con dificultad—. Tenías razón cuando dijiste que no me encierro en la torrecilla para suspirar por un hombre. La verdad es que me he dedicado a leer artículos sobre crímenes. Y me he dado cuenta de que no quiero dejar de hacerlo. Quiero ser inspectora.

Sus palabras se hicieron eco en la sala de baños. «Inspectora. Inspectora».

Estaba cansada de ocultarse. Si Louisa podía superar el miedo a los prejuicios y a la vergüenza, ella también podría. Ya era hora de admitir que su afición por resolver misterios no era una moda pasajera ni un pasatiempo secreto. Era más que eso: era su vocación.

—¿Te refieres a que quieres ser como Drake? —preguntó Louisa, y frunció las cejas, perpleja.

—No quiero ser como él —dijo acalorada Beatrice—. Nunca sería tan arrogante como para decir que he resuelto un caso cuando en realidad no sé nada...

—Bueno, tampoco es que él no supiera «nada» —la interrumpió Louisa—. Y por otra parte, creo que te parecerías a Drake más de lo que crees.

Beatrice miró a los ojos a su hermana y soltó una carcajada incrédula.

—¿Desde cuándo eres tan observadora?

—Verse a hurtadillas con un amante obliga a una a leer entre líneas —dijo Louisa encogiéndose de hombros—. Pero debo decir que... creo que serías una inspectora fantástica.

—Y tú serás una madre fantástica. Puede que Frank sea incorregible, pero si alguien puede mantenerlo a raya, eres tú.

A Louisa se le llenaron los ojos de lágrimas y Beatrice notó un nudo en la garganta.

—Cuando se me declaró, me llevó a un campo de lirios, el que hay justo al salir del pueblo —le dijo a Beatrice—. Había dispuesto un juego de bolos entre las flores. Si ganaba, me dijo, podría quedarme lo que había en una cajita que llevaba en el bolsillo. Por supuesto, le gané, como él sabía que ocurriría... Y este anillo estaba dentro. —Extendió la mano, en la que lucía una joya resplandeciente—. Dijo que me lo guardaría hasta que encontrásemos la manera de contarle la verdad a todo el mundo. Sé que la gente piensa que Frank es un charlatán —continuó—, pero de momento ha cumplido todas y cada una de las alocadas promesas que me ha hecho. —Se llevó una mano al corazón—. Incluso ahora me cuesta hablar de él; temo que se me salga el corazón del pecho. ¡Temo estallar de tanta pasión!

—Vaya, suena... incómodo —dijo Beatrice, y Louisa se echó a reír.

—Tal vez.

—Siempre había creído que cuando alguien encontraba al esposo adecuado sentía alivio y tranquilidad —continuó Beatrice.

Para su sorpresa, Louisa negó la cabeza.

—Qué va, para mí es todo lo contrario. Me siento como si me embarcase en una especie de aventura terrorífica. Y sin embargo... —Sonrió—. Estoy preparada para esa aventura.

Beatrice también sonrió, pero luego sintió una punzada de dolor. Sacó el pañuelo de Caroline del bolsillo y se apretó la cabeza dolorida para detener la hemorragia. Era un corte superficial, pero notaba una especie de latido en el punto en que la habían golpeado.

—Espera —dijo de pronto, al sentir que la realidad caía sobre ella como un cubo de agua fría—. Si alguien acaba de atacarme, y el señor Ashbrook está muerto...

—El asesino sigue suelto —dijo Louisa con el rostro ensombrecido.

Beatrice estaba tan concentrada en reconciliarse con Louisa, tan enfadada por haberse retrasado a causa del golpe, que había tardado un rato en asimilar la verdad.

—La herida que el señor Ashbrook tenía en la garganta —dijo con voz ronca— era un corte limpio. Pero en la mano tenía un cuchillo de sierra. No se suicidó. Lo mataron... y su asesino sigue campando a sus anchas. ¡El inspector Drake podría estar en peligro!

Fue corriendo hasta la puerta y acercó la oreja a la hoja de madera.

¿La estaría esperando el homicida al otro lado?

—¡Debes ir a ver a Drake! —exclamó Louisa, y Beatrice asintió con la cabeza.

—Tengo que llegar al fondo de esta investigación.

Se quitó el pañuelo de Caroline de la cabeza y lo dobló. Al hacerlo, se fijó un momento en las letras bordadas.

Ponía «E. C.». Había dado por hecho que eran las iniciales de Edmund Croaksworth. Pero en ese momento, al analizar el monograma, supo que la propia Caroline era la única que podía haberlo bordado. Beatrice reconocería aquellas puntadas irritantemente perfectas en cualquier parte. Pero ¿por qué iba a llevar Caroline un pañuelo con las letras «E. C.» en lugar de «C. W.»?

¿Y por qué, pensó Beatrice sintiendo un escalofrío, el «E. C.» del pañuelo bordado tenía el mismo estilo que el grabado del reloj de bolsillo de Edmund Croaksworth?

—No salgas por la puerta, por si el atacante te espera —dijo Louisa interrumpiendo los pensamientos de Beatrice—. Deberías ir por...

—La polea de los tónicos —concluyó Beatrice, exaltada—. Casi me había olvidado.

Rodeó la piscina de agua termal y se dirigió a la pared del fondo de la sala de baños. Luego pasó las manos por la pared hasta que encontró un pequeño panel, que movió hacia un lado, y así quedó al descubierto una abertura.

El señor Ashbrook había diseñado ese sistema para que los sirvientes le mandaran sus tónicos y brebajes. De esa manera, podía tomarse una bebida saludable si le apetecía sin tener que interrumpir el baño medicinal. De niñas, Beatrice y Louisa estaban fascinadas por la polea para los tónicos y les encantaba mandar a Mary a las cocinas a través del pequeño receptáculo.

Entonces Beatrice se apretujó dentro.

—Espera hasta que sepas que el pasillo está despejado, luego enciérrate en una habitación de invitados con madre y padre. No abras la puerta a nadie —indicó a su hermana.

A lo largo de la velada había hecho el ridículo delante de todas las personas a las que conocía. Pero también había aprendido a investigar un crimen. Las meras explicaciones no eran suficientes. El inspector Drake tenía razón: necesitaba indicios, pruebas. Pero Mary también tenía razón: Beatrice no podía permitirse quedar cegada por la fachada que veía. Tenía que ver a sus amigos, a su familia y a Caroline Wynn tal como eran en realidad.

—Beatrice —le dijo Louisa con cariño—, ten cuidado.

—He visto cómo mancillaban tu buen nombre, destruían mi reputación, mataban a un joven, asesinaban a un amigo de la familia a sangre fría, aterrorizaban a mi familia y echaban a perder un baile. Estoy furiosa —dijo Beatrice—. Cuando encuentre a quien ha cometido los asesinatos, será esa persona la que deberá tener miedo de mí.

Y a continuación, dio un tirón a la cuerda de la polea para los tónicos y fue subiendo a través de las oscuras entrañas de Stabmort Park.

FALLECIDA,

En Londres, a causa de un accidente de carruaje, la señorita Nitara Varma, modista y madre, a los treinta y cuatro años. Inmi-
grante de la India, la señorita Varma deja como superviviente a
su hijo Vivek, de doce años, apodado «Drake».

NOTA.
A petición de Drake, se abre un caso para investigar la colisión.
«Fue un terrible accidente —dijo el jefe de policía Clemens—.
Las ruedas no estaban bien fijadas; ha sido una tragedia inevitable».
«Si el problema era la fijación de las ruedas, ¿por qué quedaron
intactas después del choque? —preguntó a los periodistas el pre-
coz Drake—. Las pruebas no encajan. Si yo estuviera al mando,
me aseguraría de que las pruebas encajaran siempre».

29

Derramamiento de sangre

Beatrice subió corriendo las escaleras en dirección a la sala de estar como si huyera de una súbita granizada durante un paseo vespertino. Sus pensamientos también corrían desbocados, mientras le daba vueltas a todo.

El barro y la madreselva en la alfombra. La ampollita de belladona de Louisa vacía. El pañuelo de Caroline.

¿Qué significaba todo eso?

Apretó aún más el paso. Los retratos de familia de los ancestros de los Ashbrook se emborronaban al pasar, sus rostros se mezclaban formando una única mueca elegante y rubia.

Al llegar a la puerta de la sala se detuvo y cogió el pomo... pero estaba cerrado con pestillo. Dentro se oía el ruido de una pelea, que erizó los pelos de la nuca de Beatrice.

Tenía razón... Drake estaba en peligro. Confiaba en no haber llegado demasiado tarde.

Se dio la vuelta. Junto a la puerta doble había una estatua de Venus, sólida, serena y con el pecho voluminoso. Pensando a toda velocidad, Beatrice se echó en el suelo y utilizó las piernas para empujar la escultura. Esta se tambaleó y al final cayó, y sus enormes timbales de Cupido se precipitaron sobre la puerta e hicieron un boquete en medio. Beatrice se coló por el agujero y suspiró al ver lo que se desarrollaba dentro.

Caroline Wynn se alzaba sobre el inspector Drake, con el alfanje del capitán Peña (el que había desaparecido) puesto sobre la garganta del detective. Drake forcejeaba contra unas esposas, con un pañuelo bellamente bordado metido en la boca a modo de mordaza. Mientras trataba de liberarse, tenía el ojo muy abierto por el miedo y los brazos largos tensos.

Caroline ya no se encogía con recato; se erguía con seguridad, parecía más alta y más imponente. Su característica expresión dulce había desaparecido y ahora sonreía con desdén.

Tanto Drake como Caroline se volvieron para mirar a Beatrice, que estaba cubierta de astillas de madera, cuando emergió del gigantesco busto de mármol.

—¿Fue usted? —preguntó Beatrice boquiabierta por la estupefacción.

—Mademoiselle Beatrice —dijo Caroline—, llega justo a tiempo para presenciar mi huida.

Le había cambiado la voz. Ya no sonaba educada y comedida. Era más áspera, más grave, y sonaba ligeramente...

—Francesa —susurró Beatrice—. Es usted francesa. Pero ¿quién es?

La sonrisa de Caroline se ensanchó aún más.

—Es muy observadora... Puede que sea un inconveniente para mí, pero no puedo evitar sentir simpatía hacia usted por eso.

Beatrice dio un paso adelante, pero Drake negó con la cabeza en señal de advertencia. Ella asintió para indicarle que tenía las cosas bajo control; agarró un atizador de la chimenea y lo blandió hacia la señorita Wynn.

Drake echó un vistazo intencionado al dobladillo de Caroline y Beatrice siguió su mirada. Él se había fijado en algo antes, en el comedor, pensó Beatrice. En ese momento supo a ciencia cierta de qué se trataba: el bajo del vestido de Caroline estaba oscurecido por la humedad. Los zapatos, que sobresalían por debajo de la falda, no eran bailarinas de seda, sino unos botines de cuero que ninguna dama luciría en un baile... a menos que tuviera que enfrentarse a una tormenta.

—Ha salido de la mansión —dijo Beatrice—. Pero solo tiene mojado el dobladillo. Fue a los establos y preparó un carruaje vacío, ¿a que sí?

—Excelente —dijo Caroline como si tal cosa—. Quería distraerlos y escabullirme a toda prisa. La primera parte del plan funcionó... pero subestimé el clima. El temporal es demasiado fuerte, incluso para mí.

—Y aun así, todavía se plantea escapar —concluyó Beatrice—. No se ha cambiado las botas de montar y estoy segura de que se disponía a volver a los establos cuando el inspector Drake la interrumpió.

—Qué astuta, señorita Steele. Todos los demás se han tragado mi actuación, pero usted no acababa de creérsela. Con lo divertido que era burlarme de usted... Lo echaré de menos —dijo Caroline, y soltó una risa cantarina.

Luego atacó con el sable y cortó a Beatrice en el costado. Cuando la sangre manchó la tela de la prenda, la rabia dio fuerzas renovadas a Beatrice.

—Granuja —gruñó—, ¡ha echado a perder mi mejor vestido!

—¿Ese era el mejor? —se mofó Caroline—. Perdone, pero creo que debería darme las gracias.

En realidad, era una fuente de satisfacción, pensó Beatrice llena de furia, el tener una auténtica razón para odiar a Caroline. Nunca había sido capaz de explicar el origen de su antipatía hacia ella, pero ahora que la mujer le había dado una estocada, Beatrice se dijo que el odio estaba más que justificado.

Drake intentó liberarse a toda costa para entrar en la pelea, pero las esposas se lo impedían.

Beatrice esquivó un golpe de Caroline e intentó darle con el atizador. La impostora se apartó y se puso a dar vueltas por la habitación, sin parar de mover la muñeca y de mirar a Beatrice a la cara. Esperaba el momento de atacar.

—Todavía se empeña en escapar, aunque todo el mundo ha creído que Hugh Ashbrook era el asesino —dijo Beatrice, tratando de recuperar el resuello—. Si es la asesina, podría haberse librado sin más. Eso me lleva a pensar que tiene algún otro motivo para querer huir cuanto antes.

Arrancó un pedazo de tela del bajo de su vestido para presionar con él el costado que todavía sangraba. Le escocía el corte, pero no era profundo. Caroline no era tan hábil con el sable como podría haber sido, o bien no tenía intención de darle una estocada mortal. Beatrice se inclinó por la segunda opción, pues Caroline siempre era perfecta en todo lo que hacía.

—Tiene un oscuro secreto. Se lo dijo al capitán Peña —soltó Beatrice, que se esforzaba por encajar las piezas del puzle—. Le preguntó si el señor Croaksworth había confiado en el inspector Drake y ahora lo ha maniatado... Croaksworth sabía algo sobre usted, ¿verdad? Algo que no quiere que salga a la luz. ¿Podría ser algo peor que el asesinato?

El inspector Drake por fin logró quitarse el pañuelo de la boca y escupió con rabia en el suelo.

—Él reconoció que la había visto hace unos años, cuando vivía en Londres. Sabía que no se llamaba Caroline Wynn —gruñó, con la voz ronca—. Caroline Wynn no existe. Esta mujer se llama Verity Swan.

—¿No es gracioso que haya tardado tanto en reconocerme? —preguntó Caroline encantada. Se tiró de la melena castaña, que cayó de golpe, desvelando que no era más que una peluca. Por debajo, los rizos de Caroline eran de un tono también castaño, pero un poco más oscuro—. El señor Croaksworth era un bobalicón, pero nunca se olvidaba de una cara. Aunque debo decir que él me pareció bastante fácil de olvidar cuando lo conocí en uno de sus clubes sociales, que yo solía frecuentar. Me atrevería a decir... ¿aburrido, incluso? Tanta conversación insulsa sobre si prefería la moldura de corona o de doble corona... No les sorprenderá saber que a él le gustaban las dos. Cuando me saludó esta noche, le dije que se había confundido al llamarme Verity y me creyó. Pero, después de todo lo que estaba saliendo a la luz, supe que era el momento de marcharme de Swampshire para siempre.

—Espere —dijo Beatrice, que pensaba a toda velocidad—. Verity Swan... ¿De qué me suena ese nombre?

Y entonces todo encajó.

Había sido el primer caso que había leído en el periódico: el primer caso que había despertado su interés en los crímenes.

DeBurbie, un asiduo de los círculos sociales de Londres, era famoso por su colección de joyas preciosas, que desaparecieron misteriosamente el día de su muerte. Sir Huxley y Drake discreparon en cuanto al culpable. Por inexplicable que parezca, Drake sospechaba de la hermosa dama que acompañaba a DeBurbie, Verity Swan, pero sir Huxley reveló que el humilde mayordomo era el verdadero asesino.

—¡La amante del vizconde Dudley DeBurbie! Una de las personas interesadas en su muerte —dijo Beatrice sintiendo un escalofrío. Miró a Drake, aturdida—. Fue el último caso en el que usted trabajó con sir Huxley. El caso que le llevó a la ruina. ¿Cómo es que no la reconoció?

—¡Llevaba peluca! —respondió Drake a la defensiva.

—¡Del mismo color que su pelo! —contratacó Beatrice.

—Verity tenía un lunar en forma de corazón —insistió Drake.

Tanto Beatrice como Drake volvieron la cabeza para mirar a Caroline con expectación. Esta se limpió la piel de la mejilla y se quitó una capa de maquillaje, con lo que dejó expuesta la delatora marca de nacimiento. Drake suspiró hondo cuando Beatrice negó con la cabeza contemplándolo con exasperación.

—Se ha cambiado de collar —dijo Beatrice, observando el cuello largo y elegante de Caroline—. Al principio de la tarde llevaba esmeraldas, y ahora lleva una perla. Las esmeraldas eran de DeBurbie, ¿verdad? Se las quitó cuando vio al inspector Drake, por miedo a que las reconociera. —Aferró con más fuerza el atizador del fuego—. Al parecer, no había motivos para preocuparse.

—¡Le vi el dobladillo! —dijo Drake furioso, sin dejar de forcejear con las esposas que lo inmovilizaban—. Descubrí que había mandado un carruaje vacío para despistarnos, que intentaba huir... Aunque no hubiese averiguado por qué, la pillé intentando escapar. Sospechaba de usted.

—Pero yo sospechaba que usted sospecharía, inspector. Por eso no me he enfrentado a usted desarmada. Me apropié del alfanje justo para un momento como este —respondió Caroline—. *Les femmes ont toujours une longueur d'avance.*

—Durante todo el tiempo ha estado ocultando su verdadera identidad —espetó Beatrice—. ¿Se llama Verity por lo menos?

Caroline se encogió de hombros.

—Tengo muchos nombres. Caroline, Verity, Madame Jessica, Emmeline Clément...

—«E. C.». —Beatrice tomó aire sorprendida—. Las iniciales del pañuelo. Y del reloj de bolsillo. Era suyo, no del señor Croaksworth.

—Ya le dije que no convenía hacer suposiciones... —empezó a decir Drake, pero Beatrice lo fulminó con la mirada, y él dejó la frase a medias.

—Para que no haya confusión —dijo Caroline con dulzura—, ¿por qué no me llaman Caroline como hasta ahora?

Dicho esto, atacó con el alfanje para hacerle un corte a Beatrice, quien se agachó y le dio una patada en el tobillo. Caroline soltó un grito de dolor y cayó hacia atrás contra un reloj de pie antiguo. El reloj se tambaleó y se desplomó sobre el gran ventanal de la sala. El cristal se rompió en pedazos y las esquirlas volaron por los aires. Caroline y Beatrice se alejaron de la ventana para evitar la lluvia de cristalitos que el viento había empujado hacia la habitación.

—Es una artista del engaño —la acusó Beatrice—, al acecho de caballeros jóvenes a los que conquistar. Les saca todo lo que tienen. Robó las joyas de DeBurbie y luego acudió a Swampshire para robar a los hombres de aquí.

—Una dama tiene pocas maneras de ganarse la vida, *ma chère* —dijo Caroline con un acento francés cada vez más pronunciado, hasta llegar a ser irritante. Irguió la espalda y agarró la empuñadura del sable, temblando por la lluvia y el granizo que se colaban en la habitación a través de la ventana rota—. Pero si una sabe tocar el piano y reírse de muchos chistes malos, puede llegar lejos.

—Por eso no podía casarse con el capitán Peña —comentó Beatrice.

—Es un buen hombre, pero no tiene dinero —reconoció Caroline—. No podía renunciar a otros pretendientes más prometedores. Son mi fuente de ingresos. Sus regalos y favores pagan todo lo que tengo.

Beatrice apretó los labios y Caroline sonrió.

—Está impresionada, ¿a que sí?

—Claro que no —dijo Beatrice, pero la sonrisa de Caroline se ensanchó todavía más.

—Nunca se le ha dado bien mentir, Beatrice. Puede que sepa ver cómo son los demás... pero las personas a las que observa también la observan a usted.

—No me parecen bien las cosas que ha hecho —dijo Beatrice, y apretó con más fuerza el atizador.

—No somos tan distintas —respondió Caroline—. Vivimos en un mundo que cree que las mujeres son delicadas, indefensas y bobas. Un mundo que da por hecho que todas las mujeres tienen los mismos deseos. Es muy limitante. Pero las dos nos negamos a que nos encasillen. Tenemos deseos propios, *n'est-ce pas?*

—Tal vez sea cierto, pero no soy como usted —se defendió Beatrice, tanto asombrada como disgustada por las palabras de Caroline—. No voy por ahí asesinando a la gente porque no me guste cómo funciona la sociedad.

—Qué alma tan encantadora... —dijo Caroline—. Pero antes ha acertado: yo no maté a Edmund Croaksworth.

De pronto, Beatrice se abalanzó sobre ella y le puso el atizador en la garganta.

—Enséñeme las manos —le ordenó.

La otra levantó las manos, con los dedos perfectos y sin una sola herida. En ese momento Beatrice supo (aunque la embargó la decepción) que Caroline decía la verdad.

Quien había atacado a Beatrice, dos veces ya, tenía que ser el asesino. Y debería llevar una marca en el punto en que su pendiente se había clavado en la carne. Caroline no tenía ninguna marca semejante.

—Pero se notaba su perfume en el cuartito de los tónicos —murmuró Beatrice—. Evening Rose.

—Su primo no es la única persona a la que le gusta robar en Stabmort —dijo Caroline encogiéndose de hombros—. La colección del señor Ashbrook vale una fortuna.

Beatrice bajó un poco el atizador, desconcertada, y Caroline aprovechó para apartarlo con el sable. El atizador cayó al suelo con estruendo. Caroline siguió avanzando con el alfanje y Beatrice, ahora desarmada, contuvo la respiración.

En ese momento, un carruaje con ponis cruzó a toda velocidad el jardín delantero y se detuvo junto al ventanal roto de la sala. El capitán Peña iba en el asiento del cochero, con las riendas en las manos.

—Solo hay un hombre capaz de capitanear un barco con esta tormenta. Y, *c'est vrai*, lo amo de verdad. —Caroline miró hacia la ventana y entonces dio un paso adelante. Beatrice se preparó para el golpe, pero, para su sorpresa, Caroline bajó el arma—. Es lista, *ma chère* —dijo en voz baja, para que solo la oyese Beatrice. A tan poca distancia, la joven pudo ver detalles del rostro de Caroline que hasta entonces le habían pasado inadvertidos: las arrugas de la frente, cuidadosamente disimuladas con los polvos de maquillaje; los ojos, más agudos, más astutos de lo que aparentaba—. Juega con sus propias reglas —continuó Caroline—. Sería una embaucadora excelente. —Extendió una mano. El viento le puso el pelo castaño delante de la cara—. Venga conmigo. Juntas tendríamos una fuerza imparable. Los caballeros ricos caerían a nuestros pies.

Beatrice se quedó mirando la palma extendida de Caroline.

—Si va a salirse del molde —dijo esta—, ¿por qué no lo utiliza en su beneficio? ¿No está cansada de no tener nada? ¿No quiere obtener algo por sí misma?

—Sí —dijo Beatrice despacio—, pero no quiero unas cuantas joyas, regalos y halagos falsos. Quiero justicia.

Y Beatrice dio un paso al frente... no para irse con Caroline, sino para impedirle que huyera. La mujer pareció anticipar su movimiento y saltó por la ventana. Quiso alcanzar el carruaje, pero Beatrice la agarró por el tobillo, irritantemente delicado. Caroline estaba atrapada, con medio cuerpo en la sala y medio cuerpo en libertad.

—¡Amor mío! —gritó el capitán Peña.

—Como quiera, Beatrice —dijo Caroline—. Habríamos sido imparables.

Entonces se apartó el pelo empapado y, sin saber cómo, consiguió hacer un movimiento elegante a la par que daba una patada a Beatrice. Se montó en el carruaje y cerró la portezuela.

El capitán Peña hizo restallar las riendas y los caballos se pusieron en marcha. Beatrice hizo ademán de perseguirlos, pero luego se quedó quieta junto a la ventana, jadeando de rabia. El carruaje y los ponis ya eran una pequeña mancha en la tormentosa distancia.

Caroline Wynn se había fugado.

30

Trucos

Los muebles de la sala de estar retemblaban con las ráfagas de viento que entraban por el hueco abierto en la ventana, los tonos pastel antaño impolutos estaban cubiertos de relucientes lascas de cristal y gotas de lluvia.

Con la respiración entrecortada, Beatrice se volvió hacia el inspector Drake, que seguía en el sofá.

—No puedo creer que Verity Swan se me haya escapado por segunda vez —gruñó. Tiró con insistencia de las esposas y el metal se le clavó en las muñecas—. ¡Se me ha vuelto a escurrir entre los dedos!

—Discúlpeme —dijo Beatrice con brusquedad—. Podría darme las gracias por salvarle la vida «por segunda vez».

El inspector Drake bufó mientras continuaba forcejeando con las esposas.

—Déjeme a mí. ¿Dónde está la llave? —preguntó impaciente Beatrice.

El inspector Drake señaló el bolsillo.

—No llego —comentó.

Beatrice se acercó a él y se arrodilló. De forma incómoda y lenta, deslizó una mano dentro del bolsillo del detective y sacó una llavecita de metal. Abrió las esposas, que cayeron al suelo con un golpe seco.

Drake se frotó las muñecas donde le habían apretado los hierros, todavía airado, pero luego se reclinó en el sofá y soltó un profundo suspiro.

—¿Dónde ha aprendido esgrima? —le preguntó mirándola a los ojos.

—Leí que sir Huxley opina que un inspector debe saber esgrima, así que aprendí por mi cuenta en secreto a partir de un libro —respondió Beatrice—. Nunca pensé que llegaría a poner en práctica esta habilidad, pero debo admitir que ha sido muy emocionante.

Drake se apoyó en el respaldo del sofá y un rizo del pelo negro le cayó en el ojo.

—Soy tonto. Vi el agua en el dobladillo del vestido de Caroline... Bajé porque sospechaba que tramaba algo... pero entonces se desmayó. Me pilló desprevenido. Antes de que me diera cuenta me había encadenado a este ridículo diván.

—Odio admitirlo —dijo Beatrice, desplomándose en un asiento cerca del inspector—, pero en realidad ella me cae mejor ahora.

—¿«Ahora»? Pero ¿no era su mejor amiga? —preguntó el inspector Drake.

—¡Yo nunca he dicho eso! —exclamó irritada Beatrice—. Salta a la vista que apenas nos conocíamos... Pero ahora que sé que era una impostora desde el principio, la respeto más. El hecho de que consiguiera engañarle incluso a usted...

—Disto de ser infalible, señorita Steele —dijo Drake, y se pasó una mano por el pelo oscuro en señal de exasperación—. Creo que esta noche ha quedado más que patente. Debería dejar a Huxley la tarea de resolver crímenes.

—El asesinato de DeBurbie fue el primer crimen que me llamó la atención —dijo Beatrice—. Recuerdo que encarcelaron al mayordomo.

Al mismo tiempo, ambos añadieron:

—Nunca pensé que lo hiciera él.

Compartieron una tímida sonrisa.

—Sir Huxley no quería acusar a Verity Swan. Habría sido muy poco considerado, teniendo en cuenta que estaba enamorado de ella —aclaró Drake—. La lógica se fue al garete. Verity insinuó que el mayordomo parecía malvado y sir Huxley saltó sobre él y declaró que era el principal sospechoso.

—Recuerdo que se apartó usted de Huxley a causa de esa desavenencia. Lo leí en el periódico.

—Me echó de nuestra sociedad —explicó Drake—. Perdí el acceso a nuestro despacho y él obtuvo todo lo que quería.

—Salvo la mano de Verity Swan —dijo Beatrice.

—Sir Huxley tenía infinidad de mujeres esperando entre bambalinas —se mofó Drake—. Una vez que arrestó al mayordomo, lo alabaron por sus galantes dotes para resolver misterios.

—Y toda esa distracción permitió que Verity Swan desapareciera con las joyas —añadió Beatrice—. De eso hace dos años —dijo cayendo en la cuenta—. Justo cuando «Caroline Wynn» llegó a Swampshire.

—No me cabe duda de que planeaba esconderse aquí, en medio de la nada, hasta que se apagase el interés público en el caso —dijo Drake, y suspiró—. Huxley consiguió una columna semanal en el periódico y yo conseguí un piso diminuto en las afueras de la ciudad y un número de clientes tan escaso que apenas me permiten ganarme el pan. Y Caroline se fue de rositas y lo consiguió todo.

—Bueno. Todo no —dijo Beatrice.

Se metió la mano en el bolsillo y sacó la gargantilla de esmeraldas, cuyas gemas relucían a la luz de las velas.

—¿Cómo ha...? —empezó a preguntar Drake.

—Se la quité del bolsillo cuando se puso a hablar conmigo para intentar convencerme de que me uniera a ella —dijo Beatrice, y se encogió de hombros—. No pude resistirme a darle un poco de su propia medicina.

Drake esbozó una leve sonrisa.

—Debería arrestarla. Al fin y al cabo, cuando me di cuenta de que Huxley era demasiado sentimental, juré que nunca cometería ese error.

—¿Sabe qué, inspector? —dijo Beatrice con ternura, y acarició el collar con los dedos—. Tiene permitido experimentar emociones. No siempre son malas.

—Habría discrepado, hasta que la conocí —dijo él, sin dejar de mirarla a los ojos.

—Aunque su insistencia en las pruebas no es del todo equivocada —reconoció Beatrice—. Al fin y al cabo, no había ningún indicio de que Caroline fuera la asesina.

—Ojalá hubiéramos sido capaces de llegar a esa conclusión antes de que la investigación se complicase tanto —dijo Drake, y negó con la cabeza con amargura.

—No es el caso mejor llevado que conozco —admitió ella—. Pero quizá es porque lo hemos enfocado de un modo erróneo.

—Entonces... ¿qué hacemos ahora? —preguntó Drake, mirándola expectante.

—Volvamos a repasar las pruebas —propuso Beatrice, y se metió la gargantilla en el bolsillo.

Drake asintió despacio, se inclinó hacia delante para acercarse un poco...

Y entonces se detuvo.

—¿Ocurre algo? —preguntó ella, sin resuello.

Él alargó la mano hacia el escote de Beatrice y sacó la botellita de belladona.

—¿Cómo se atreve, sir? —se apresuró a decir Beatrice, y trató de recuperarla—. ¡Eso no tiene la menor importancia! Deberíamos volver al punto en el que estábamos...

Pero el inspector Drake apartó la ampollita para que no pudiera cogerla. Examinó la etiqueta y luego miró a Beatrice, a la par que ataba cabos.

—Louisa —dijo en voz baja—. Lo hizo Louisa, ¿verdad?

—No —respondió Beatrice con voz ronca—. No fue ella. Sabía que usted pensaría que había sido mi hermana. Por eso le oculté...

—He confiado en usted —la interrumpió Drake, y negó con la cabeza una vez más—. Pese a lo que me dictaba el buen juicio, basándome en mis «emociones» confié en usted. Pero no ha sabido dejar a un lado su propio interés. —Apretó fuerte la botellita, temblando de frustración—. ¿Cómo ha podido hacerlo, Beatrice? La vida de varias personas está en juego.

—Sir Huxley har... —empezó a decir Beatrice.

—¿Quiere que le cuente la verdad sobre sir Huxley? —la interrumpió el inspector incorporándose de un brinco—. ¡No hace absolutamente nada! Cuando éramos socios, estaba tan obsesionado con ser un «caballero» que convertía los buenos modales en una devoción cegadora. Yo me encargaba de todo lo referente a encontrar pruebas, tomar declaraciones... Todo el trabajo aburrido que Huxley no se molestaba en hacer.

—Pero luego se escindieron, como usted acaba de explicar —contratacó Beatrice—. Huxley ha estado resolviendo casos por su cuenta. Y, además, este asunto no tiene que ver con él...

Drake se rio sin una pizca de humor.

—¿Ah no? «Resolviendo casos». Digamos que lo que hace es publicar los detalles del caso que lleva entre manos en el periódico, para que los informantes le escriban y le digan quién lo hizo.

Lo único que le preocupa es entretener a las damas que quieren estar con él y medirse con los caballeros que quieren «ser» él.

—¿De qué habla? —espetó Beatrice—. Huxley no es un fraude. Está usted resentido, nada más.

—Estoy resentido. Lo admito. Pero también tengo razón. ¿Por qué cree que Huxley siempre pide a sus fans que le escriban? Ese hombre es un timo.

—Pero... ¿De verdad le son útiles esas cartas a Huxley? —preguntó Beatrice, de pronto falta de aliento.

—Tengo entendido que gran parte de esas cartas no son más que conspiraciones sin pies ni cabeza de admiradoras locas —reconoció Drake—. Pero de vez en cuando debe de recibir algún razonamiento útil, que es lo que le permite resolver tantos casos.

Al oír esas palabras Beatrice cayó en la cuenta de algo.

Ella era una de esas admiradoras. Su lectora más devota. Hacía años que escribía a Huxley, que compartía con él sus pensamientos sobre los casos. Siempre había creído que el detective no llegaba a leer sus cartas. Pero en ese momento pensó: ¿estarían sus misivas entre las que contenían conspiraciones sin pies ni cabeza o serían sus comentarios piezas clave para resolver los crímenes?

—¿Por qué no va a sentarse junto al fuego en alguna habitación de la casa? —Drake interrumpió sus pensamientos, con la voz cargada de condescendencia—. Sus padres se quedarán desolados si una de sus hijas acaba en la cárcel y la otra se muere de frío. Porque Louisa mató a Croaksworth... estoy convencido.

Dio un paso hacia la puerta doble de la sala, que había quedado hecha añicos.

Beatrice se quedó donde estaba, vacilante.

Entonces agarró el atizador y se interpuso delante de Drake, para impedirle salir.

—¿Qué hace? —gruñó él.

—Lo siento, inspector —dijo la joven, asombrada ante su propia actitud, pero incapaz de retroceder ya—. Debo pedirle que me dé las esposas y la llave.

Drake no hizo nada. Beatrice notaba la palma húmeda. No creía que tuviera el valor de atizarle de verdad, y sabía que él sabía que su amenaza era un farol.

Así pues, dejó caer el atizador al suelo y se le echó encima. Beatrice nunca había sido tan atlética como su hermana, pero el factor sorpresa jugó a su favor: Drake estaba tan aturdido que soltó las esposas y la llave. La joven las agarró y lo empujó hacia el sofá. Luego le puso las esposas y lo encadenó al diván.

—Pero ¿qué hace? —volvió a preguntar, casi aullando, y ella se retiró, con la respiración entrecortada.

—Odio que tenga que ser así —dijo Beatrice, y se metió la llave en el corpiño.

Luego, mientras él forcejeaba tratando en balde de liberarse, le metió la mano en el bolsillo. Sacó la ampollita de belladona y la tiró al suelo. Con el zapatito de raso, la machacó en mil pedazos.

—Ha cometido un grave error —rugió Drake.

—No, inspector —dijo Beatrice—. Confío en mi instinto. Regresaré para liberarlo cuando haya demostrado de una vez por todas que mi hermana no ha hecho esto... y por fin haya atrapado al infame que lo hizo. Porque si hay algo de lo que estoy convencida es de que Louisa es inocente.

Dejó al inspector Drake esposado al sofá, mientras los truenos y los relámpagos retumbaban fuera.

Querido Edmund:

Confío en que su viaje vaya bien. Le escribo para ponerle al corriente de mi estudio del testamento de su padre.

Los asuntos de su padre estaban en su mayor parte en orden, y no se preocupe: su fortuna está a salvo. El señor Croaksworth sénior no debía dinero y había protegido con cuidado su capital principal.

Sin embargo, entre sus pertenencias he encontrado algunos documentos que debería ver usted. No es nada urgente, pero podría resultar interesante. Los documentos le estarán esperando cuando regrese de Swampshire y Bath.

Atentamente,

Señor Oliver Taylor, abogado

31

Propuestas

Beatrice corrió como una centella por los pasillos, con el corazón en un puño, sobresaltándose con cada sombra... pero aun así decidida. Siempre había sentido que ganaba confianza cuando Huxley llegaba a las mismas conclusiones que ella en sus casos, pero en ese momento se dio cuenta de que no era solo una admiradora con una forma de discurrir parecida. Durante todo ese tiempo, Beatrice había sido quien ayudaba a Huxley a averiguar la verdad. No necesitaba esperar a que Huxley llegase a Swampshire para resolverlo todo. No le quedaba el menor atisbo de duda: ella sería capaz de atrapar al asesino. Al fin y al cabo, ya lo había hecho otras veces.

Se encontró delante de una puerta y la empujó para abrirla. Caminaba con sigilo, casi no se atrevía a respirar.

El estudio. Ahí era donde tenía que haber sucedido el envenenamiento, estaba segura. Algo había ocurrido durante la funesta partida de cartas que les había pasado inadvertido a Drake y a ella.

Antes la había analizado con la mirada velada, lo sabía. Había hecho presuposiciones acerca de quién había participado en la partida, qué había sucedido. Ahora volvería a analizarlo todo con ojos decididamente nuevos.

Beatrice entró, recorrió la sala y apartó la alfombra que ocultaba la trampilla. Tiró de ella para abrirla, pero antes de que pudiera bajar la escalera hasta la reducida habitación inferior, por el rabillo del ojo vio que algo se movía en un rincón del estudio.

Cuando alzó la mirada descubrió al señor Grub, que dio un paso al frente y quedó bañado por la luz de la luna. Estaba cubierto de sangre.

—Socorro —dijo con voz débil el herido, y entonces se desplomó.

Beatrice suspiró y se incorporó de inmediato. Intentó agarrar a Grub mientras caía, pero era más robusto de lo que daba a entender su enclenque constitución y la joven se cayó bajo el peso del hombre. Con dificultad, logró llevarlo hasta un sillón.

Tenía la cabeza inclinada hacia un lado y un largo hilo de baba le caía de los labios agrietados.

—Primo —susurró Beatrice con apremio, y le sacudió por los hombros—. Señor Grub, ¿me oye? —Él soltó un gemido de agonía que indicaba que estaba despierto, pero no muy consciente—. Intente concentrarse —dijo apurada—. ¿Quién le ha hecho esto?

—No... lo he... visto —jadeó el señor Grub—. Me golpeó... por... detrás.

Beatrice miró como loca por todo el estudio, pero la sala estaba en silencio. No se veía a nadie más. ¿Sería la misma figura de la capa que la había atacado a ella? Volvió a mirar a Grub.

—Sangra mucho —susurró la joven, y sacó el pañuelo. Tenía todo el cuerpo rojo, pero ella era incapaz de saber por dónde salía el líquido—. Creo que tendré que coserle el corte... Y le pido disculpas de antemano, porque se me da fatal coser...

Le miró la cabeza, donde la sangre emplastaba su pelo grasiento. De repente, se quedó petrificada.

Había una florecilla minúscula en medio de sus rizos. La sacó.

—Madreselva —susurró.

—Dulce —dijo el señor Grub—, como tú, mi querida Beatrice.

De pronto, su voz sonó tranquila, ya no jadeaba ni parecía ahogado. La agarró de la mano y, con terror, la joven se dio cuenta de que la miraba fijamente.

—¡No tiene ninguna herida! —exclamó mientras intentaba liberar la mano. El señor Grub la sujetó con más fuerza.

—Tinta roja. ¿A que soy listo?

—¿Qué? —preguntó Beatrice, horrorizada, y el señor Grub se acercó a ella un poco más.

—Tenía que conseguir que te fijaras en mí como fuera —gimoteó—. No es fácil de lograr, Beatrice. Siempre estás tan distraída...

—No lo entiendo —dijo ella, nerviosa. Miró alrededor en busca de una vía de escape, pero el señor Grub seguía apretándole la mano con fuerza.

—Siempre supe que serías mi esposa. —El señor Grub jadeó—. Tiene sentido, ¿verdad? Estamos hechos el uno para el otro. —Con la mano que le quedaba libre se limpió la tinta roja y los mocos de la nariz—. Tú no tienes miedo a la muerte... y la muerte me sigue a todas partes. Quizá seas la única mujer que podría soportar casarse conmigo.

—Créame, le aseguro que no —dijo Beatrice horrorizada, pero Grub la aferró todavía más fuerte. Tenía las manos ásperas y callosas.

—Me enteré de que Edmund llegaba al pueblo para intentar conquistar a todas las mujeres —continuó Grub—, así que esta noche era mi última oportunidad de asegurarme de que fueras para mí. De un modo u otro.

—El señor Croaksworth estaba interesado en Louisa, no en mí —dijo Beatrice.

Se hallaba muy cerca de la puerta, de la libertad. Pero el señor Grub le bloqueaba el paso, sin soltar las zarpas que le apresaban la mano.

—Entonces ¿por qué ella se pasó toda la velada hablándole a Edmund de ti? —quiso saber.

—Ella ama a Frank, ¿es que no ha prestado atención durante la cena? —dijo Beatrice mientras calculaba mentalmente los ángulos desde los que podría atacar—. Por eso le hablaba a Croaksworth de mí, con la esperanza de que tal vez así se olvidara de ella. De ese modo yo aseguraría el futuro de la fortuna de mi familia y ella sería libre para casarse con el hombre que de verdad deseaba. Y —continuó— también me gustaría recordarle que Croaksworth ha muerto, de modo que ya no supone una amenaza.

—Pero ¿qué me dices de Daniel? —preguntó Grub bajando la voz.

Beatrice no respondió, sino que bajó la mirada a las botas del señor Grub. Tenían pequeños pegotes de barro seco, apenas visibles, como si hubiera intentado limpiarlas pero hubiera descuidado algunos puntos.

—Señor Grub —dijo la joven, al notar la flor de madreselva que él llevaba en el pelo todavía aplastada en el puño—, ¿ha estado en Adler's End?

De repente recordó el principio de la velada. La mancha de barro en la alfombra. El ramillete de madreselva. Y entonces pensó en la zanja que había junto al arroyo. Un hoyo, como una tumba, muy cerca de un arbusto de madreselva. Una pala al lado. Las manos bastas de Grub, callosas... como si hubiera estado cavando.

—Sé cómo sois las mujeres —dijo Grub—. Siempre queréis ser protagonistas de algún dramático asunto del corazón. Pero es el momento de que aceptes mi propuesta.

—Cavó mi tumba —dijo Beatrice; se le heló la sangre por el terror—. ¿Por qué?

—Todo el mundo sabe que te deseo —dijo Grub, y le apretó tanto la muñeca que la joven sintió que se le entumecía la mano—. Confiaba en poder hacerte cambiar de opinión, que aceptaras mi proposición de matrimonio. Incluso emprendí aquella demanda judicial para que te sintieras obligada. Pero si eso no funcionaba, ¿cómo iba a soportar semejante indignidad? ¿Cómo iba a verte con otro hombre, o peor... cómo iba a verte sola, sin ningún hombre que disfrutara los frutos de tus entrañas?

—Entonces ¿pensó que si no se casaba conmigo me mataría? Como siempre, me apabulla su romanticismo, pero no puedo aceptar ninguna de esas opciones.

Dicho esto, Beatrice se zafó y dio un paso atrás. Grub intentó atraparla y sus dedos agarraron la manga de la chaqueta de Drake. En ese momento, Beatrice dio gracias porque la prenda estuviera tan vieja, pues la manga se desprendió y Grub se quedó con ella en las manos. Volvió a tratar de alcanzarla, pero Beatrice logró escabullirse antes.

—Siempre tan escurridiza y difícil de atrapar —sollozó—. ¿Por qué me torturas así?

—Jamás conseguiría salirse con la suya —dijo Beatrice. Le temblaba todo el cuerpo—. Ni siquiera supo cavar una tumba lo bastante honda para ocultar un cuerpo. Esa zanja tan plana habría dejado expuesto... —Iba a decir «mi cadáver», pero no se atrevió.

—Solo lo habría hecho si me rechazabas —dijo el señor Grub como si fuera razonable. Se postró de rodillas y alzó la mirada hacia ella—. Eres mi herencia. Y yo siempre consigo mi herencia. Así que si no puedo tenerte... nadie podrá.

—¿Por eso mató al señor Croaksworth? —insistió Beatrice. Estaba tan cerca que necesitaba saber la verdad.

—Yo no he tenido nada que ver con eso —dijo el señor Grub, y sus ojos oscuros se agrandaron—. Aunque no me dolió verlo caer.

Rebuscó en el bolsillo y sacó un papel escrito también con tinta roja.

Beatrice se espeluznó al ver que era una especie de poema.

—Te he escrito esto —dijo el señor Grub sin resuello—, ahora mismo, en el estudio. «Oh, tus ojos brillan como las monedas, serás mía... como las monedas...».

—¿Qué ocurre aquí? —preguntó una voz con autoridad.

Beatrice y Grub se dieron la vuelta y vieron a Daniel de pie en el vano de la puerta del estudio, con el pelo rubio reluciente y una expresión horrorizada por la estampa que tenía delante.

Beatrice aprovechó el momento de distracción. Tiró de la alfombra que Grub tenía bajo los pies y este trastabilló. Una pequeña y peluda rata de broma salió despedida de debajo de la alfombra y Grub se tropezó con ella, chillando. Perdió el equilibrio por completo y acabó cayendo por la trampilla abierta. Daniel se adelantó ágilmente y cerró de golpe la portezuela. Luego pasó el pestillo para que Grub no pudiera abrirla desde abajo.

Daniel y Beatrice se miraron el uno al otro un instante, ambos con la respiración entrecortada, y entonces Beatrice se desplomó en brazos de Daniel.

—Iba a matarme —sollozó, y Daniel la arropó en sus brazos.

—No se lo habría permitido —dijo él con firmeza. Le dio un abrazo cálido y fuerte—. Ahora estoy aquí. Estás a salvo.

Carraspeó y luego se apartó un poco para mirarla a la cara. Sus ojos centelleaban de emoción a la luz tenue y Beatrice percibió que el ambiente cambiaba.

—¿Qué ocurre? —preguntó la joven con un hilillo de voz.

—Beatrice... Sé que no es el momento ideal. Pero nada de lo que ha sucedido esta noche ha sido ideal. —La luz de las velas se reflejó en sus rizos dorados perfectamente peinados—. Mi padre tomaba todos los tónicos que podía, pero no pudo evitar la inevitabilidad de la muerte. A raíz de su trágico fallecimiento, esta noche he caído en la cuenta de la fragilidad de la vida... de la importancia de compartir los sentimientos con las personas a las que amas.

—¿Las personas... a las que amas? —repitió ella sin aliento.

—No puedo arriesgarme a que alguno de los dos sea asesinado antes de tener oportunidad de decirte que te amo, Beatrice —dijo Daniel, y le cogió las manos entre las suyas—. Creo que siempre te he querido, aunque hasta ahora no supiera verlo. Eres mi mejor amiga y quiero pasar el resto de mi vida haciéndote feliz. «Una esposa feliz, una vida feliz». Si me disculpas —dijo, y sacó un lápiz y un cuaderno del bolsillo—. Menudo dicho tan original y acertado se me acaba de ocurrir. Pese a la importancia de este momento, tengo que escribirlo. —Garabateó la frase, volvió a meterse el cuaderno en el bolsillo y la cogió de las manos de nuevo—. Como iba diciendo... ¿Me harías el honor de convertirte en la esposa del señor Daniel Ashbrook?

Beatrice lo miró parpadeando sin parar, muda por la emoción.

No sabía ni por dónde empezar a responder. Un inspector al que había maniatado la esperaba en otra habitación, su primo acababa de intentar matarla, seguía habiendo un asesino suelto, tenía una herida que sangraba e iba envuelta en la chaqueta del susodicho inspector, y en mitad de todo ese embrollo, su mejor amigo acababa de pedirle matrimonio. Era tal y como siempre se había imaginado una declaración de amor perfecta.

—No volverías a tener que preocuparte por el futuro de tu familia —continuó Daniel—. Yo cuidaría de ti. Viviremos tranquilos y en paz, lejos del crimen y el asesinato, lejos de actos como el que ha sucedido esta noche... «Quien se case con Ashbrook, lo aseguro, jamás sufrirá conflictos ni apuros».

Su amigo tenía razón; una vida con Daniel sería cómoda y socialmente aceptable. Casarse con él era lo que se esperaba de ella. Era el pretendiente perfecto.

«Pero quiero algo más —pensó Beatrice—. No quiero ocultar quién soy».

—Daniel —dijo despacio Beatrice—, yo no quiero vivir alejada del crimen y el asesinato. Me encantan los asesinatos. Bueno, me refiero a que me encanta resolverlos —añadió a toda prisa.

—Ya veo —dijo Daniel con el ceño fruncido—. ¿Esa... es tu respuesta?

—Creo que no deberíamos dejar que todos los demás decidieran qué es lo mejor para nosotros —dijo con cariño Beatrice—. Hay mucho mundo más allá de Swampshire, ¿a que sí? ¿No decíamos siempre que nos gustaría verlo? ¿Que queríamos experimentar más intriga, pasión, poesía...?

Bajó la mirada hacia el poema que le había escrito Grub. Estaba abandonado en medio del suelo del estudio, la hoja emborronada de tinta roja como si fuese una mancha de sangre. Tinta roja como la de la carta de Alice Croaksworth. Tinta roja que Grub había robado. Tinta roja que en origen pertenecía a otra persona.

Le pareció oír la voz de Drake en su mente mientras observaba el papel. «Mire con ojos imparciales...».

Se volvió para mirar la mano de Daniel, que sujetaba la suya, y le agarró el puño de la camisa para levantarle la manga. Allí, marcado en la piel de la muñeca, había un largo arañazo.

—No lo entiendo —dijo Daniel, que seguía mirando a Beatrice, a la espera—. ¿Eso es un no?

—Sé quién lo hizo —dijo Beatrice, observando a Daniel como si lo viera por primera vez—. Sé quién mató a Edmund Croaksworth.

S. B., amor mío:

He recibido el vestido que creaste para mí. Me ha dejado admirada la tonalidad escarlata. Será el tono que elegiré para el Color del Año, desde luego... Hay que reconocer que esta vez te has superado. Tu arte no tiene parangón, aunque, por supuesto, ya lo sabes.

Mi baile de otoño se celebra esta noche. Edmund Croaksworth asistirá. Quizá recuerdes que me hizo una proposición, hace años, justo después de mi regreso de París. Sus padres se opusieron al matrimonio (tenían algo que objetar, nunca entendí muy bien por qué), pero para mí fue un alivio. Ese hombre no te llega ni a la suela de los zapatos. Sería una agonía fingir que estoy interesada en él ahora, como sé que debería hacer por el bien de mi padre. Él solo piensa en el legado de nuestra familia. Pero no te apures: cuando flirteo, es solo de cara a la galería. Tú eres la única persona a la que he amado.

Cada vez que veo las rosas que nacieron de las semillas que me enviaste se me rompe el corazón. Llenaré el salón de baile con esas rosas esta noche para imaginar que estás aquí conmigo.

Tuya,

Arabella

32

Revelaciones

El silencio reinaba en el estudio. Una mosca revoloteaba junto a una copa de oporto abandonada en el pequeño escritorio. Aterrizó en el borde, resbaló y se cayó en el líquido; se fue ahogando poco a poco, un diminuto zumbido contra el cristal.

—Me atacaste —dijo Beatrice, aunque las palabras se le atascaron en la garganta—. Intentaste matarme.

—¿Beatrice? ¿Te ha entrado un ataque de histeria? ¿Es eso? —preguntó Daniel, con una máscara de preocupación en el rostro.

Beatrice se apartó de él con el corazón latiendo desbocado.

—No puedo creer que no me diera cuenta antes —comentó. Se dirigió al escritorio, donde había una libreta plateada. Escritas con letra pulcra en la portada estaban las palabras: «*Consejos útiles*, por Daniel Ashbrook»—. Si alguien necesita una hoja suelta, no la encontrará en Stabmort Park —dijo Beatrice.

—«Un papel suelto y arrugado da un aspecto muy dejado» —recitó Daniel con voz afectuosa.

—Exacto. Para escribir algo habría que arrancar una hoja de un cuaderno, ¿verdad? Y este siempre está a mano. Al fin y al cabo, te pasas el día añadiendo aforismos.

Echó un vistazo a la parte final del libro, donde faltaban varias páginas, como si las hubieran arrancado. Sostuvo la nota del señor Grub junto a cada uno de los bordes dentados, hasta que por fin encontró uno con el que encajaba a la perfección.

—El señor Grub siempre roba cosas de Stabmort Park. Papel... tinta... —murmuró Beatrice—. Y alguien más debió de tener la misma idea. Otra persona arrancó una hoja de esta libreta para escribir una carta. Alice Croaksworth.

Miró a la cara a Daniel. Un rayo de luna iluminaba la mitad de su rostro. De repente le pareció un desconocido.

—¿Una carta? —preguntó Daniel con genuina sorpresa.

—Tu padre dijo que no había jugado a las cartas en el estudio —siguió Beatrice—. Era un hombre raro, sí, pero no olvidadizo. Creo que quien jugó a las cartas fuiste tú. La «A» correspondía a «Ashbrook»... pero no al Ashbrook que nos hiciste creer que era. Mentiste.

Daniel la miró un instante.

—No sé de qué me hablas, Beatrice. Si esta es tu forma de rechazarme...

—Pensaba que el señor Croaksworth era amigo tuyo —lo interrumpió Beatrice—. Pero ahora creo que fuiste su asesino.

Daniel le aguantó la mirada y luego, poco a poco, apartó la vista. Anduvo con paso despreocupado hasta la chimenea, donde brillaba el leve resplandor de las ascuas. Agarró un atizador y empezó a avivarlas, hasta conseguir que de estas resurgiera una llama.

—Edmund fue amigo mío, en tiempos. Estábamos muy unidos en el internado. Me presentó a Alice con la esperanza de que entablásemos una relación... Yo le presenté a Arabella con la misma intención. Incluso se le declaró. —Negó con la cabeza, con amargura—. Si Arabella se hubiera casado con Edmund en aquella época, todo esto habría podido evitarse.

—A tu hermana nunca le interesó el señor Croaksworth —dijo Beatrice, pensando en los bocetos que forraban las paredes del dormitorio de Arabella. Todos ellos firmados con el mismo nombre: «Sophie Beaumont».

—Arabella se encaprichó tontamente de una modista de París —dijo Daniel—. Sí, una mujer.

—¿Te parece que solo fue un capricho tonto? —preguntó Beatrice, y negó con la cabeza—. Es evidente que Arabella todavía suspira por ella.

Beatrice ya lo había intuido antes, y en ese momento supo que era verdad. A Arabella nunca le habían atraído los hombres.

—Puede que tengas razón, pero carece de importancia. No podíamos permitirnos que fuese tan egoísta. Necesitábamos esa seguridad, sobre todo después de la muerte de mi madre —dijo Daniel, con voz cada vez más desesperada.

Beatrice recordó a Daniel en el funeral de su madre, vestido de negro... con la cara compungida.

—La tuberculosis se llevó a tu madre tan rápido... Ninguno nos lo esperábamos.

—Sí, se fue rápido —dijo Daniel—, pero el dinero todavía se esfumó más rápido. Madre siempre había frenado el derroche de mi padre, pero una vez que faltó ella nos dimos cuenta de la envergadura de la adicción que tenía él. Se gastó el capital principal de la familia en tónicos, cremas, tratamientos... cualquier cosa que pudiera aliviar sus enfermedades imaginarias. Dilapidó toda nuestra fortuna.

—Estáis en la ruina —dijo Beatrice con un escalofrío.

«El champán anulado». No es que el señor Ashbrook supiera que no habría nada por lo que brindar; era un indicio de la merma en la cuenta bancaria de los Ashbrook. Beatrice pensó en el retrato de la tía abuela Agnes, que se había desprendido de la pared. La señorita Bolton y ella lo habían considerado un mal augurio, pero no habían sabido ver lo que revelaba de veras:

la casa se pudría por dentro. El moho se estaba colando en sus cimientos. El empapelado tapaba los desperfectos para mantener las apariencias... pero, pese a todo, Stabmort Park estaba en ruinas.

—No tardaremos en perder la casa, todas las prendas de Arabella, mi biblioteca, todo. Y «Un caballero sin fortuna ni es caballero ni es nada... No es más que un cadáver que se pudrirá en las zarzas». —Daniel atizó con fuerza uno de los leños del fuego, le dio la vuelta y saltaron unas chispas—. Cuando estaba en el internado y me comunicaron la noticia de que mi madre había muerto y ya no teníamos fortuna, pensé que Edmund sería comprensivo conmigo —continuó Daniel—. Al principio sí lo fue: se lo contó a sus padres, creyendo que podrían ayudarnos. Pero en lugar de eso, le dijeron que dejase de relacionarse conmigo.

—Así que por eso pensaban los Croaksworth que erais inferiores —dijo Beatrice, quien por fin lo entendió todo—. Y por eso obligaron a Edmund a romper el enlace matrimonial con Arabella.

Daniel sonrió. Sus dientes brillaban amenazadores a la luz del hogar.

—Sí. Pero obtuve mi primera venganza. Hace dos años me reuní con Alice en Bath. Había pasado mucho tiempo desde mis días de estudiante, pero se acordaba de mí con cariño y nuestra antigua confianza se reavivó. Puedo ser arrebatador cuando me lo propongo. Se enamoró como una boba y nos fugamos. Era el plan perfecto: podría castigar a los Croaksworth por haberme ninguneado y obtendría acceso a su fortuna.

—¿Alice y tú os casasteis? —preguntó Beatrice, incrédula—. No sabía nada.

—Lo mantuvimos en secreto —respondió Daniel encogiéndose de hombros—. Ni siquiera se lo contamos a Edmund. Aun así, todo fue en balde. Sus padres la desheredaron en cuanto se enteraron de la boda. Me quedé sin modo de restaurar nuestra fortuna.

—Podrías haber trabajado —dijo Beatrice, que lo miraba horrorizada.

Daniel dejó de atizar el fuego.

—¡Cómo te atreves...! Jamás caería tan bajo. ¡Me repugna solo el pensarlo! —Volvió a avivar el fuego—. Hice lo que hacen los caballeros. Logré que todo el mundo creyera que seguía soltero, con la esperanza de agenciarme una esposa rica.

—Los Croaksworth sabían que Alice y tú estabais casados —señaló Beatrice.

—Sí, pero no querían que lo supiera nadie más. Ni siquiera su hijo —aclaró Daniel—. Le contaron a todo el mundo que su hija estaba en unas «vacaciones largas», para evitar el escándalo. Eran tan orgullosos que preferían perder a su hija antes que aceptarme como su esposo. Se llevaron el secreto consigo a la tumba. Gracias a Dios por su discreción.

—Pero Edmund no se creyó la mentira de las «vacaciones largas» —contratacó Beatrice—. Puede que sus padres no se lo contaran, pero antes de que os fugarais, Alice le mandó una carta desde Bath en una hoja arrancada de tu libreta. El inspector Drake y él iban rumbo a Bath para buscarla, y simplemente decidieron parar en Swampshire de camino... hasta que averiguó que tú eras el responsable de su desaparición. Edmund había leído esa carta mil veces. Seguro que se la sabía de memoria... Debió de reconocer el papel en cuanto vio que usabas el mismo para apuntar los tantos.

—Ah, de modo que fue así como lo descubrió —dijo Daniel, y la comprensión se reflejó en sus apuestas facciones—. Después de la partida de cartas se mostró receloso, pero no supe adivinar por qué. Ahora todo cobra sentido. —Sacó un papel del bolsillo y lo desplegó—. Propuse que jugásemos a cambio de secretos, como hacíamos de colegiales. Este era el mío.

«Estoy enamorado de Beatrice Steele», decía la nota.

—No es cierto —dijo Beatrice con el pecho encogido, y Daniel se rio.

—La gracia de apostar secretos, Beatrice, es que uno es libre de contar la verdad o no. Depende del honor de cada cual.

—Y tú no tienes honor —le recriminó seria Beatrice.

—Al principio no quería que Edmund viniera a Stabmort Park, pero pensé que podía valer la pena si me revelaba algún secreto jugoso. Luego yo podría utilizarlo para chantajearlo y conseguir el dinero que me merecía —explicó Daniel—. Pero insistió en que no tenía secretos. Era un libro abierto. Por eso, en lugar de un secreto se apostó una gran cantidad.

—Veinte mil libras —recordó Beatrice, pues lo había leído en un papel.

—Frank y Caroline babearon al ver los ceros. Me irritó, pero ¿qué podía hacer? Tuve que acceder. Quizá incluso pudiera ganar el dinero, me dije. Yo aposté mi secreto, Frank apostó algo envuelto en papel (supongo que era el camafeo de Louisa, que debía de considerar un secreto), y Caroline, por alguna razón, apostó un reloj de bolsillo. Al parecer, Croaksworth y ella también tenían algo entre manos; nos siguió a la sala para las cartas antes de que nadie pudiera protestar, un comportamiento muy inapropiado para una dama.

No era una dama, ahora Beatrice lo sabía, y sin duda Caroline estaba decidida a impedir que Croaksworth revelase algo sobre ella durante la partida. Pero Daniel no tenía por qué enterarse; sus propios actos habían eclipsado con creces cualquier cosa que hubiera hecho Caroline.

—Todos perdimos —continuó Daniel—. No me di cuenta de que mi falso secreto podía revelarle algo a Edmund. Siempre fue un lerdo cuando estudiábamos juntos.

—Puede que lo subestimaras —dijo Beatrice, tensa.

—Puede que sí —reconoció Daniel. Tiró la hoja con su secreto al fuego, y Beatrice observó cómo se rizaban los bordes—. Tal vez también subestimase a Alice... No sabía que había conseguido entregarle una nota a su hermano a hurtadillas.

El aire se cargó con el olor del humo de la chimenea, y los relucientes ojos azules de Daniel volvieron a parecer los de un extraño. A través de la neblina, miraba a Beatrice.

—Edmund se encaró conmigo —dijo el joven Ashbrook—. Exigió que le dijera dónde estaba Alice. Yo no sabía cómo había adivinado que yo tenía algo que ver... Lo único que sabía era que no podía permitir que se inmiscuyera.

—La señorita Bolton os oyó discutir en el pasillo después de la partida —recordó Beatrice.

«El señor Croaksworth sonaba enfadado —había dicho la señorita Bolton—. Me pareció oír: "Todavía no puedo demostrar nada, pero lo haré"».

Ojalá hubieran hecho caso a sus advertencias. La mujer tenía razón en que la casa estaba embrujada... Y Daniel era el espectro.

—Cambié de tema y le dije que ya hablaríamos de eso en otro momento. ¿A que es una maravilla que uno pueda utilizar las normas de etiqueta en su propio beneficio? En cuanto Edmund me dijo que pensaba pasar por Swampshire, urdí un plan por si acaso necesitaba deshacerme de él —dijo Daniel, con un tono increíblemente despreocupado para las atroces palabras que estaba pronunciando—. Y después de nuestra conversación, supe que tendría que llevar a cabo el plan. Mi padre guarda belladona a mano en el cuarto de los tónicos. Sabía que sería letal:

Arabella se pasa el día perorando sobre plantas, así que he aprendido muchísimo sobre botánica. No me costó nada sustituir el frasquito de mi padre por el de mi tónico de begonia, y nadie lo echó de menos.

—Por eso la puerta del gabinete de tu padre estaba abierta —dijo Beatrice con un arrebato de frustración.

Había tenido delante infinidad de señales, pero sencillamente le había parecido imposible.

—Al principio me pareció una feliz coincidencia que Edmund llegara con un invitado —continuó Daniel—. Así podría inculparlo a él sin problemas.

—Le metiste la ampollita de veneno vacía en el bolsillo —dijo Beatrice, que sintió un escalofrío. Rebuscó en el bolsillo de la chaqueta de Drake y sacó el recipiente de cristal—. El inspector Drake tenía razón... Era el arma homicida —susurró—. La escondiste ahí con la esperanza de que lo creyeran culpable a él.

—Sí, pero tuve la mala suerte de que resultara ser inspector —dijo irritado Daniel—. Tenía que encontrar otro sospechoso, y rápido.

—Louisa —susurró Beatrice—. ¿Cómo pudiste tender esa trampa a mi hermana?

—«Un asesino no deja pistas, ni tiene conciencia que lo asista» —dijo Daniel encogiéndose de hombros—. Vi que ella también tenía una ampollita de belladona y supe que era mi oportunidad. Se la quité y la dejé para que Drake la encontrara en el invernadero, junto con la flor del pelo de Louisa. Esta noche estaba muy distraída; fue fácil quitarle las dos cosas.

—Te rozaste con la planta de ortiga al dejar las pruebas falsas —siseó Beatrice, y se tocó el cuello, donde le había salido una erupción—. Todavía llevabas restos en los guantes cuando intentaste... estrangularme. —Se le quebró la voz.

Daniel había intentado estrangularla. Daniel había intentado culpar injustamente a Louisa de un asesinato. Era impensable.

—Fue bastante fácil convencer a mi padre de que había sido él el Ashbrook que había jugado a las cartas —continuó el joven, como si ella no hubiese dicho nada. Parecía que se divirtiera con la situación—. El menor comentario bastaba para convencer al viejo de que sufría cualquier afección. Le dije que la pérdida de memoria era un efecto secundario de los ataques de desmayos, y lo aceptó sin cuestionarlo...

—Frank y Caroline lo sabían —le interrumpió Beatrice—. Sabían que fuiste tú quien participó en la partida; jugaron contigo y con el señor Croaksworth.

—Los tres hicimos un pacto de silencio. Caroline no quería llamar más la atención (es evidente que ocultaba algo). Frank sentía pavor a que saliera a la luz su aventura con Louisa tras haber apostado su retrato. Ninguno de ellos sospechó de mí; simplemente les dije que creía que sería más sencillo si todos decíamos que no habíamos estado presentes. Pensaron que lo hacía por cortesía y deferencia. Que iba a «rescatarlos» con mi plan. Siempre dispuesto a hacer lo correcto.

A la luz del fuego encendido, los rizos dorados de Daniel enmarcaban su cara como un halo. Las últimas palabras del señor Croaksworth reverberaban en los oídos de Beatrice: «El ángel no tiene nada de ángel...».

—Intentó advertirnos contra ti —susurró Beatrice—. El señor Croaksworth nos desveló cuál era tu verdadera naturaleza, pero no teníamos la menor idea.

—«Si un hombre insiste en fisgar, al final la muerte se puede encontrar» —rugió Daniel—. Yo no quería matar a Edmund; fue culpa suya.

—Mataste a tu propio padre —dijo Beatrice con voz ahogada, casi incapaz de soportar la estampa de Daniel rebanando el pescuezo al pobre y torpe Hugh Ashbrook—. Pero no con el cuchillo que llevaba él en la mano...

Sintió un escalofrío al recordar el corte limpio que cruzaba la garganta del señor Ashbrook.

—«Un asesinato es coser y cantar... Con una pluma puede bastar» —recitó Daniel—. Debería haberlo hecho antes —prosiguió, sin remordimientos—. Así quizá habría quedado algún resto de nuestra fortuna. Intenté evitarlo esta noche, pese a todo (al fin y al cabo era mi padre), pero Drake y tú no parabais de pulular. No podía arriesgarme a que la verdad saliera a la luz. Jugué mis cartas a partir de lo que sabía de ti, Beatrice. Sabía que si le ponía los guantes de jardinería a mi padre utilizarías esa prueba para verificar lo que ya pensabas que era cierto. Y así nadie se daría cuenta de que el responsable era yo.

—Yo me he dado cuenta —siseó Beatrice.

—Sí —dijo Daniel, con una voz peligrosamente dulce—. Me has pillado.

—Tuviste la mala suerte de que se presentara el inspector Drake —dijo Beatrice—. ¿Por qué propusiste que yo le ayudase con la investigación, eh? —La joven buscó la respuesta en el rostro de Daniel—. Pensabas que entorpecería su labor, ¿verdad? Pensabas que lo complicaría todo. Pero te equivocaste. Y por eso trataste de estrangularme, de ahogarme en las aguas termales... Esto se me da mucho mejor de lo que esperabas. Incluso cuando todo el mundo creía que tu padre era el asesino, sabías que aún cabía la posibilidad de que yo descubriera la verdad.

—¿Por qué te haces la ofendida, Beatrice? —preguntó Daniel con una sonrisa—. Sé sincera: te encanta el crimen.

—Me encanta la justicia. Hay una distinción importante —gruñó Beatrice.

—Ambos conocemos la verdad sobre las personas. —Daniel se echó a reír—. Ambos sabemos que somos mejores que los demás, a pesar de lo que tenemos en los bolsillos y en la cuenta bancaria. O mejor dicho, a pesar de lo que «no tenemos». Ambos sabemos que merecemos algo más.

—¿Por qué todo el mundo se empeña en decirme quién soy? —dijo Beatrice, y negó con la cabeza—. Puede que quiera algo más... pero no así.

El movimiento de las llamas de la chimenea creó un brillo fantasmal sobre el rostro de Daniel. No había rastro de afecto en sus ojos fríos y resplandecientes cuando le tendió una mano.

—Cásate conmigo —insistió—. Podemos asegurarles a todos que mi padre fue el asesino. Podemos falsificar un testamento, decir que Edmund había llegado hasta aquí para legármelo todo. Al fin y al cabo, soy su mejor amigo. Puedo salvar a tu familia, darte sustento. Estaremos en la cúspide de la escala social de Swampshire. Seremos los más ricos, los más virtuosos. Ahora que soy el amo de Stabmort Park, puedo darte todo lo que quieras.

En ese momento Beatrice supo por qué Daniel se lo había contado todo, por qué había saboreado todas y cada una de las palabras de su confesión. De verdad pensaba que ella se quedaría impresionada. De verdad pensaba que así la conquistaría.

—Daniel... —dijo Beatrice despacio—. ¿Qué le ocurrió a Alice?

—Ya no me era útil.

Daniel se encogió de hombros y sacudió una mano con desdén.

Beatrice se quedó mirando la mano suave del joven y luego su cara bien cincelada. Antaño había pensado que era guapo, que podría ser feliz con él, pero ahora veía a Daniel tal y como era: un monstruo.

—Tengo un proverbio para ti —le dijo—. «¡A quien mate a un hombre o una mujer, mi mano jamás le daré!».

Y escupió directamente a sus ojos azules.

Mascullando, Daniel se limpió el esputo de la cara.

—Bah, qué rima tan mala —soltó. Tenía la expresión contraída por el puro odio—. Siempre has sido una pesadilla, todos estos años. «Una dama que no sabe dejar a los demás tranquilos, en la muerte cruel encuentra su destino».

—Sé quién eres —dijo Beatrice, y apretó los puños para no perder la calma—. Y pronto todos sabrán qué clase de hombre eres.

—Me parece que no —dijo Daniel. La sonrisa siniestra había vuelto—. ¿De verdad crees que iba a confesártelo todo para luego dejarte libre? Dado que te niegas a casarte conmigo... «En el infierno arderás, ¡y a nadie se lo contarás!». —Se dio la vuelta y, con un movimiento rápido, empleó el atizador para desperdigar varios leños por la habitación. Rodaron por la alfombra y dejaron un rastro de llamas entre Beatrice y la puerta—. ¡Así es como se crean los proverbios! —dijo con engreimiento.

—¡Jamás te saldrás con la tuya! —exclamó Beatrice, atragantada, y levantó las manos para protegerse de las llamas—. ¡Drake y yo te cazaremos!

—¿Te refieres a antes de que quedéis reducidos a cenizas? —la retó Daniel—. Lo dudo mucho.

—Olvidas que sir Huxley está en camino. Le he ayudado en sus pesquisas más de una vez... Puedo hacerlo de nuevo —se defendió ella.

—Ay, qué boba eres, Beatrice —dijo Daniel, con una mano en la puerta—. No llamé a sir Huxley. Nadie vendrá a salvarte.

Dicho eso, cerró de un portazo y dejó a Beatrice en un remolino de humo y llamas.

Querido Daniel:

¡Feliz Navidad! En este paquete encontrarás tu regalo. Ojalá te haga pensar siempre en tu querida amiga,

Beatrice

33

Caza

El estudio no tardó en nublarse con un humo oscuro y las llamas eran cada vez más altas. Beatrice se arrancó una tira grande del vestido y la utilizó para mantener a raya el fuego crepitante: con ella apagó las llamas de un retazo de alfombra lo bastante grande para poder cruzar la estancia sin quemarse. Casi a tientas, llegó a la puerta con los ojos y la garganta irritados y forcejeó con el pomo.

Estaba cerrada con llave; supo que la madera robusta del estudio no sería tan fácil de romper como las enclenques puertas de la sala de estar. Por supuesto que Daniel la había dejado encerrada, pensó furiosa. Ya no volvería a subestimarla.

—¿O sí? —susurró Beatrice casi sin resuello, y metió la mano en el bolsillo. Sacó un librito.

Puertas de la campiña inglesa.

Entrecerró los ojos para ver a pesar del humo y pasó las páginas con furia. Y entonces lo encontró: «Capítulo siete: Una oda a los cerrojos ingleses (¡y qué hacer si uno pierde las llaves!)».

Seguro que Daniel había empleado la información para hacer saltar el pestillo del cuartito de los tónicos de su padre, pensó Beatrice mientras repasaba las instrucciones. Probablemente a Daniel le hubiera parecido gracioso prestárselo a ella... convencido de que jamás sospecharía nada.

Se sacó dos horquillas del pelo y las colocó en la posición que indicaba la ilustración del libro. Estiró y retorció una de las horquillas en un intento de accionar el diminuto mecanismo del cerrojo para que encajara donde era preciso.

Notaba el calor a su espalda, las llamas se acercaban reptando. Se le atragantó el aire en la garganta y las lágrimas le surcaron el rostro de tanto humo. Las horquillas se le resbalaban sin cesar de los dedos y tenía las palmas húmedas por el sudor. Pero al fin oyó un clic... y la puerta se abrió.

Beatrice salió precipitadamente al pasillo. El humo acechaba detrás de ella, las llamas trepaban por las paredes como parras y enredaderas. Devoraron los retratos familiares, chamuscaron torsos y cuellos pintados.

Pero no vio a Daniel por ninguna parte.

Notó un movimiento a su espalda y se volvió de golpe... Pero en lugar de toparse con Daniel, se encontró cara a cara con Mary.

—He olido a humo —dijo Mary, y arrugó la nariz, como si olfateara.

—La casa está en llamas —anunció Beatrice con voz ronca—. Y Daniel es un asesino.

Mary abrió mucho los ojos.

—Yo me encargaré de él —añadió Beatrice, y su hermana asintió con la cabeza.

—Déjame a mí la evacuación. Sacaré a todo el mundo de aquí. Los llevaré a la espalda si hace falta.

Salió disparada hacia el vestíbulo a una velocidad inhumana. Beatrice corrió en la otra dirección, por el pasillo.

¿Adónde habría ido Daniel?

Cuando la había atacado, había desaparecido del mismo modo, pensó. Se había esfumado, una silueta oscura volatilizada, como por arte de magia.

Entonces posó la vista en el inmenso espejo. Su marco dorado no estaba cubierto de polvo, a diferencia del resto de retratos y espejos que había en el pasillo. La señorita Bolton había mencionado algo al respecto unas horas antes, pensó Beatrice... Y entonces advirtió que un lateral del espejo no era tan liso.

Tenía goznes, como una puerta. Y la puerta se estaba abriendo.

Beatrice se ocultó justo a tiempo de ver a Daniel saliendo a toda prisa de detrás del espejo. La puerta abierta reveló un túnel oscuro y estrecho que conducía a algún lugar de las profundidades de Stabmort Park.

El movimiento brusco de Daniel al salir de ese túnel hizo que varios retratos y espejos cayeran de las paredes. Aterrizaron con un estruendo de cristales rotos y madera astillada, y Beatrice levantó las manos para protegerse la cara.

—Eres incapaz de quedarte donde te corresponde, ¿eh? —le recriminó Daniel mientras avanzaba entre las esquirlas. Sus zapatos aplastaban los cristalitos y los hundían en la moqueta.

Se envolvió la mano en un pañuelo, se agachó para recoger un pedazo de cristal roto y entonces fue a por ella. Beatrice se agachó y rodó por el suelo; al apoyar la cadera notó algo duro.

Era el único objeto que le quedaba en el bolsillo, así que lo sacó. Daniel se aproximó y levantó el cristal roto una vez más... Y Beatrice le golpeó justo en la entrepierna con *La guía para damas de Swampshire (edición de viaje)*. El agresor se dobló hacia delante, aullando de dolor.

—Te hace más falta a ti que a mí —dijo la joven jadeando, y se incorporó como pudo.

Las llamas serpenteaban por las paredes, el damasco se rizaba al arder, pero lo único que notaba Beatrice era el aire fresco que salía del túnel que había detrás del espejo. Así pues, se adentró en las entrañas de Stabmort Park y se lanzó a la carrera por el estre-cho pasadizo.

Estaba oscuro, y fue tanteando las paredes de piedra conforme corría por el túnel. Había unas extrañas marcas en los muros, como si fuesen cuentas, pero no pudo detenerse a examinarlas. Oía pasos no muy lejos de ella.

Daniel la perseguía para cazarla.

—«¡Una dama testaruda y violenta acabará con la cabeza abierta!». —Su voz se hizo eco dentro del túnel.

Beatrice corrió aún más rápido, casi sin resuello, y dobló una esquina dentro del pasadizo.

De repente la recibió un haz de luz y polvo, parpadeó y vio una puerta ante ella que se abría de golpe. En el túnel apareció el inspector Drake, con una esposa todavía en la muñeca y la otra unida al brazo arrancado del sofá.

—Mary entró en la sala y me liberó del maldito diván —dijo casi atragantado—. Su hermana tiene una fuerza animal...

—¡El asesino es Daniel! —lo interrumpió Beatrice mientras corría hacia él—. Me fijé en las pruebas. Sin favoritismos...

—Y yo supe que tenía que buscarla porque tuve... —Drake tragó saliva como si las palabras le resultaran amargas, y aña-dió—: Una corazonada.

Se oyó ruido a sus espaldas y Beatrice agarró a Drake por la muñeca.

—Daniel se acerca. Tenemos que continuar.

—Por aquí —indicó Drake, y entró en la habitación de la que acababa de salir... Pero en ese momento un pesado tapiz cayó de la pared, envuelto en crepitantes llamas, y el fuego les impidió pasar.

Así pues, volvieron al tenebroso pasadizo y se vieron obligados a adentrarse aún más en Stabmort. Conforme avanzaban por aquellas galerías, el aire se tornaba más frío, el túnel más húmedo, pero a lo largo de las paredes había destellos de luz de pequeñas teas de aspecto antiguo.

—Cuando me dejó usted esposado en la sala, no me quedó otra cosa que hacer salvo repasar los acontecimientos de la noche —comentó Drake por detrás de Beatrice mientras corrían—. No paraba de dar vueltas a su confianza ciega en Louisa. Pese a las pruebas, usted creía en su inocencia. Así que lo analicé todo usando sus métodos.

Doblaron otra esquina y se toparon con una escalera de piedra. Beatrice volvió la cabeza para mirar a Drake y este asintió. La joven empezó a subir y él la siguió. A lo lejos oyeron unos rotundos pasos.

Daniel todavía los perseguía.

—Pensé en mis emociones —dijo Drake, como si sintiera repulsión hacia sí mismo—, y una y otra vez me venía a la mente Daniel.

—¿Creía usted en su inocencia? —preguntó Beatrice, confundida.

—No, creía en su culpabilidad. O, mejor dicho, intuía que ocultaba algo. Desde que me lo presentaron esta noche, Daniel, con sus buenos modales y su caballerosidad y sus interminables rimas, me desagradó. Sin embargo, todo el mundo parecía apreciarlo mucho (algo similar a su relación con su «mejor amiga», la señorita Caroline Wynn). —Beatrice trastabilló y Drake la agarró para estabilizarla, luego continuó al tiempo que subían por la estrecha escalera—: Le caía mal Caroline porque percibía que su comportamiento no era sincero. Me di cuenta de que era lo que me sucedía al ver a Daniel. O al menos, al ver cómo la trataba a usted.

—¿A mí? —preguntó Beatrice. Le dolían las piernas por el ascenso, cada escalón le parecía más alto que el anterior.

—Daniel y usted eran amigos, saltaba a la vista, y usted era la candidata más obvia para ser su esposa. No obstante, nunca se le había declarado. ¿Un amigo de verdad habría tenido tanto en vilo a una dama? Era imposible que no conociera la preocupación de usted por el futuro de su familia y su delicada situación económica. Si se preocupaba por usted, quería una esposa y no tenía motivos que se opusieran, ¿por qué no se casaban de una vez? Daniel la protegía, defendía su reputación, sugirió que me ayudase y declaró que era la mujer más sobresaliente de Swampshire. Es usted atenta, ingeniosa, atractiva... —Carraspeó—. Con eso quiero decir que no hay nada que «objetar» a sus atributos.

—Me halaga —dijo Beatrice son sequedad, pero notó las mejillas calientes.

—La cuestión es que no había motivos para que no le propusiera el matrimonio. Y entonces recordé algo que mi madre me escribió una vez en una carta. —Drake respiró hondo—. «A veces un hombre soltero con una gran fortuna en realidad no está soltero. A menudo es un mentiroso redomado».

—Su madre era una persona sabia —dijo Beatrice riendo con amargura.

—Empecé a plantearme: ¿sobre qué tema podría estar mintiendo Daniel que le impidiera contraer matrimonio? Primero, quizá no estuviera interesado en usted, pero entonces le habría sido fácil casarse con otra joven que sí le interesara. Segundo, tal vez no quisiera tener esposa y punto. Pero tratándose de alguien tan preocupado por mantener su imagen de caballero, me parecía sumamente improbable que echara por tierra de manera tan descarada todas las expectativas puestas en él...

—Ya estaba casado —le interrumpió Beatrice. Había llegado a un pequeño descansillo que conducía a... otro tramo más de escaleras. Drake volvió a asentir con la cabeza y Beatrice emprendió el ascenso. Le dolían los pies—. Con Alice Croaksworth.

—Lo sabía —susurró Drake—. Es decir, me preguntaba...

—Pero se deshizo de ella —anunció Beatrice, y se le encogió el pecho por el horror al recordar todo lo que había hecho Daniel—. Me lo ha contado. Alice ya no está.

—Pero ¿y si sí estuviera? —preguntó Drake con voz tensa—. La señorita Bolton dijo que la casa estaba embrujada. He comprendido por qué: durante toda la noche he tenido la sensación de que había otra presencia, alguien que nos observaba. He intentado pasarlo por alto. Pero ¿y si...?

Beatrice se detuvo. Drake chocó con ella por detrás y luego le puso las manos en la cintura para recuperar el equilibrio.

—Discúlpeme —dijo, y carraspeó.

Pero entonces vio por qué se había parado la joven.

La escalera, oscura y polvorienta, acababa en un techo. No había ningún otro lugar al que ir. A lo lejos se oían los pasos de Daniel, cada vez más próximos.

—Entonces, ¿lo que intenta decirme —preguntó Beatrice, a la par que trataba de recuperar el resuello— es que tiene el presentimiento de que Alice Croaksworth todavía está viva, y aquí en esta casa?

—Precisamente —dijo Drake.

En ese momento, Beatrice levantó los brazos hacia el techo y empujó.

El techo cedió y dejó a la vista una abertura que daba a un torreón.

—Todas las mansiones respetables tienen una torreta —dijo para el asombro del inspector Drake—. Pero algunas no sacan provecho de la suya. Esta lleva cerrada varios años. ¿Por qué?

Se dio impulso para subir a la torrecilla y Drake la empujó por detrás para ayudarla a acabar de entrar. Luego trepó él para hacer lo mismo. Ambos acabaron en el suelo, jadeando, y luego miraron dónde habían ido a parar.

Estaban dentro de una habitación diminuta y redonda con una cama estrecha cubierta por una colcha, una mesa con una vela casi gastada y un lavamanos. Una ventana de guillotina, con clavos puestos en el marco inferior para que no se abriera, dejaba pasar unos escasos rayos de luna. La habitación estaba llena de las mismas marcas extrañas que Beatrice había visto en las paredes de piedra, y en ese momento se dio cuenta, horrorizada, de que eran rayas para marcar el tiempo transcurrido. Acurrucada en un rincón de la habitación con un camisón blanco arrugado y un reluciente medallón de plata en la garganta estaba...

—Alice Croaksworth —suspiró el inspector Drake.

Se quedó mirándolos con unos grandes ojos verdes. Del mismo verde que los de Edmund Croaksworth. Tenía el pelo aplastado y la piel de un blanco fantasmal, como si hiciera mucho tiempo que no daba un saludable paseo por el jardín. Se aferró al medallón, cuya plata relumbraba bajo la luna, y se incorporó. Tosió débilmente y entonces...

—¡Ya era hora de que aparecieran! —chilló, negando con la cabeza—. ¡Aquí nadie presta atención!

«Los ruidos fuertes que pensaban que eran truenos», cayó en la cuenta Beatrice. En efecto, sonaban como si procedieran de dentro de la casa... y así era.

—Lo sabía —dijo Drake jadeando—. Estaba seguro de que vivía.

—Bueno, y si lo sabía, ¿por qué no intentó encontrarme? Podría haberme muerto esperando a que alguien lo averiguara —espetó Alice, y se puso en jarras.

Beatrice extendió una mano hacia la joven, quien se limitó a mirarla con la ceja enarcada.

—Me llamo Beatrice Steele. Y este es el inspector Vivek Drake. Hemos venido a ayudarla. Ahora está a salvo; no dejaremos que Daniel le haga daño.

—Pues menudos rescatadores —se mofó Alice, y señaló con sorna a Beatrice y Drake, con todos los dedos sucios y vendados—. Después de todo lo que he tenido que soportar, confiaba en que llegase un príncipe arrebatador. Pero si tienen peor aspecto que yo...

—Beatrice —dijo Drake de repente—, la señorita Bolton dijo que había visto a Arabella en una ventana de Stabmort Park, con las manos cubiertas de sangre. Pero a quien vio no fue a Arabella, ¿verdad?

—¡Era yo! —exclamó Alice—. Por fin encontré una ruta para escapar de este horrendo lugar. Di un puñetazo a un espejo. Me rajé las manos en el empeño —explicó, y les mostró las palmas vendadas—, pero logré llegar a una ventana e hice señas a una mujer con un sombrero de locura. Quería pedirle ayuda. Mi esfuerzo fue en vano... Daniel me oyó aporreando la ventana y me obligó a meterme otra vez en este cuchitril. Selló mi vía de escape para que no pudiera volver a colarme por ahí.

—Sabía usted qué se disponía a hacer Daniel esta noche, ¿verdad? —le preguntó Beatrice—. Sus ruidos no solo pretendían avisarnos de su presencia: eran una advertencia.

—Sí, pero no sirvió de nada, ya ve —recriminó Alice—. Me arriesgué a despertar la ira de un lunático para intentar alertar a alguien, para tratar de proteger a mi hermano. Pero ¡menuda panda! Ninguno de ustedes sabe leer entre líneas, ¿a que no? Y, por desgracia, no podía confiar en que Edmund atara cabos por sí solo; el clima de este lugar ofrecía demasiadas oportunidades de distracción.

—Lo siento mucho, Alice. —A Beatrice se le atragantaron las palabras—. No conseguimos salvarlo. Pero todavía podemos salvarla a usted.

De repente, Daniel irrumpió por el suelo de la torrecilla, jadeando. Se incorporó enseguida. Drake se colocó delante de Beatrice y Alice con la mano levantada.

—No dé ni un paso más. Se acabó, Daniel.

Este miró a Alice con odio.

—Te creías muy lista, ¿verdad? Haciendo ruidos para que los invitados te oyeran... Huyendo por los túneles en plena noche para intentar escapar... Pero, por supuesto, jamás encontraste la salida. Todo el mundo sabe que los Croaksworth tenéis un sentido de la orientación pésimo. —Se rio con amargura y luego tosió. Miró hacia abajo. El humo se colaba desde la escalera y el olor a mobiliario francés calcinado impregnó la estancia, como si se hubiera quemado el pan—. Es hora de que me marche —dijo, y miró a Alice a la cara—. Deberías dar gracias por que no te matara. Al fin y al cabo, soy un caballero. No podía matar a una dama, me corroería la conciencia.

—Tú no tienes conciencia —masculló Beatrice—. Y no eres un caballero.

—Solo porque no tenga fortuna... —empezó a decir Daniel, pero Beatrice lo interrumpió.

—Ser un auténtico caballero no tiene que ver con seguir las normas de etiqueta o tener caudales o buenos estudios. Consiste en tratar a los demás con respeto. En ser una buena persona. El único caballero de esta sala es el inspector Vivek Drake.

Daniel soltó una carcajada.

—Qué tonta eres, Beatrice. Pero no te mataré. Dejaré que te defiendas sola. Eso es lo que siempre has querido, ¿verdad? —Arrancó la colcha de la mísera cama de Alice.

Beatrice sintió un escalofrío al darse cuenta: era el cubrecama que le había cosido para Navidad. La colcha que tanto tiempo le había llevado confeccionar, aunque no hubiese quedado como esperaba; la colcha que él le aseguró que había puesto en su dormitorio. Que le aseguró que le encantaba.

—Es tan fea que el único sitio en el que podía usarla era este cuchitril —dijo Daniel con una mueca—, pero ahora me doy cuenta de su utilidad.

Se abalanzó contra la ventana de la torrecilla y, entre gruñidos, hizo fuerza para arrancar los clavos del marco inferior y poder abrirla. Tiró un cubo pequeño que había en un gancho de hierro junto a la ventana y ató la punta de la colcha alrededor de ese gancho para asegurarla.

—Me despediré con un último consejo útil: «Una buena puntada es una ayuda asegurada».

—Daniel, no... —suplicó Beatrice, pero ya era demasiado tarde. Salió de espaldas por la ventana, agarrado de la colcha...

Y esta se partió por la mitad.

Daniel Ashbrook se precipitó al vacío e impactó contra el suelo con un golpe espeluznante. El barro del pantano se lo tragó entero.

Sin duda una buena puntada habría sido una ayuda asegurada, pero un verdadero amigo de Beatrice lo habría sabido: ella no sabía coser, aunque fuese cuestión de vida o muerte. Y en este caso, más que de vida, había sido de muerte.

34

Escapatoria

Beatrice se acercó a toda prisa a Alice y, con afecto, le puso una mano en el hombro.

—Ya no hay motivos para tener miedo —le dijo—. Ya no está. Daniel ya no está.

Alice asintió.

—Ya lo veo. No me malinterprete; estoy contentísima de haberme librado de él. Pero el problema sigue ahí: ¿qué hacemos ahora? ¡No hay salida! —Señaló la trampilla haciendo aspavientos. El humo se había colado en la habitación, junto con un olor acre.

Beatrice se volvió hacia Drake con la esperanza de que él tuviera un plan... el que fuese.

—No podemos salir por donde entramos —dijo Drake con voz ahogada—. Todo va a acabar en llamas. Pero eso tampoco es una opción —añadió, señalando la ventana abierta. La lluvia y el viento entraban con violencia, junto con unos copitos de hielo.

—Cuando graniza, lo hace con ganas, como decimos en Swampshire —dijo Beatrice en voz baja.

Drake torció la boca. Beatrice captó el significado del gesto y notó un cosquilleo en los ojos.

Era el fin. Ya no le cabía duda. Advirtió que Drake pensaba lo mismo cuando volvió el ojo hacia ella, con expresión sombría.

—Ha manipulado usted unas pruebas y ocultado otras, me ha amenazado con un atizador y, no se lo pierda, me ha enseñado a ser un verdadero inspector —le dijo Drake—. Me siento honrado de haberla conocido, Beatrice Steele.

—Usted se ha mofado del código de etiqueta de mi pueblo, me ha insultado repetidas veces y ha acusado a mi hermana de ser una asesina —respondió Beatrice—. Gracias a Dios que he sido capaz de enseñarle, porque sin mí estaría perdido, Vivek Drake.

Él alzó un poco la comisura de los labios.

—Sí —murmuró—. Creo que sí.

—Antes hablaba en serio —continuó Beatrice—. Es usted un auténtico caballero.

Drake sonrió, esta vez de corazón, y una expresión triste pero dulce suavizó las facciones de su cara surcada por cicatrices.

—Qué pena que debamos dejarlo ahora, justo cuando las cosas empezaban a ir bien —dijo Beatrice, algo mareada—. Mi madre se quedará destrozada al saber que he muerto soltera.

Miró al ojo al inspector Drake y sintió que se le encogía el corazón. Él la miró con una expresión inescrutable que le hizo sentir calor pese a la lluvia gélida que entraba a raudales por la ventana.

—Bueno —empezó a decir Drake, y dio un paso al frente—. En realidad, tengo algo que pedirle.

Se oyó un golpetazo repentino en el tejado. Drake se abalanzó sobre la ventana y Beatrice se asomó para descubrir el origen del estrépito.

—¡Le prometí que no volvería a dejarla sola! —gritó una voz, y Beatrice suspiró.

De pie encima del tejado había una figura emborronada y, conforme se acercó, Beatrice la identificó: era la señorita Bolton, con la ropa hecha jirones y empapada de lluvia.

—¿Sabe que hay un túnel que lleva a este tejado? —dijo la señorita Bolton sin resuello—. Lo seguí para venir a buscarla, Beatrice.

—No debería haberlo hecho —le contestó esta, incrédula—. No hay escapatoria. La caída es mortal.

—Siempre hay escapatoria, querida mía.

Dicho esto, la señorita Bolton extendió la mano. Confusa, pero sin más razones para protestar, Beatrice la tomó y dejó que la señorita Bolton tirase de ella hasta el tejado. Drake la siguió después de ayudar a Alice a salir por la ventana.

Se quedaron plantados en el tejado de Stabmort Park, con la lluvia y el granizo castigándoles la ropa y la piel. La mansión no era más que un borrón de humo y llamas, el terreno que la rodeaba estaba oscuro y neblinoso.

—Todo lo que hay en esta casa está hecho en Francia; acabará convertido en ceniza en cuestión de segundos. ¡Hay que correr! —chilló la señorita Bolton por encima de un trueno enfurecido y una racha de lluvia.

Se ajustó la tira del sombrero por debajo de la barbilla y luego sacó dos tiras más y se las ató a la cintura.

—¡Agárrense a mí y no se suelten! —les indicó.

Llenos de confusión, pero sin más opciones, Beatrice y el inspector Drake se abrazaron a la cintura encorsetada de la señorita Bolton.

Alice se quedó quieta.

—Bueno, por lo menos he conseguido salir. Hay que celebrar las pequeñas victorias. —Entonces extendió los brazos huesudos alrededor de los otros tres.

—Como ya les dije, hace falta un sombrero como este para sobrevivir a un baile —comentó la señorita Bolton.

Y antes de que alguno de ellos pudiera preguntar de qué diablos hablaba, se tiró de espaldas desde el tejado y los arrastró consigo.

Por una fracción de segundo, se precipitaron hacia el suelo, Alice temblando, Beatrice gritando y Drake con su único ojo bueno bien cerrado.

Entonces la señorita Bolton tiró de algo que había dentro del sombrero y desplegó un enorme paracaídas de seda, que se extendió y se hinchó de aire.

Mientras continuaban cayendo, con el descenso algo ralentizado por el paracaídas, Beatrice distinguió el brillo plateado del medallón de Alice y se fijó en el grabado que tenía. Era un terrier escocés. «Igual que la cuchara de Drake», fue el singular y fugaz pensamiento que le pasó por la mente mientras seguía bajando.

—Pero ¿cómo se le ocurre, madame? —le chilló Drake a la señorita Bolton—. Es imposible que esto aguante el peso de los cua...

Pero se quedó a medias, porque entonces se precipitaron contra el suelo y cayeron en un amasijo enredado: Beatrice, el inspector Drake, la señorita Bolton y Alice, el fantasma de Stabmort Park... Todos liberados por fin.

Querida Alice Croaksworth:

Sé que han transcurrido varios meses desde que abandonó Swampshire y estoy segura de que querrá olvidarse de todos nosotros. Me han contado que ahora vive en una mansión muy luminosa de Bath y que disfruta de su regreso a los círculos de sociedad. La noticia me dejó muy aliviada.

El motivo por el que le escribo es que me fijé en el terrier escocés de su medallón de plata. Esa prueba, junto con el tono de verde tan especial de sus ojos y su acaudalado padre, me llevaron a plantear una teoría.

Desde que se marchó, he estado investigando alrededor de esa teoría. Por favor, consulte el informe detallado de mis hallazgos, que adjunto a esta carta, donde incluyo dibujos de una cucharilla concreta, su medallón y las similitudes de ambos objetos con el escudo de armas de los Croaksworth. Por si le interesa, cabe la posibilidad de que exista alguien con quien podría compartir su fortuna y, en realidad, su compañía. Puede que no haya perdido a toda su familia aún.

Atentamente,

Beatrice Steele

Querida señora Susan Steele:

He recibido su carta esta tarde y reconozco que me ha sorprendido tener noticias suyas. Después de que Beatrice señalara a Daniel Ashbrook como asesino, con lo que (tal como dice usted) «echó por tierra el enlace», y después de que yo revelara la existencia de Alice Croaksworth, con lo que (de nuevo según sus palabras) «quedó claro que la fortuna de los Croaksworth ya no podría caer en otras zarpas», pensé que no desearía volver a hablarme.

En respuesta a su primera pregunta le diré que sí, estoy en Londres y he vuelto «al lío de resolver crímenes». Por desgracia, los asesinatos de Ashbrook no recibieron mucha publicidad en la ciudad, pues la mayor parte de la gente no ha oído hablar de Swampshire. Por error, los periódicos archivaron el artículo sobre el caso dentro de la sección de novelas por entregas. Sin embargo, sir Huxley ha ido bajando el ritmo en la resolución de los crímenes últimamente, y yo he pasado a ser una especie de segunda opción para quienes requieren de los servicios de un detective. Así pues, me he encontrado con una buena cantidad de casos nuevos. He modificado ligeramente mis métodos y estoy aprendiendo a observar a las personas además de fijarme en las pruebas. Eso ha incrementado mis logros.

En respuesta a su segunda pregunta, me marché de Swampshire porque vivo en Londres y mi negocio está aquí. No quería que mi despedida se interpretara como un insulto al pueblo ni a sus habitantes. Puede que Swampshire tenga un clima lamentable, pero aparte de Daniel (y de su primo Grub), lo cierto es que todos ustedes me cayeron muy bien. No tengo previsto regresar, pero si alguna vez viaja usted a Londres, siempre será bienvenida en mi despacho. No es Stabmort Park, pero al menos eso garantiza que no esconda a nadie detrás de la pared. Digamos que no cabría.

Por último, gracias por regalarme un parche para el ojo tan interesante y mandármelo en el sobre junto con la carta. Qué forma tan amable de agradecerme mis servicios y qué tono tan especial de rosa eligió para confeccionarlo. Siempre lo guardaré como un tesoro... aunque solo me lo pondré en ocasiones especiales. No querría que los demás sintieran envidia de esa obra de arte.

Con mis mejores deseos,

Inspector Vivek Drake

A la atención de B. S.:

Me disculpo ante usted, la persona que me lee con más devoción, por no haberle escrito hasta ahora, pero le aseguro que siempre he disfrutado enormemente de sus cartas, en las que detallaba sus teorías acerca de mis casos. Puede que no sepa nada de usted, ni siquiera su verdadero nombre, pero tengo la impresión de que nos conocemos gracias a nuestros años de correspondencia unilateral.

Si le soy franco, no necesito sus teorías desde el punto de vista profesional, porque siempre resuelvo los casos con mi famoso método: decoro ante todo. Lo único que quería decirle es que resulta fantástico tener noticias de los seguidores.

Sin embargo, he notado que desde hace un tiempo ha dejado de escribirme. Quizá tenga muchas ocupaciones. Pero admito que echo de menos saber de usted.

Confío en que me escriba pronto y me cuente qué opina acerca de la investigación que llevo a cabo en este momento, el caso de la Amenaza de Londres. Reitero que sin duda seré capaz de resolverlo por mí mismo, y, por supuesto, NO utilizo sus cartas para dar solución a todos los crímenes que investigo.

Confío en que vuelva a escribirme pronto. Para que tenga otro aliciente, le envío un retrato firmado hecho a carboncillo. Creo que el pelo me quedó muy bien en ese boceto.

Con la esperanza de recibir una pronta respuesta en la que me comunique quién cree que puede ser la Amenaza de Londres, aunque desde luego ya lo sé, se despide,

Sir Lawrence Huxley

Epílogo

Tres meses después

Frank Fàn y Louisa Steele contrajeron matrimonio una hermosa mañana invernal. Hacía un sol sorprendente en Swampshire. Solo hubo dos granizadas cortas en todo el día y la escarcha cubrió el suelo con un brillo blanquecino.

Louisa lucía una figura radiante y oronda y llevaba un ramo de rosas rosadas del jardín de Arabella. Frank, orgulloso y bien acicalado, logró reservar todos sus guiños para su amada.

Tras una breve ceremonia regresaron a Marsh House para el banquete de bodas. La señora Steele y Beatrice habían preparado panecillos calientes, huevos con jamón, chocolate a la taza y una enorme tarta nupcial, que el señor Steele ya había probado y había catalogado de excelente. Había una única cosa que el señor Steele se tomaba muy en serio: el postre. Los amigos llegaron en grupitos para unirse a la celebración, se congregaron alrededor de la mesa, todos de buen humor y ansiosos por desterrar de su mente los recientes acontecimientos gracias a la unión de dos jóvenes amantes. Beatrice ayudó a Louisa a sentarse en el lugar de honor y luego escudriñó entre la multitud de invitados. El capitán Peña y Caroline, como es natural, no asistieron. Todo el mundo se disgustó cuando Caroline dijo que no podía ir, aunque Beatrice había insistido en que su verdadero nombre no era Caroline y en que era una farsante. Los demás habitantes de Swampshire sabían que no podía ser cierto, ya que Caroline había mandado una educada nota para excusar su ausencia con una encantadora cesta de bollitos tiernos.

Sin embargo, la señorita Bolton sí estaba allí, igual que Arabella, quien llevaba un favorecedor velo negro. Aunque Arabella se había visto obligada a aceptar que Daniel Ashbrook era un asesino que había tenido encerrada a una mujer en el desván durante años y que había matado a su propio padre, le dijo a todo el mundo que pese a ello seguiría las costumbres tradicionales en cuanto al luto (al fin y al cabo, sus admiradores de París le habían enviado un vestuario entero para la ocasión, y lo mejor que podía hacer era usarlo). Los representantes de la alcaldía consideraron que no convenía desterrar a Arabella por los delitos de su hermano, aunque todo el mundo lamentó que ya no pudieran celebrarse fiestas en Stabmort, ya que la mansión había quedado reducida a un montón de cenizas en un terreno del que se habían adueñado las ranas. La alcaldía también había decidido que no desterrarían a Louisa a raíz de su escándalo. Ahora que la mayoría de los Ashbrook habían muerto, estaban empezando a cuestionar la devoción general a las guías de buena conducta redactadas por el barón Fitzwilliam Ashbrook. La señorita Bolton incluso había propuesto presentar una lista de enmiendas.

Para desazón de Arabella, se había visto obligada a instalarse en casa de la señorita Bolton. Era algo temporal; dado que tanto Daniel como el señor Ashbrook y la propia mansión de Stabmort Park habían desaparecido, Arabella había hecho preparativos para mudarse a París cuanto antes. Pero la señorita Bolton no se quedaría sola: además de alojar a su colección de animales, la dama había acogido bajo su ala a Mary. Después de salvar a todos los asistentes al baile de otoño, Mary había demostrado ser la más leal de sus seres de compañía (y casi igual de peluda). Ahora Mary consideraba a la señorita Bolton tanto una mentora como —pese a la diferencia de edad— una amiga íntima.

Beatrice sintió una punzada agridulce mientras pasaba revista a los invitados. No sabían que la propia Beatrice también se marcharía pronto.

Había aceptado que jamás sería una dama intachable, pues tal vez nadie era del todo «intachable». Todo el mundo quería decirle a Beatrice quién era ella, pero lo cierto es que nadie podía decidirlo salvo la propia Beatrice. Así pues, tenía previsto irse de Swampshire y buscar su lugar en el mundo. Había sentido la tentación de empeñar cierta gargantilla de esmeraldas para financiarse esa aventura, pero al final no se había atrevido a hacerlo. En lugar de eso se la confió a Drake para que se la devolviera a los parientes de DeBurbie. Aunque sintió cierta pena al separarse de la joya, sabía que era lo correcto.

No obstante, la señorita Bolton se había ofrecido a ser su benefactora y financiarle el viaje. Le dio a Beatrice una bolsa llena de dinero, a sabiendas de que nunca se lo devolvería, porque insistió en que «se lo debía a Beatrice, la mecenas teatral más fiel». La joven aún no sabía adónde iría, aunque por primera vez estaba emocionada ante la perspectiva de averiguar qué le depararía el futuro.

Pero, de momento, ese era el día de Louisa, y sería perfecto.

—¿Han visto cómo hablaron de mi paracaídas en las noticias de sociedad del periódico de la semana pasada? Varios sombrereros se han puesto en contacto conmigo para pedirme el diseño —dijo la señorita Bolton mientras acercaba un trocito de tarta a su sombrero nuevo.

Era un recargado artilugio de dos alturas con una camita en la parte superior. En ella descansaba su adoptado más reciente: un cachorro de orejas caídas. El perrillo se despertó y sacó la lengua para lamer la tarta. Mary, que estaba sentada en el suelo, hizo lo mismo con su porción.

—Me he enterado del revuelo que ha causado a través de Sophie Beaumont —dijo Arabella.

—¿La famosa modista? —preguntó la señorita Bolton, impresionada.

Arabella asintió con la cabeza y, por un instante, sonrió con sinceridad.

—Sí. Viviré en un apartamento con ella cuando vaya a París —respondió—. Sophie y yo montaremos un salón para hablar de botánica, matemáticas, la importancia de la reforma social...

—Sí, sí, muy bonito, nadie considera la reforma social tan importante como yo —interrumpió la señora Steele, y se volvió hacia Louisa, ansiosa por dirigir la conversación de nuevo hacia su hermosa hija—. Louisa, cariño, ¿cómo te encuentras? ¿Te apetece un poco más de agua? ¿Un trozo de tarta?

—Estoy bien, madre —respondió Louisa, y apoyó una mano en el voluminoso vientre. Desde luego, estaba radiante, y tenía la otra mano entrelazada con la de Frank.

—Por supuesto que sí —intervino la señorita Bolton, que se había puesto a acariciar al cachorro levantando el brazo y palpando el aire hasta que encontró la cabeza—. Supongo que todos estarán de fábula, ahora que no tienen que preocuparse por el futuro de su hogar.

—No sabemos si el bebé será niño —dijo Frank—, aunque, por supuesto, si lo es será un auténtico rompecorazones.

—Me refería a que el señor Grub no heredará nada —continuó la señorita Bolton—. Al menos, no ahora que... —empezó a decir, pero se lo pensó dos veces, porque no quería sacar el tema de lo ocurrido en el baile de otoño de Swampshire en un día tan especial.

A decir verdad, los hechos de aquel baile se debatían con frecuencia en Swampshire, aunque a menudo entre cuchicheos. Corrían los rumores sobre lo que había sucedido en realidad, pero la versión que compartía casi todo el mundo era que Daniel Ashbrook había matado a Edmund Croaksworth y a Hugh Ashbrook y luego había muerto al caer por la ventana. Beatrice Steele había averiguado todo el embrollo. El inspector Drake y ella habían escapado con Alice y la señorita Bolton, todos ellos ilesos, salvo por unos cuantos huesos rotos a causa del abrupto aterrizaje.

(Por supuesto, siempre había algún que otro chismoso malintencionado que decía cosas como «Beatrice empujó a Daniel por la ventana porque no quería casarse con ella», pero Beatrice estaba agradecida de que fueran pocos quienes difundieran aquel rumor. Al menos, cuando ella estaba delante).

A lo que se refería la señorita Bolton no era, por desgracia, a la muerte del señor Grub. Aunque lo habían dejado encerrado en la parte inferior del estudio, el señor Martin Grub había logrado sobrevivir de algún modo, un hecho que desconcertó a los médicos. Sin embargo, fue detenido personalmente por el inspector Vivek Drake por haber intentado asesinar a Beatrice Steele. Eso lo descalificaba para recibir herencias, un detalle que determinó la propia señorita Bolton. Resultó que la mujer estaba muy interesada en derecho patrimonial y de sucesión. Había combinado ese interés con sus dotes teatrales y había escrito una obra titulada *¿Ser o no ser? Si usted lo es, quizá tenga derecho a una compensación.*

Así pues, la señorita Bolton había evitado que la familia Steele perdiera su propiedad... A menos, claro está, que apareciera otro primo para reclamar algo, cosa que parecía improbable. No habían ganado en riquezas con el matrimonio de Louisa y Frank, pero al menos mantendrían su hogar. Y se tenían los unos a los otros. La señora Steele debía admitir que su situación era suficiente... incluso aceptable.

—Hoy deberíamos hablar solo de temas alegres —dijo Beatrice. Se sentó junto a Louisa y con cariño le recolocó un tirabuzón del brillante pelo rojo a su hermana. Louisa la miró con sorpresa.

—¿No te apetece hablar de nada lascivo? ¿De nada violento ni sórdido?

Beatrice negó con la cabeza.

—Hoy es tu día.

A quien más echaría de menos cuando emprendiera el viaje inminente sería a Louisa. Pero esta tenía a su marido y pronto tendría también un hijo. Había encontrado un propósito y la felicidad, y Beatrice debía hacer lo mismo.

—¿Habéis decidido ya el nombre? —preguntó, y le apretó la mano adornada con el anillo.

—Si es niña, estábamos pensando... —dijo Louisa, y miró a Frank— en llamarla Beatrice.

—¡Ay! —exclamó Beatrice, y notó que se le calentaban las mejillas.

—La llamaríamos Bi Bi para abreviar —se apresuró a decir Frank—. Así evitaríamos confusiones.

—Maldita sea —dijo la señorita Bolton—. Así es como iba a llamar a mi perro.

Se produjo un repentino escándalo cuando la señora Steele cortó otra porción de tarta y varias bengalas y petardos estallaron con diversos ruidos. La señora Steele chilló y los estrepitosos gritos de varios invitados recorrieron la mesa, mientras el señor Steele se reía encantado. Incluso él había perdonado a Frank, después de darse cuenta de que aquel joven de confianza pero desesperado por impresionar a las mujeres era, sin saberlo, la víctima perfecta para sus bromas.

Aprovechando el jaleo, Beatrice se escabulló y subió a su refugio favorito en la torrecilla. El único sitio en el que se había sentido de verdad tal como era.

El periódico que estaba leyendo justo antes del fatídico baile de otoño todavía se hallaba oculto debajo del asiento de la ventana, acumulando polvo. A decir verdad, ya no tenía ganas de leer esos periódicos. Sabía que Huxley era un fraude y, después de experimentar la emoción de resolver casos por sí misma, ya no podía entusiasmarse con investigaciones de segunda mano.

Al oír que alguien llamaba con delicadeza a la puerta, Beatrice alzó la mirada. Louisa entró en su refugio, todavía radiante de felicidad.

—Louisa —dijo Beatrice a toda prisa—, no deberías subir las escaleras en tu estado...

—Me encuentro bien —dijo su hermana quitándole hierro—. Me siento incluso más fuerte que antes, de verdad. ¡Venga, tienes que bajar ahora mismo!

—¿Por qué? —preguntó Beatrice, desconfiada.

—¿Recuerdas tu teoría sobre el inspector Drake? ¿La carta que le mandaste a Alice Croaksworth? Bueno, pues yo también le escribí —dijo Louisa a toda velocidad—. Le dije a Alice que te ibas de viaje y que... tal vez necesitaras un medio de transporte.

Señaló el ventanuco de la torrecilla.

Beatrice volvió la cabeza y vio un carruaje, a bastante distancia, por el páramo. Incluso de lejos pudo distinguir la puerta, en la que relucía un dibujo grande de lo que ahora sabía que era el escudo de armas de los Croaksworth, que representaba un terrier escocés.

—Es ella —dijo Beatrice, y se incorporó de un salto—. ¡Ha venido Alice!

Bajó veloz como un rayo y salió por la puerta principal, demasiado ansiosa para esperar a que el carruaje llegase hasta Marsh House. Hacía calor para ser invierno y empezó a sudar y a acumular barro y escarcha en el dobladillo de la falda, pero estaba tan distraída que no se fijó mientras se acercaba a la portezuela del carruaje.

Esta se abrió de golpe cuando Beatrice dio otro paso al frente y apareció Alice Croaksworth.

Ya no había rastro de la chica esquelética en camisón; ahora vestía un traje de terciopelo entallado, con un sombrero de copa sobre los rizos bien peinados.

—Hola, Beatrice —la saludó Alice—. Confío en que le vaya mucho mejor que la última vez que nos vimos.

—Desde luego que sí —dijo con afecto Beatrice—. Cuánto me alegro de verla. ¿Recibió mi carta? No sabía si... nunca respondió...

—No me gusta perder el tiempo escribiendo cartas —dijo Alice con seguridad—. Prefiero caminar por el campo, contemplar las estrellas, aprender combate cuerpo a cuerpo y tratar de decidir qué hacer con mi enorme fortuna ahora que el resto de mi familia ha muerto. Como no me quedan parientes vivos, el banco se ha visto obligado a darme a mí el dinero. —Miró a los ojos a Beatrice—. Tenía usted una pequeña propuesta sobre lo que podría hacer con esa riqueza.

—Sé que es mucho pedir —dijo en voz baja Beatrice—. Seguro que querrá casarse, ahorrar...

—Ya he estado casada y ya vio cómo salió la cosa... —dijo Alice cortante—. No, ya he tenido suficiente.

—Lo comprendo —respondió Beatrice—, dado que los dos últimos hombres que me propusieron matrimonio intentaron matarme.

—No solo lo comprende sino que, además, me salvó la vida —dijo Alice, y tomó de la mano a Beatrice—. Y, por si fuera poco, ha descubierto a mi medio hermano.

—Entonces, ¿mi teoría es correcta? —preguntó Beatrice—. El padre del inspector Drake... ¿era su padre?

—Sin duda —dijo Alice asintiendo con vehemencia—. La cucharilla del inspector Drake ha confirmado que, en efecto, es un Croaksworth. Igual que lo confirmó una carta, encontrada entre los documentos de mi difunto padre, escrita por la madre de Drake, Nitara. Al parecer, cuando se quedó embarazada mi padre le confesó que estaba casado y que no se implicaría en nada relativo al niño. Teniendo eso en cuenta, le he ofrecido al inspector Drake (tal como me sugirió usted) una parte de mi fortuna a fin de que amplíe su negocio de investigación en Londres. Para empezar, debería disponer de un despacho en condiciones en el corazón de la ciudad. Y, si lo desease, Drake me tendría como hermana.

—Qué maravilla —dijo Beatrice—. Todo se ha solucionado.

—Casi —dijo otra voz desde dentro del carruaje.

Alice se apartó para dejar salir al inspector Drake, que se plantó delante de Beatrice con el mismo semblante serio y estoico de siempre. Beatrice sintió que el calor la inundaba solo con verlo.

—¿Cómo está su muñeca? —preguntó él con torpeza.

—Curada —dijo Beatrice—. ¿Y cómo tiene usted el tobillo?

—Bien —dijo Drake. Se quedó callado un instante, mirándola, antes de decir—: Necesito un socio en quien pueda confiar para esta nueva empresa. Hay tantos casos que no puedo gestionarlos en solitario. Y he llegado a la conclusión de que la informante de sir Huxley fue usted desde el principio.

—Sí, hace tiempo que llegué a la misma conclusión —dijo Beatrice, y sonrió con timidez—. Por eso fui capaz de esposarlo aquella noche. Usted hizo que me cuestionara la confianza en Huxley... y de paso me hizo creer en mí misma.

—Qué... sentimental. No era mi intención —dijo Drake con sequedad—, pero sea como sea, si pudo usted resolver tantos casos sin estar presente siquiera en la escena del crimen, no quiero ni imaginar lo que podría hacer si estuviera allí de verdad. Conmigo.

Tal como le había ocurrido tras las otras propuestas que había experimentado, Beatrice se quedó sin palabras. Pero esta vez sintió una oleada de emoción en lugar de miedo.

—¿De verdad quiere que sea yo? —preguntó al fin, mirándolo al ojo bueno.

—Parece que no tengo elección —contestó el detective encogiéndose ligeramente de hombros—. Alice insistió. Se niega a darme financiación a menos que usted y yo seamos socios en igualdad de condiciones en esta empresa.

—Pero si casi no se quejó... —le soltó Alice—. Dijo que Beatrice tenía un olfato poco común para resolver crímenes y que se sentía totalmente en deuda con ella porque le había dado una familia, ¡y que la echaba muchísimo de menos a pesar de cuánto le irritaba!

—No recuerdo haber dicho nada de todo eso —dijo Drake manteniendo las distancias.

—Eso era lo que quería preguntarme en la torrecilla, ¿verdad? —dijo Beatrice, con el corazón latiendo desbocado de repente.

Drake se ruborizó, claramente nervioso.

—Sí —contestó, evitando mirarla—. Eso era justo lo que quería preguntarle.

—Sería en Londres, claro, porque hay muchos más crímenes allí que en Swampshire, ahora que ya no está Daniel —dijo Alice, y levantó las cejas, como si quisiera reprender a Drake por su comportamiento—. Por supuesto, yo proporcionaría a cada uno un alojamiento en condiciones, encima del despacho. El dinero no es un problema.

—Eh... No sé qué decir —respondió Beatrice, que alternaba la mirada entre Drake y Alice.

—Si no quiere, no tiene por qué hacerlo —dijo Drake a toda prisa—. En realidad, era una mala idea. No necesito ayuda, y mucho menos de ella...

—¿Ah, no? —exclamó ofendida Beatrice—. ¡Pues yo tampoco necesito que me ayude usted! Ya había decidido marcharme de Swamphire por mi cuenta, antes incluso de que se presentara con esta propuesta.

—Esto no funcionará jamás —dijo Drake, negando con la cabeza—. No se hace a la idea de la clase de crímenes en los que se vería involucrada...

—A decir verdad —interrumpió Beatrice, y sacó varios recortes de periódico del bolsillo—, he estado catalogando algunos macabros asesinatos recientes. Tengo infinidad de teorías...

—Seguro que no estarán sustentadas por ningún tipo de «prueba» objetiva —se mofó Drake.

—Puede ir usted familiarizándose con los casos mientras voy a por las maletas —continuó Beatrice, y le tendió los recortes.

—¿Ya tiene el equipaje hecho? —preguntó Drake, incrédulo.

Beatrice le sonrió con alegría.

—Una dama siempre va un paso por delante —le dijo.

Con una expresión que aunaba dolor y placer, Drake se dispuso a seguirla hacia Marsh House.

Mientras Beatrice y Drake caminaban por el jardín, manchándose de barro los pies a cada paso, Beatrice se sintió embargada de emoción. Ya visualizaba con ilusión todos aquellos crímenes repugnantes y sórdidos que resolverían juntos. De repente, a Drake se le hundió la bota en un agujero especialmente profundo, y soltó una retahíla de improperios en voz baja. Beatrice le tendió una mano y, a regañadientes, Drake la cogió. Mientras tiraba de él para liberarlo, Beatrice supo que aquello no era más que el principio de una colaboración placenteramente exasperante.

LA GUÍA PARA DAMAS DE SWAMPSHIRE, VOLUMEN I

[Extracto, pp. 67-68 de 1.265]

Vestimenta

☞ Una dama siempre debe arreglarse para la cena.

☞ Entre las telas aceptables para los vestidos están la muselina y el raso, con lazos para engalanar. No hay que tener en cuenta si son prendas abrigadas o no.

☞ Se puede enseñar el escote y los hombros, pero jamás los tobillos, para mantener la decencia.

☞ Las damas más jóvenes deben vestirse con colores pálidos. Las mujeres de más edad pueden llevar colores más vivos. La excepción es el Color del Año, que todas deben lucir durante la temporada de invierno.

☞ El Color del Año se anunciará en la fiesta de otoño.

Pasatiempos aceptables

☞ Dibujar.

☞ Tocar un instrumento como el arpa o el piano.

    * Las piezas que se toquen deben ser melódicas (nunca atonales) e inspirar buena voluntad y consuelo en todos los que las escuchen.

☞ Dar paseos por el jardín para mantener un tono de piel rosado.

    * Se prefieren los métodos naturales para conservar el buen color; no obstante, en las ocasiones especiales o si una es exageradamente fea, puede usarse un poco de colorete.

* Las damas pueden utilizar barro del pantano para obtener un brillo favorecedor.

☞ Aprender idiomas, como el francés o el italiano.

* Está aceptado hablar francés, pero jamás se debe viajar a Francia.

☞ Leer.

* Entre las lecturas aceptables están los sermones, la poesía, los manuales de buenos modales y las columnas de sociedad. Las damas no deben leer artículos escabrosos, novelas escandalosas ni obras demasiado divertidas.

☞ Escribir cartas.

* Las cartas deben ser de naturaleza poética. Una dama no debe escribir cartas a un caballero, salvo que estén comprometidos.

☞ Practicar la aritmética.

* Las damas pueden practicar las matemáticas para entretenerse, pero no pueden inventar nuevos teoremas, ya que eso haría que los hombres se sintieran mal por no haberlo pensado antes.

☞ Saber botánica.

* Una dama debería tener amplios conocimientos de hierbas y flores, y debería ser capaz de identificar un árbol si se le pide.

☞ Realizar ejercicio físico.

* La mujer de Swampshire ideal tiene músculos bien torneados y corre de forma vigorosa.

☞ Bailar.

* En una fiesta, las damas no deben bailar dos piezas seguidas con el mismo caballero, a menos que mantengan una relación.

* Las damas no deben rechazar una petición de baile.

☞ Cuidar de los pajarillos enfermos.

* Está permitido sanarlos, pero no causarles daño; las damas están excluidas de las partidas de caza y no pueden llevar armas.

☞ Hacer repostería.

* Los bollitos de una dama nunca están secos.

☞ Visitar a los pobres.

* Las damas pueden visitar a los pobres y llevarles bollitos caseros.

☞ Hacer labores.

* Las puntadas deben ser iguales, bonitas y fuertes.

Temas de conversación aceptables

☞ El tiempo.

☞ Los sombreros.

Temas de conversación inaceptables

☞ Cotilleos.

☞ El teatro o los actores.

☞ Conflictos personales.

☞ Casos de personas desaparecidas.

☞ Francia.

Decoro personal

☞ Las damas deben ser presentadas a un caballero por otro caballero. Una dama no debe presentarse por sí misma.

☞ Las damas deben seguir todas y cada una de las normas en todo momento, a menos que realicen un acto de caridad hacia alguien necesitado.

☞ Las damas no deben ser molestas ni insistentes.

☞ Las damas no deben presionar para obtener información.

☞ Las damas no deben recrearse en lo macabro.

☞ Una dama siempre disfruta de un baile.

Agradecimientos

En palabras de Jane Austen, a nadie le molesta tener algo que es demasiado bueno para él. Así es justo como me siento cuando pienso en lo agradecida que estoy hacia todas las personas que han contribuido a que este truculento libro cobrara vida.

En primer lugar: ¡gracias a ti, querido lector!

Gracias a Jon Collier, un maestro del misterio, que fue el primero en saber de esta historia y me animó a escribirla. He llamado a dos de mis víctimas asesinadas en tu honor, un signo de absoluto respeto. Gracias a mis primeros lectores: Andrew Watt, Dan Crockett y Jeff King. Vuestros comentarios, bromas jocosas y experiencia literaria han sido valiosísimos. Andrew, gracias por el término shakespeariano *picto-funnies* (viñetas cómicas). Dan, gracias por leer el manuscrito, aunque no aparecieran vaqueros. Jeff, gracias por recomendarme que no me casara con aquel misterioso viudo cuya primera esposa, Rebecca, lo rondaba demasiado, y por mantenerme cuerda gracias al karaoke. Gracias a Kelsey Creel, Gates Curry, Lisa Henry y Bre Vergess, por vuestro aliento en las primeras etapas.

A mis Zorras Astutas —Belinda, Francesca, Schuyler e Yvonne—, gracias por ser el mejor grupo de escritura, el más raro y el más talentoso de la historia. Tengo muñecas de porcelana de todas vosotras en un armario secreto. Gracias a Andrea Hearn, mi admiradora de Jane Austen favorita, que me animó a abandonar mi impostada asignatura troncal de economía y a ser sincera conmigo misma y reconocer que quería estudiar literatura.

Gracias a mi mánager, Daniel Vang, por creer en este proyecto desde el principio, y a mi agente, Rachel Kim, cuyos increíbles comentarios hicieron que este libro fuera mejor de lo que siempre soñé. ¡Muchas gracias a Random House por hacer mi sueño realidad y gracias a todos los que habéis contribuido a que llegara a manos de los lectores! Estoy muy agradecida a todos y cada uno de vosotros. A Emma Caruso, mi magnífica editora: me emociona haber tenido la oportunidad de trabajar contigo. Tus acertadas correcciones y tus certeros interrogantes me plantearon retos en el mejor sentido. Eres inteligente y culta... ¡No solo buena compañía, sino la mejor!

Gracias, Maddie Hughes, por tu aliento y tus comentarios, y por permitirme que te interrumpiera constantemente en busca de consejo sobre todo lo relacionado con el misterio y la época de la Regencia. Ojalá yo pudiera ser Elizabeth, pero tú eres mi auténtica Jane Bennet.

Gracias, Anthony Troli, por tus sugerencias, por proponer el título y por dos botellas de champán muy especiales. Y, por supuesto, gracias por dejar que tomara prestado el retrato de Livy.

Gracias a mi padre, Brent, que me llevó por primera vez a Inglaterra y así me convirtió en una anglófila de por vida. (Y gracias por llevarme a Francia, plagada de mimos; lo reconozco, *j'adore*). Gracias a mi cuñada Meredith, quien de verdad sería capaz de curar los ataques de desmayos. Andy y Jesse, gracias por ser los mejores hermanos del mundo y por darme un sentido del humor a prueba de bomba. Me muero de ganas de ir al próximo concierto de Burt Watson con vosotros.

Por último, gracias a mi madre, Pam, quien nunca me obligó a casarme por dinero y me dejó leer lo que se me antojara. Eres mi inspiración constante y mi modelo. Si te amara menos, quizá sería capaz de hablar más de ello.